KB049506

편집위원회

쾌락은 분홍빛으로 1

초판 1쇄 인쇄 2018년 3월 15일
초판 1쇄 발행 2018년 3월 26일

지은이 서희수
발행인 오영배
기획 박성인
책임편집 편집부
디자인 권지연
제작 조하늬

펴낸곳 (주)삼양출판사 · 로즈벨벳
주소 서울시 강북구 도봉로 173
대표 전화 02-980-2112 **팩스** / 02-983-0660
편집부 전화 02-980-2116 **팩스** / 02-983-8201
블로그 blog.naver.com/dan_gul
출판등록 1999년 3월 11일 제9-00046호.

ISBN 979-11-283-9355-6 (04810) / 979-11-283-9354-9 (세트)

R●SE velvet 은 (주)삼양출판사의 성인 로맨스 문학 브랜드입니다.

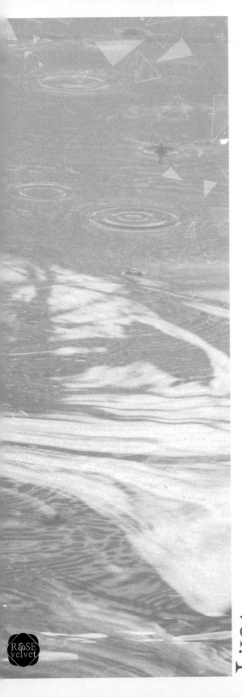

서/희/수 /장/편/소/설

ROMANCE STORY

괜찮은 남녀의 온도

vol.1

ROSE
velvet

| **차 례** |

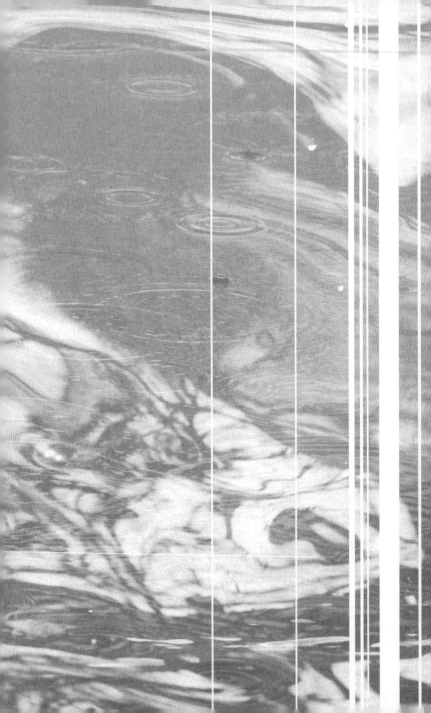

프롤로그

가슴을 주물럭거리는 느낌에 잠에서 깼다.

누군가 나림의 가슴을 주물럭거리고 있었다.

나림은 옆으로 돌아누워 있었고, 누군가는 나림의 등에 바짝 붙어서 누워 있었다.

낯선 체온이 등에 닿았다.

주물럭거리던 손길이 어느새 집요하게 나림의 유두를 공략하기 시작했다.

단단하게 일어선 분홍빛 유두에서, 달콤한 전율이 시작되어 전신으로 퍼져 갔다.

'꿈인가?'

그리 생각할 수밖에 없었다.

전 애인과 헤어진 지 3년이 지났다. 그 이후로 사내의 손길을 느껴 본 적이 단 한 번도 없다.

그러니까 이건 꿈일 것이 분명하다.

나른하고 야한 꿈.

'……일 리가 없잖아!'

라는 생각에, 벌떡 상체를 일으켰다.

어깨까지 덮고 있던 이불이 흘러내리며, 나림의 희고 고운 살결이 공기 중에 드러났다.

나림은 한 팔로 가슴을 가리며 옆을 돌아봤다.

흐트러진 머리카락 아래로 보이는 크고 동그란 눈, 오뚝한 코 아래의 도톰하고 넓은, 새빨간 입술.

작은 얼굴을 가득 채운 완벽한 이목구비의 남자가 싱긋 웃었다.

"잘 잤어요, 과장님?"

"정민혁, 네가 왜……?"

생각지도 못한 인물의 모습에, 나림의 눈동자가 일렁, 흔들렸다.

민혁이 씩 웃으며 상체를 일으키더니, 나림 쪽으로 불쑥 얼굴을 들이밀었다.

숨결이 섞일 만큼 가까운 거리였기에, 나림은 숨을 멈췄다.

"뭐야, 서운하네. 어제 일 기억 안 나요?"

"어제 일……."

어제의 일이라.

잠이 덜 깨서 무딘 뇌가 느릿하게 돌아가기 시작했다.

'아, 어제!'

……떠올랐다.

무슨 일이 있었는지. 더불어 이곳이 어디인지까지.

민혁이 눈을 가늘게 뜨고 기억난 듯 일그러지는 나림의 얼굴을 지켜보다가 말했다.

"기억났어요?"

민혁이 흘러내린 나림의 머리카락을 귀 뒤로 넘겨주며 물었다.

다정한 손길이었다. 어젯밤처럼.

"가, 가야겠어!"

혼란스러운 머릿속을 정리할 시간이 필요했다.

황급히 침대를 내려가려는데, 민혁이 나림의 손목을 붙잡았다.

"가긴 어딜 가요?"

민혁은 그대로 나림의 손을 끌어다가 자신의 다리 사이로 가져갔다.

손바닥에 뜨겁고 단단한 것이 닿았다.

나림의 눈이 휘둥그레 커지는 광경을, 민혁은 즐거운 듯 지켜봤다.

"이거 해결하고 가야죠."

민혁의 순진한 강아지 같은 얼굴에 짓궂은 미소가 떠올랐다.

"아니, 어제의 일은……."

"쉿."

민혁이 작게 속삭이며 나림에게 입을 맞췄다.

하려던 말이 민혁의 입에 삼켜졌다.

민혁은 나림의 아랫입술을 가볍게 빨아들이다가 혀를 밀어 넣었다.

그의 혀가 나림의 입 안을 거침없이 더듬었고, 혀를 찾아 헤맸다.

혀와 혀가 얽히고 타액과 타액이 섞였다.

지독히도 자극적인 키스에, 나림은 저도 모르게 신음을 흘리며 민혁의 어깨를 붙잡았다.

"으음……."

그의 오른손은 나림의 손목을 잡고 있었고, 왼손은 나림의 뒤통수를 받치고 있었다.

계속되는 키스에 숨이 막혀 얼굴을 떼어 내려 했지만, 뒤에서 꼭 누르는 그의 힘을 이길 수 없었다.

나림의 머리가 움직이지 않도록 고정하고 키스를 하던 그가, 갑자기 나림의 머리칼을 움켜잡고 얼굴을 거칠게 떼어 냈다.

강아지 같기만 했던 눈동자가 먹잇감을 앞에 둔 맹수처럼 빛났다.

"기분 좋죠?"

기분.

물론 좋았다.

그러나 나림은 고개를 휘휘 저었다.

원하는 대답이 아니었을 텐데도 민혁의 표정은 변하지 않았다.

그는 나림의 손목을 잡은 채, 명령했다.

"과장님. 다리 벌리고 여기로 올라와요."

그의 손가락이 자신의 페니스를 가리켰다.

그의 페니스는 단단하게 일어서 천장을 향해 있었다.

나림은 침을 꿀꺽 삼키며 다시 고개를 저었고, 그는 다시 한번 낮은 음성으로 명령했다.

"최나림. 다리 벌리고 여기로 올라와."

딱딱 끊는 듯한 그의 말투에는 거부할 수 없는 힘이 있었다.

나림은 저도 모르게 그의 명령에 따라 다리를 벌리고 그의 허벅지 위로 올라갔다.

그러나 아직 그의 페니스를 넣을 용기는 나지 않아 버티고 있는데, 그가 갑자기 나림의 허리를 잡아 아래로 내렸다.

거대한 물건이 촉촉하게 젖은 나림의 몸 안으로 쑥 밀려 들어왔다.

"으흣!"

깊이 찌르는 느낌에 나림의 허리가 뒤로 꺾였다.

민혁이 나림의 등을 감아 뒤로 떨어지지 않게 고정시키고 말했다.

"흔들어."

나림이 곧바로 움직이지 않자, 그가 나림의 머리 뒤를 확 잡아당기고 눈을 맞췄다.

"허리 흔들어, 최나림."

몸이 저절로 반응했다.

나림의 잘록한 허리가 천천히 앞뒤로 움직였다.

움직일 때마다, 안을 꽉 채운 그의 물건이 여기저기를 자극했다.

가빠지는 숨에 신음이 섞였다.

"으…… 으흣…… 아……."

나림이 움직이는 동안, 민혁이 나림의 가슴을 애무했다. 그의 손가락이 나림의 볼록 선 유두를 살짝 꼬집고 굴렸다.

"아아……!"

위에서, 아래에서 이어지는 자극에, 나림은 헐떡거리며 목을 뒤로 젖혔다.

그는 나림의 반응이 즐거운 듯, 그녀의 젖꼭지를 더 세게 꼬집어 비틀었다.

"핫!"

전기에 감전된 듯, 척추가 짜릿해지며 나림의 엉덩이가 요동쳤다. 아랫배가 움찔거리며, 절정이 가져다주는 쾌감을 받아들였다.

이러다가 몸이 허공으로 훅 날아오를 것만 같아, 나림은 그의 목을 꽉 끌어안았다.

"으흣…… 읏…… 으흐읏……!"

나림은 그의 목덜미에 얼굴을 파묻고 흐느끼는 듯한 신음을 흘렸다.

민혁은 오르가즘으로 움찔거리는 나림의 등을 가만히 쓰다듬어 주다가, 돌연 자세를 바꿔 나림을 침대에 눕혔다.

아직 절정의 야릇한 감각에서 벗어나지 못한 나림이, 젖은 눈으로 민혁을 올려다봤다.

무얼 하려는 거냐는 듯한 눈빛에, 민혁은 나림의 가느다란 두 다리를 잡아 자신의 어깨에 걸치며 속삭였다.

"나는 이제 시작이야."

잠깐 밖으로 빠져나갔던 민혁의 페니스가 안으로 깊이 찌르고 들어왔다.

나림의 육체는 한 번 느낀 절정으로 인해 예민해져 있었다.

"아앗!"

민감해진 몸은 거대한 물건이 주는 자극을 견디지 못했다.

"아아, 안 돼."

나림은 작게 신음하며 엉덩이를 움직여 조금이라도 그의 물건을 밖으로 빼내기 위해 노력했다. 하지만 그는 도리어 슬쩍 빠져나가던 페니스를 완전히 밖으로 빼냈다가, 뿌리 끝까지 집어넣었다.

철썩—

몸과 몸이 부딪쳐 소리를 냈다.

"윽!"

나림의 등이 뒤로 휘었다.

그가 나림이 움직이지 못하도록 치골 쪽을 슬며시 누르며 말했다.

"움직이지 마."

순하기만 했던 그의 눈동자가 음험하게 빛나는 것을 보며, 나림은 눈을 감았다.

'아아, 왜 일이 이렇게 된 걸까?'

1장
강아지 같은 남자

한 달 내내 계속되었던 야근이 끝난 기념으로, 팀원들은 오늘 하루만 사는 사람들처럼 술을 마셨다.

그건 나림도 마찬가지였고, 새벽 2시가 넘어서야 간신히 집에 들어와 씻지도 않은 채 잠이 들었다.

피곤이 채 가시기도 전에 알람이 울려, 시린 눈을 비비며 침대에서 내려왔다.

거실로 나가자마자 엄마의 잔소리가 쏟아졌다.

"너, 어제 또 늦게 들어왔니? 또 술 마신 거야?"

"또라니. 그동안 계속 야근하다가 어제 팀 사람들이랑 마신 건데."

"얘가, 얘가. 씻지도 않고 잠이 들었어? 너 그러다가 피부 상해. 너도 이제 관리해야 할 나이야. 요새 여자애들 보면 30대인데도 다들 20대 같더라. 너도 그렇게 관리 좀 하고 그래야 애인이 생기지."

"아, 쫌."

"나이가 서른인데 애인도 없고. 이제 슬슬 연애를 시작해야 1년쯤 만나다가 결혼을 하고 애도 낳지. 더 늦으면 남자 만나기 더 힘들어져."

"아, 그만 좀 해."

안 그래도 숙취 때문에 힘든데, 엄마의 잔소리에 머리가 지끈지끈 아파 왔다.

도망치듯 욕실에 들어가 거울을 봤더니, 화장이 반쯤 지워진, 초췌한 30대의 여성이 있었다.

한때는 동안이라는 소리를 듣고 살았는데, 언제 이렇게 나이가 든 걸까?

'언제 들긴 언제 들어. 꾸준히 들어왔겠지. 연예인 할 것도 아닌데, 얼굴이 뭔 소용이람.'

나림은 거울에서 눈을 떼고 샤워기를 틀었다.

뜨거운 물로 씻고 나왔더니, 식탁에 아침이 차려져 있었다.

"애, 가서 아빠 좀 깨워라."

"나 얼른 준비하고 나가야 돼."

"좀 깨우라면 깨워. 깨우는 데 시간이 얼마나 걸린다고."

"그렇게 얼마 안 걸리면 엄마가 깨우지?"

"최나림."

"네, 네. 명 받들겠습니다, 사모님."

안방 문을 열고,

"아빠, 일어나서 식사하세요."

라고 말하고 방으로 향했다.

수건을 머리에 두른 채 화장을 시작했다.

기초 라인을 바르고 메이크업 베이스부터 시작해, 색조 화장까지 완벽하게.

욕실에서 봤던 초췌한 여자는 사라지고, 세련되고 지적인 분위기의 여자가 거울 안에 있었다.

'뭐, 아직 괜찮네.'

라고 생각하며, 거실로 나온 나림은 또다시 시작된 엄마의 잔소리에 귀를 틀어막고 싶어졌다.

"너, 요샌 만나는 사람 없니?"

로 시작된 잔소리는,

"옆집 아무개는 다음 달에 결혼한다더라!"

라는 말로 끝이 났다.

아니, 끝이 난 게 아니라 나림이 집 밖으로 나오면서 차단되었을 뿐. 엄마는 아직 하고 싶은 말이 많이 남았을 것이다.

지긋지긋하다고, 나림은 생각했다.

엄마가 나쁜 뜻으로 하는 말이 아니라는 걸 알고 있다.

그러나 좋은 말도 여러 번 하면 질린다.

'내가 뭐 때문에 연애를 못 하는데.'

집안의 빚을 갚아야 한다. 먹고 살 정도로는 돈이 있어야 한다. 그러려면 성공해야만 한다. 성공하기 위해서는 쉴 새 없이 노력해야 한다.

그러한 압박감이 항상 나림의 어깨를 누르고 있었다.

어깨가 무거운 사람은 그 무게에 집중하느라 주위를 둘러보지 못한다. 나림이 딱 그랬다.

나림은 크게 심호흡을 하고 걸음을 옮겼다.

추웠던 계절이 따뜻해지는가 싶더니 어느새 더워지고 있었다.

벚꽃은 떨어진 지 오래고, 반팔을 입고 다니는 사람도 여기저기 눈에 띄었다.

이른바 늦봄, 혹은 초여름이라고 부를 만한 날씨였다.

이런 날 사람들은 새파란 하늘을 올려다보며,

'더 더워지기 전에 여행이나 갈까.'

라는 생각을 하지만, 나림은 다른 생각을 했다.

'더 더워지기 전에 영어 회화 고급반이나 더 수강할까?'

* * *

회사에 도착해 가방을 내려놓자마자 주 과장이 다가왔다.

"최 과장, 나랑 잠깐 얘기 좀 해."

주 과장과 함께 복도 끝에 있는 휴게실로 향했다.

자판기 앞에서, 주 과장이 물었다.

"동전 좀 있어?"

보통 볼일이 있는 사람이 음료를 쏘는 게 당연한데, 주 과장은 역시나 뻔뻔했다.

그런 주 과장의 성격을 아주 잘 아는 나림은, 주머니를 뒤져 동전 몇 개를 꺼냈다.

"뭐 마시게요?"

"커피지, 커피."

믹스 커피는 별로 안 좋아하기 때문에, 주 과장의 것만 뽑았다. 종이컵을 내밀자, 주 과장은 고맙다는 말도 하지 않고 받아들었다.

"오늘 김정희 대신 일할 신입 들어오는 거 알지?"

김정희는 입사한 지 6개월 만에 임신 소식을 알리더니, 지난달에 갑자기 회사를 그만 둔 직원이었다.

"네, 들었어요. 주 과장님이 교육을 맡으셨다고……."

"그거, 최 과장이 좀 해."

"네?"

"최 과장이 하라고. 신입 교육."

부탁도 아니고 당당하게 명령하듯 말하는 주 과장을, 나림은 어이없다는 표정으로 응시했다.

나림보다 7년 선배인 주 과장은 나림보다 몇 년 늦게 과장 직함을 달았다. 그래서인지 사사건건 나림에게 시비를 걸었고, 자기가 우위라는 것을 증명하고 싶어 했다.

"내 짬밥에 신입 교육이나 시키고 앉아 있을 수는 없잖아."

군대도 아닌데 뭔 놈의 짬밥 타령인가 싶었지만, 나림은 고개를 끄덕였다.

주 과장은 속이 좁아서, 부탁을 들어주지 않으면 그걸 가지고 한동안 우려먹을 작자였다. 아마 얼굴이 마주칠 때마다 이 일을 끄집어내서 비아냥거릴 것이다.

어려운 일이라면 매몰차게 거절했을 것이다. 하지만 신입 교육이 그리 어려운 일도 아니니, 주 과장과 얼굴을 붉히느니 그냥 수락하기로 했다.

"최 과장이라면 해 줄 줄 알았어. 사바사바 하나는 끝내준다니까."

감사 인사는커녕 '사바사바' 잘한다는 빈정거림이 돌아왔다.

늘 있던 일이기에 새삼 화가 나지도 않았다.

"그러게요. 제가 사바사바 하나는 끝내주죠. 그럼 이만 들어가 볼게요."

나림은 살짝 고개를 숙여 보이고는 휴게실에서 나왔다.

'신입 교육이라…… 진짜 오랜만에 하겠네.'

몇 년 전까지만 해도 신입 교육을 담당했었는데, 과장으로 진급하면서는 그럴 일도 없어졌다.

처음 신입 교육을 맡게 되었을 때, 긴장감에 잠도 제대로 못

잤던 것이 떠올랐다. 풋풋한 기억에 피식 웃음이 나왔다.

사무실로 돌아와 컴퓨터를 켜고, 예전에 만들어 둔 신입 교육 자료가 남아 있는지 확인했다. 그때와 많이 달라지긴 했지만 조금은 쓸모가 있을 것이다. 나머지는 상황에 맞춰서 적당히 알려 주면 되리라.

얼마 지나지 않아 홍보부 영상팀의 김 팀장이 나림을 불렀다.

"주 과장이 신입 교육 떠넘겼다면서? 내가 한 소리 해 줄까?"

"아니에요, 팀장님. 오랜만에 젊은 신입이랑 상큼한 시간 좀 보내죠, 뭐."

나림의 쾌활한 대답에 김 팀장이 웃었다.

"그래, 최 과장한테 맡겨 두는 게 나도 안심이 되지. 신입은 회의실에서 기다리고 있어. 아주 잘생긴 청년이야."

"오오, 그래요?"

잘생기든 말든, 사실은 크게 상관이 없지만 관심 있는 척했다.

남자와 연애에 관심이 없다는 게 티가 나면 사람들은 왜 그러냐고 묻고, 연애에 대한 자신의 생각을 늘어놓곤 한다. 그걸 들어주는 건 아주 귀찮은 일이다.

"28살이라고 하더라. 그러고 보니 최 과장이랑 같은 대학 졸업했던데?"

"무슨 과였대요?"

"신방과."

"아, 과는 다르네요. 어차피 제가 졸업했을 때 입학했을 테니,

마주친 적도 없겠어요."

"그래도 같은 대학을 나왔잖아. 이쯤 되면 인연이니, 어떻게 잘 좀 해 봐. 진짜 잘생겼더라고. 키도 크고 인상도 좋고."

"아니, 팀장님. 이렇게 사심 가득하게 신입 교육하라고 당부하셔도 되는 거예요?"

"내가 우리 최 과장 아끼는 거 알잖아. 예쁜 최 과장이 연애도 안 하고 회사 일만 하는 게 안타까워서 그렇지. 이제 슬슬 결혼도 생각해야 하는 나이인데."

"그러게요. 이참에 아무것도 모르는 어린 연하 꼬셔서 결혼이나 할까 봐요."

"그러라니까. 마음에 들면 얘기해. 내가 아주 제대로 밀어줄게. 이래 봬도 한때는 홍보부의 피앙세라고 불렸던 몸이거든."

"피앙세가 아니라 큐피트겠죠."

"아, 그래. 큐피트. 하하하하."

김 팀장이 호쾌하게 웃었고, 나림도 애써 미소를 지었다.

서른이 넘고부터 나림의 주위 사람들은 틈만 나면 결혼 이야기를 해 댔다.

연애해라, 결혼해라, 지금도 많이 늦었다.

자기들이 결혼 비용을 대줄 것도 아니면서 왜 이리 닦달을 해 대는지 모르겠다.

할 일도 많고 짐도 무거운 나림은 연애보다는 승진에 더 관심이 많았다. 이렇게 바쁠 때에 연애는 사치일 뿐이었다.

신입은 회의실 의자에 허리를 꼿꼿하게 펴고 앉아 있었다.

나림과 김 팀장이 들어가자, 신입이 벌떡 일어나 허리를 90도 각도로 숙였다.

"안녕하십니까. 정민혁입니다."

긴장한 듯한 민혁의 모습에 웃음이 나왔다.

"그래요, 안녕해요. 군대 아니니까 그렇게 열심히 인사할 거 없어요. 편하게 앉아요."

김 팀장이 부드럽게 말했다.

나림은 김 팀장의 옆자리, 민혁의 맞은편 자리에 앉았다.

김 팀장의 말대로 신입은 훤칠하고 근사하게 생겼다.

흰 피부와 투블럭컷이 잘 어울리는 작고 갸름한 얼굴, 짙은 눈썹 아래에는 속쌍꺼풀이 진한, 큰 눈이 있었다. 오똑한 코, 입술은 도톰하고 양쪽으로 길어서 섹시한 느낌을 자아냈다.

길고 굵은 목에서 이어지는 어깨가 넓어, 슈트가 무척 잘 어울리는 남자였다.

28살이라고 들었는데, 상당히 동안이라 대학생이라고 해도 믿을 것 같았다.

'우리 팀 여직원들이 되게 좋아하겠네.'

틈만 나면 괜찮은 남자, 잘생긴 남자를 찾던 여직원들을 떠올리며, 나림은 빙그레 웃었다. 그러다가 고개를 들었는데, 민혁이 이쪽을 똑바로 응시하고 있었다.

강아지처럼 순수하고 맑은 눈동자와 눈이 마주쳤다.

민혁이 미소를 지으며 살짝 고개를 숙였다.

잘 부탁한다는 의미인 것 같아서, 나림도 가볍게 답인사를 했다.

"정민혁 씨. 여기가 첫 회사라고 들었는데, 맞아요?"

김 팀장의 질문에 민혁이 미소를 거두고 허리를 꼿꼿이 폈다.

"네, 맞습니다!"

"하하하. 그렇게 긴장하지 않아도 된다니까요. 편하게 해요, 편하게. 여기 이 예쁜 여자분이 우리 팀에서 제일 능력 있는 최나림 과장이에요. 회사 적응할 때까지 교육 담당을 해 주기로 했으니까, 모르는 게 있으면 최 과장에게 물어보고 그래요."

"네, 알겠습니다."

"그럼 난 먼저 일어나 볼게요. 최 과장, 민혁 씨랑 같이 커피라도 한잔하고 10시 전까지만 들어와."

"네, 팀장님."

김 팀장이 회의실을 나갔다.

잠깐 민혁을 마주 보고 있던 나림은 상냥하게 웃으며 문을 가리켰다.

"우리, 커피숍 갈까요?"

*   *   *

회사 1층에 있는 커피숍에서 1시간 정도 대화를 나눈 결과, 민혁에 대한 느낌은 똘똘하고 순수한 청년이었다.

업무에 대해 간략하게 설명하는 동안, 민혁은 하나도 놓치지 않기 위해 눈을 반짝반짝 빛냈다.

업무 얘기만 하면 재미없을 법도 한데, 잡담을 나누려고 주제를 바꾸지도 않았고, 나림이 말할 때는 중간에 끼어들지도 않았다.

좋은 느낌이었다.

'일 열심히 하겠네. 가르치는 게 어려울 것 같지도 않고.'

다행이었다.

할 일도 많은데, 신입 교육에 너무 많은 시간을 뺏기고 싶지 않았다.

김 팀장이 말한 10시가 되어, 민혁을 데리고 사무실로 향했다.

사무실에 들어갔을 때, 여직원들의 반응은 나림이 예상한 대로였다.

"우와."

"어머."

"잘생겼다."

"귀여워."

기혼인 여직원들은 감탄사를 감추지 않았고, 미혼인 여직원들은 얼굴을 붉혔다.

민혁은 꾸벅 인사를 하며,

"정민혁입니다. 잘 부탁드립니다."

라고 말했다.

"우리도 잘 부탁해요."

"와, 일할 맛 나겠네. 젊은 신입이라니."

"최 과장님, 좋겠어요."

"이럴 줄 알았으면 내가 신입 교육한다고 할걸."

여직원들의 노골적인 감탄사에, 민혁의 얼굴이 붉어졌다.

고개를 숙이고 안절부절못하는 모습이 귀여워 보이기까지 했
다.

28살의 덩치 큰 남자가 귀여워 보이다니.

'나도 나이가 들긴 들었나 봐.'

라고 생각하며, 민혁에게 말했다.

"민혁 씨, 여기가 민혁 씨 자리예요. 일단 회사 메일 만들어 둬
야 하는데, 만들다가 모르겠으면 말해요."

민혁은 나림의 옆자리였다.

"네, 과장님."

민혁이 컴퓨터 켜는 소리를 들으며, 나림은 컴퓨터로 아까 확
인한 신입 교육 자료를 불러왔다.

뺄 것과 추가할 것이 없는지 체크하고 있을 때였다.

"저, 과장님. 메일, 이런 식으로 추가하면 되나요?"

민혁이 작은 목소리로 말을 걸었다.

그 정도는 혼자 할 수 있을 줄 알았는데.

나림은 속으로 혀를 차며 민혁의 자리 쪽으로 의자를 바짝 끌고 갔다.

향수를 뿌린 건지, 스킨 냄새인지, 민혁에게서는 남자의 향기가 났다.

나림이 민혁의 컴퓨터로 작업을 하려면 민혁이 조금 비켜 주는 편이 편할 텐데, 민혁은 꿈쩍도 하지 않았다. 덕분에 팔이 닿을 만큼 가까운 거리에서 마우스를 움직이는 수밖에 없었다.

"아이디는 이걸로 하는 거예요?"

"네."

"비밀번호 치세요."

"네."

민혁의 팔이 나림의 양쪽 어깨 너머로 불쑥 나오는 통에 깜짝 놀랐다.

민혁과 책상에 갇힌 자세가 된 나림은 꿈쩍도 하지 않고 모니터만 노려봤다. 민혁은 아무 생각 없이 이런 것 같은데, 호들갑을 떨어 신입을 곤란하게 만들고 싶지 않았다.

비밀번호를 치는 데 시간이 많이 필요한 게 아닐 텐데도, 길고 긴 시간이 흘러가는 느낌이 들었다.

사무실 안의 모두가 이쪽을 보고 있는 게 아닐까 싶어, 민혁이 자세를 바로하자마자 몸을 똑바로 세우고 뒤를 돌아봤다. 다행히 이쪽에 관심을 갖는 사람은 아무도 없었다.

"자, 다 됐어요."

메일 주소를 등록하고 말했더니, 민혁이 환하게 웃었다.

잘생긴 얼굴에 해사하게 번지는 미소가 근사했다.

"와, 과장님. 대단하시네요."

"이 정도는 다들 하는 건데요, 뭐. 잠깐 쉬고 있어요. 교육 자료 검토해서 메일로 보낼게요. 점심시간 전까지는 보낼 거예요."

"네, 과장님."

싹싹하게 대답하는 민혁은, 언젠가 키웠던 강아지를 떠오르게 했다.

충성스럽고 영리하면서도 순한 골든 리트리버를 키운 적이 있는데, 민혁이 딱 그런 분위기였다.

*　　*　　*

예정에 없던 신입 교육을 하느라 정작 자신의 업무를 처리하지 못했다. 혼자 사무실에 앉아서 야근을 하고 있는데, 옆에 놔둔 휴대폰이 울렸다.

[강태민]

액정에 뜬 이름을 확인하고 전화를 받았다.

—뭐하냐? 술 땡긴다.

태민이 인사를 하지도 않고 말했다.

"야근 중이야."

—또? 적당히 좀 해라. 병난다, 너. 당분간 야근 안 한다고 하지 않았어?

"응, 그렇긴 한데 오늘은 좀 사정이 있어서. 30분 정도 더 걸릴 것 같아. 동네에서 만날까?"

—그려. 편맥 하자.

편맥은 편의점 맥주를 말했다.

알겠어, 하고 전화를 끊은 뒤 서둘러 일을 마무리 지었다.

중학교 동창이자 동네 친구인 태민은, 이미 편의점 앞에 앉아 맥주를 마시고 있었다. 나림의 집에서 가장 가까운 곳에 있는 편의점이었다.

야외 파라솔 테이블에는 반쯤 먹은 컵라면과 새우깡 한 봉지, 버터구이 오징어가 있었다.

나림은 편의점에 들어가 맥주를 한 캔 사서 나와 태민의 맞은편에 앉았다.

"너, 얼굴이 퀭하다?"

태민이 담배에 불을 붙이며 말했다.

"보자마자 지적질이니?"

"걱정해 주는 거야, 인마. 밥은 잘 챙겨 먹고 다니냐?"

"잘 챙겨 먹지. 오늘 회사에 신입이 들어왔어. 원래 주 과장 담당이었는데, 주 과장이 나한테 떠넘겼어."

"그 작자도 참 가지가지 한다. 왜 안 잘리는 거야?"

"그러게 말이야. 하여간 갑자기 부사수가 생기는 바람에, 교육 자료 준비하고 그러느라 내 일을 제대로 못 해서 또 야근한 거. 교육 자료는 오늘 전부 마무리했으니까, 내일은 좀 괜찮겠지."

"신입은? 남자야, 여자야?"

"남자."

"호오. 잘생겼냐?"

"음, 뭐. 잘생긴 편이려나?"

나림이 고개를 갸우뚱하며 민혁의 얼굴을 떠올렸다.

확실히 첫인상은 '잘생겼다.'라는 감상이었다. 하지만 오늘 하루 종일 민혁과 함께한 결과, 귀엽다는 감상이 그 자리를 대신했다.

민혁은 28살답지 않은 풋풋함과 순수함이 있었고, 그래서인지 그 잘생긴 얼굴조차 귀엽고 어린 동생으로만 느껴졌다.

"뭐, 얼굴만 보면 잘생기긴 잘생겼는데, 그것보다는 귀여운 것 같아. 약간 어린애 같은 느낌이야."

"키가 작나 보지?"

"아니, 키는 꽤 커. 180 넘는 것 같던데."

"그런데도 어린애 같은 느낌이라고?"

"응, 성격이 좀…… 싹싹하다고 해야 할지, 순진하다고 해야 할지…… 아무튼 여직원들은 난리가 났어. 신입 자리가 내 옆자리거든. 신입 눈에 한번 띄려고 그러는 건지, 메신저로 해도 될 말을 굳이 내 자리로 와서 직접 하더라고. 그러면서 신입 얼굴 훔쳐보고 가고."

나림은 맥주를 한 모금 마셨다.

시원한 맥주와 함께 하루의 피로가 함께 내려가는 느낌이었다.

"넌 걔한테 관심 없고?"

태민의 질문에 나림이 피식 웃었다.

"애야, 애. 4살이나 어려. 난 연하 별로 안 좋아하고."

"연하만 안 좋아하는 게 아니겠지. 너, 연애 안 한 지 얼마나 됐냐?"

"글쎄. 한 3년 됐나?"

"이제 슬슬 해야지. 연애 세포 다 죽었겠다. 평생 솔로로 살래?"

"야, 강태민. 너까지 잔소리할래?"

"잔소리가 아냐. 너, 이제 네 삶을 즐길 때도 됐어. 회사에서 능력도 인정받았잖아. 네 나이에 그 정도면 정말 잘 하고 있는 거야. 언제까지 그렇게 워커홀릭으로 살래? 아깝지 않냐, 한 번 사는 인생인데."

"아깝지 않게 열심히 살고 있잖아. 아, 이제 그런 얘기는 그만 하자. 너야말로 일은 어때?"

"내 일이 문제냐, 지금? 너네 회사에 잘생긴 신입이 왔다는데."

"아니, 진짜로 그 신입은 내 취향이 아니라니까 그러네. 난 얼굴 안 봐."

"얼굴 안 보긴. 지난번에 사귀었던 사람도…… 아, 미안."

나림의 표정을 본 태민이 얼른 사과했다.

나림은 쓴웃음을 지었다.

"미안할 거 없어. 이제 다 잊었으니까. 3년이나 지났는데."

다 잊었어.

3년이나 지났잖아.

미련 없어.

헤어지면 끝이지, 뭐.

어차피 내 인생에 없던 사람이, 잠깐 내 삶에 머물렀다가 사라
진 것뿐이야.

이제는 얼굴도 기억 안 나.

그런 거짓말들을 3년이나 해 왔다.

3년 전의 이별 이후로, 나림을 걱정하는 사람들에게 늘 그렇
게 말해 왔다.

남자 때문에 괴로워하고, 남자가 삶의 전부인 양 슬퍼하는 모
습을 보이고 싶지 않았다.

그래서 실연의 아픔을 드러내지 않고 꾹꾹 눌러 담았다. 냉정
한 여자, 얼음 여왕이라는 소리를 들을 정도로 슬픔을 드러내지
않았다.

태민과 헤어져 집에 돌아와 허물어지듯 침대에 누웠다.

'일이 바쁘면 생각이 잘 안 나는데.'

야근으로 정신이 없을 때가 좋았다.

그럴 때는 생각나지 않으니까. 나를 사랑했고, 내가 사랑했던 그 남자를, 잠시나마 떠올리지 않을 수 있으니까.

사랑을 받고, 사랑을 했기에 행복했던 나날을, 그 기억들을 잠시나마 잊을 수 있으니까.

3년 전의 그때로 돌아간 듯, 가슴이 아릿했다.

이별을 했던 그날만큼 아픈 건 아니지만, 슬픔의 여운이 여전히 심장에 남아 있었다.

'싫다, 이 느낌.'

나림은 눈을 감았다.

그때의 기억들을 송두리째 지워 버리고 싶다.

그러면 불현듯 떠오르는 기억에 아파하는 일이 없을 텐데.

*　　*　　*

바에 혼자 앉아 있는 동안, 말을 건 여자는 3명이었다.

그중 꽤 민혁의 취향인 여자도 한 명 있었다.

약속만 없었더라면 그 여자와 함께 바를 나갔을 것이다.

"오래 기다렸냐?"

뒤에서 들려오는 목소리에, 민혁은 싱긋 웃으며 돌아봤다.

"어, 오래 기다렸어. 너 때문에 내가 여자 몇 명을 포기한 줄 알아?"

"몰라, 알고 싶지도 않고."

민혁의 고등학교 동창이자 절친한 친구인 재훈이 웃으며 옆자리에 앉았다.

"요새 애들 중간고사 시험 준비하느라 정신이 없어. 넌 오늘 첫 출근이었지?"

"어."

"성공했네, 정민혁. '맛나다'엘 다 들어가고."

"뭘 성공해. 나 정도 실력이면 당연한 걸 가지고."

"첫 출근은 어땠냐? 사람들 괜찮아?"

"아직은 잘 모르겠어. 아, 내 사수가 예뻐."

"야, 관둬라."

"뭐야, 인마. 제대로 듣지도 않고."

"관둬, 관둬. 회사 사람은 절대 건드리지 마. 너 그러다가 그거 진짜 문제 된다."

민혁의 여자 편력을 아는 재훈이 정색을 하고 말했다.

"걱정 마. 회사 사람 건드릴 생각은 없으니까."

민혁의 대답에도 재훈은 안심한 표정이 아니었다.

그럴 수밖에 없는 것이, 민혁은 지금껏 진심으로 여자를 상대한 적이 단 한 번도 없었다.

귀여운 얼굴과 순진한 행동에 속아서 민혁에게 다가오는 여자들이 많았는데, 민혁은 오는 여자를 막지도, 가는 여자를 잡지도 않았다.

그렇게 민혁에게 속아서 상처를 받아 떠나간 여자들만 여럿 봤다. 아니, 여럿 정도가 아니라 손가락으로 꼽기도 힘들다.

"너 말이야. 그렇게 건성으로 대답할 게 아니야. 너, 사람 한 명 잘못 건드렸다가 그 회사에서 잘릴 수도 있어. 아니면 여자 쪽이 회사를 그만두게 되든가. 딴 건 몰라도, 여자 인생을 망치지는 말아야지. 그러니까 일터에서는 절대 그러지 마."

＊　　　＊　　　＊

민혁은 일을 잘 배웠다. 그래서 일주일쯤 지났을 때는 한 명분의 일을 제대로 해내게 되었다.

한동안 신입에게 시달릴 것을 각오했는데 다행이었다.

다만 귀찮은 건.

"과장님, 이것 좀 보세요. 이거 예쁘지 않아요?"

여직원들이었다.

민혁에게 직접 말을 거는 게 자존심 상해서인지, 아니면 어려워서인지, 여직원들은 톡으로 해도 될 말을 구태여 나림의 자리에 찾아와서 했다. 그것도 업무와 전혀 관계없는 쓸데없는 이야기들이었다.

민혁은 싹싹해서, 나림과 여직원이 대화를 하고 있으면 간간히 끼어들었고, 그게 여직원으로 하여금 민혁에게 한 걸음 다가섰다는 충족감을 주는 모양이었다.

점심시간이 되기 30분 전은 거의 쟁탈전 수준이었다.

30분 정도 수다를 떨다가, 점심 먹으러 간다는 나림에게 동행을 요청할 수 있기 때문이었다.

여직원들은 서로의 눈치를 봤고, 기회를 잡은 여직원이 벌떡 일어나 나림의 옆자리로 오면, 다른 여직원들이 한탄의 한숨을 내쉬었다.

오늘의 승자는 김자영 대리였다.

자영은 나림과 민혁의 자리 사이에 허리를 굽히고 서 있었다. 오늘따라 유독 짧은 스커트라, 저러다 속옷이 보이지 않을지 걱정이 될 정도였다.

자영이 나림의 마우스를 멋대로 움직여 컴퓨터에 띄운 것은 귀걸이었다.

사실 나림은 귀걸이에 전혀 관심이 없었지만, 적당히 고개를 끄덕였다.

"응, 예쁘네."

"그렇죠? 과장님 스타일일 것 같더라고요. 과장님이랑 잘 어울릴 것 같아요."

"아냐, 나보다는 자영 대리한테 더 잘 어울리지."

"에이, 전 이렇게 화려한 건 안 어울려요. 화장을 진하게 하는 편이 아니라서."

'나는 화장을 진하게 하지 않았지만, 당신은 화장을 엄청 진하게 하고 다니잖아.'

라는 여자들의 언어라는 걸 모를 만큼, 나림은 바보가 아니었다.

하지만 그런 말에 특별히 기분이 상하지는 않았다. 일일이 기분 나빠해 봐야 주름만 늘어날 뿐이다.

"오, 그 귀걸이 정말 예쁘네요."

자영이 원했던 대로, 민혁이 고개를 내밀어 나림의 모니터를 확인하며 말했다.

자영의 표정이 확 밝아졌다.

"그치, 민혁 씨. 이거 과장님이랑 잘 어울릴 것 같지? 젊은 애들은 소화하기 좀 어려운 스타일인데, 우리 과장님은 스타일이 좋으니까 잘 어울릴 거야."

'젊은 애들이랑은 안 어울리지만, 우리 과장님은 늙었으니 잘 어울리겠지.'

라는 속뜻이 감춰진 말이었다.

"네, 과장님은 예쁘시니까요. 뭘 해도 잘 어울리시죠. 워낙 동안이시기도 하고."

그 속뜻을 눈치 못 챈 듯 민혁이 싹싹하게 말했다.

자영이 원하는 대답이 아니었는지 표정이 굳는 게 보였다.

"응, 뭐. 우리 과장님 동안이시긴 하지. 요새는 화장 기술이 발달해서 웬만하면 다 어려 보이니까."

아, 이건 너무 갔다.

나림은 살짝 인상을 찌푸렸다.

'김자영 대리, 조급한 건 알겠지만 이쯤에서 그만두지.'

라는 조언을 해 주고 싶었다.

'나는 당신의 라이벌이 아니야.'

라는 말도 덧붙이고 싶었다.

어째서인지 여직원들은 나림을 '라이벌'이라고 생각하고 있었다.

왜 그렇게 생각하는지 모르겠다.

나림은 그저 민혁의 사수일 뿐이고, 민혁에게 있어서는 불편한 상사일뿐일 것이다. 게다가 나이도 4살이나 더 많다.

척 봐도 인기 있을 타입의 민혁이 굳이 어려운 직장 상사에 연상인 여자에게 관심을 가질 리 없었다. 그런데도 이렇게들 날을 세우는 걸 보면, 다들 마음이 급하긴 급한가 보다 싶다.

'나보다는 임지연 씨를 견제하는 게 좋을 텐데.'

지연은 입사 1년 차로, 24살의 발랄함과 사랑스러움을 지닌 여직원이었다.

24살이라는 어린 나이와 자그마한 체구, 토끼를 닮은 귀여운 얼굴을 가진 그녀는, 의외로 적극적으로 민혁에게 다가오고 있었다.

다른 여직원들이 하듯 나림을 통해 민혁과 친해지려는 게 아니라, 직접 민혁에게 대쉬를 하는 것 같았다.

점심시간이 되자, 자영이 물었다.

"과장님, 점심 어디서 드실 거예요?"

"아아. 난 오늘 도시락."

민혁에게 관심이 있는 여직원의 견제를 받으며 점심을 먹는 게 지겨워, 오늘부터는 도시락을 싸서 다니기로 했다.

"어, 진짜요? 과장님이랑 같이 점심 먹으려고 했는데. 그럼 민혁 씨는?"

자영이 전혀 아쉬워하지 않는 투로 말하고는 민혁에게 물었다.

"아, 저도요."

"어?"

"저도 오늘은 도시락 싸왔어요. 식비가 너무 많이 나가는 것 같아서."

민혁의 말에, 자영보다는 나림이 더 당황했다.

하필이면 나림이 도시락을 싸온 날, 민혁도 도시락을 싸오다니.

홍보부에 도시락을 싸오는 사람은 없으니, 아마 이 일을 가지고 말 많은 여직원들은 뒤에서 떠들어댈 것이 분명했다.

"아, 정말? 그러지 말고 나가서 먹자. 오늘은 내가 쏠게."

자영이 말했다.

나림은 속으로 자영을 응원했지만, 민혁은 부드럽게 거절했다.

"다음에 같이 먹어요, 대리님. 도시락 싸온 거 버릴 수는 없어서요."

"아, 그렇긴 하네. 알겠어, 그럼. 식사 맛있게들 하세요."

민혁에게 거절당한 자영이 불쾌한 속내를 감추지 않고 자리를 떠났다.

여직원들이 숙덕거리는 소리가 벌써부터 들리는 듯했다.

사무실에서 밥을 먹을 수는 없기에, 위층에 있는 테라스로 향했다.

원래는 차 한잔하라고 만들어 둔 공간인데, 어느새 흡연하는 사람들만 이용을 하게 되더니, 건물 내 흡연이 금지되고부터는 이용하는 사람이 거의 없었다.

나림과 민혁은 테라스에 마련된 테이블에 마주 보고 앉아 도시락을 열었다.

"도시락 싸올 줄 몰랐는데."

"네, 저도 원래 도시락은 잘 안 싸는데…… 조금 불편해서요."

"아, 나랑 같이 밥 먹는 게 불편했어? 진작 말했으면……."

"아니, 아니. 그게 아니고요."

민혁이 난처하다는 듯 웃었다.

"다른 여직원분이랑 셋이 먹게 되는 게 좀…… 여자 두 분이랑 같이 밥을 먹다 보니 자꾸 긴장을 하게 되더라고요."

"의외네. 여자 잘 다룰 줄 알았는데."

"네? 아니에요. 남중, 남고를 나와서 여자들이랑 어울릴 기회가 없었거든요."

"아아, 그랬어?"

정말로 의외였다.

싹싹하게 얘기를 잘해서 여자들을 잘 다룰 줄 알았는데, 꼭 그렇지도 않았나 보다.

'하긴. 애가 좀 순진해 보이긴 해.'

그런 생각을 하며 도시락을 먹었다.

"그 도시락은 과장님이 싸신 거예요?"

"아니, 엄마가 싸 줬어."

"아, 부모님이랑 같이 사세요?"

"응, 민혁 씨는?"

"저는 혼자 살아요. 회사 근처에서."

"그래? 좋겠다. 회사랑 가까운 데 사는 게 최고인 것 같아. 그래도 다른 사람들한테는 말하지 마."

"네? 왜요?"

"회사 가까운 곳에서 자취를 하는 남자의 집은, 거의 모텔로 이용이 되거든."

"모텔로요?"

"응. 다들 술 마시고 너무 늦어지면 거기 가서 자려고 할걸? 한 대리도 결혼 전까지 회사 근처에서 자취했는데, 다들 회식하고 전철 끊기면 한 대리 네 집에 가서 자는 바람에 이사하고 싶다고 매일 투덜거렸었어."

"아, 그렇구나. 조언해 주셔서 감사해요, 과장님."

"별말씀을요."

여자에게 면역이 없다고는 해도, 민혁과 대화를 하는 건 편했다. 아마도 아무것도 모르는 어린 동생 같은 느낌이 들기 때문일 것이다.

계란말이 하나를 쿡 찍어 반을 베어 먹고, 남은 반은 잠시 밥 위에 내려놨다.

"저, 계란말이 하나 먹어도 돼요?"

"응, 먹어."

라는 대답을 하자마자, 민혁이 나림의 밥 위에 놓인 계란말이를 가져가 입에 넣었다.

"아니, 그거 말고. 새 걸로 먹지."

"아뇨, 맛만 보고 싶었던 거라서요. 과장님 반찬을 다 뺏어 먹을 수는 없죠."

"그래도 내가 먹던 건데."

"에이, 괜찮아요. 그런데 이거 진짜 맛있네요."

여자를 잘 몰라서일까.

민혁은 가끔 행동을 너무 거침없이 할 때가 있었다.

비단 이번뿐만이 아니다.

저번에도 일을 하다가 커피를 마시는데 가지고 가서 한 모금 마시지를 않나, 나림의 운동화 끈이 풀리자 구부리고 앉아서 묶어 주질 않나.

예상치 못한 순간에 예상치 못한 행동을 해서 당황스러울 때가 있었다.

다른 남자가 했더라면,

'나한테 관심이 있나?'

싶어서 선을 그었을 것이다.

하지만 민혁은 그런 행동을 하고 나서,

'나 잘했죠?'

라는 순진한 표정으로 나림을 응시하니, 이런 짓 하지 말라고 딱 잘라 말하기도 어려웠다.

그래도 오늘은 말해야겠다.

다른 직원들에게 오해를 받고 싶지 않았다.

"민혁 씨는 원래 여자들한테 이런 식으로 대해?"

"네? 이런 식이라니요?"

"이렇게 내가 먹던 거 아무렇지도 않게 가져다가 먹고, 신발 끈 풀리면 묶어 주고, 머리 뒤로 넘겨주고 그러는 거."

"아, 그러면 안 되는 거예요?"

민혁이 눈썹 끝을 늘어뜨리고 물었다.

순간 마음이 약해졌지만 나림은 마음을 다잡고 강하게 말했다.

"응, 안 돼. 그런 거, 여자들이 오해하기 딱 좋은 행동이야. 관심이 있는 여자한테만 잘해 주는 게 좋아."

"관심이 있다면요?"

"응?"

"만약 제가 과장님한테 관심이 있어서 이러는 거라면요?"

"그런 거라면 관둬. 난 사내 연애를 할 생각도 없고, 연하한테는 관심 없으니까."

"너무 차가워요, 과장님."

민혁이 장난스럽게 울 것 같은 표정을 지었다.

나림은 피식 웃으며 새 계란말이를 집어, 민혁의 밥 위에 올려놨다.

"응, 난 차가운 사람이야. 그러니까 차가운 사람 건드렸다가 손가락 얼지 말고, 따뜻한 사람 나타나면 그 사람한테만 잘해 주도록 해. 여자를 잘 모른다고 해서 하는 말인데, 이런 행동 해 봐야 뒤에서 얘기만 많이 나와."

*　　*　　*

테이블 위에 올려 둔 나림의 휴대폰이 울렸다.

"잠시만 통화 좀 하고 올게. 내 반찬 먹어도 돼."

나림이 테라스 밖으로 나가, 문을 닫았다.

민혁은 계란말이를 입에 넣고, 테라스의 유리문 건너편에서 통화를 하는 나림의 뒷모습을 지켜봤다.

날씬한 몸매에 긴 팔다리.

딱 붙는 스키니진이 무척 잘 어울리는 몸매였다.

'흐음.'

특별히 나림을 꾈 생각은 아니었다.

상사이자 사수니까, 잘해 주자는 생각에 나온 행동들일 뿐이었다. 그런데 이런 말을 듣게 될 줄은 몰랐다.

'재미있는 여자네.'

지금껏 민혁에게 이런 식으로 말한 여자는 없었다.

보통은 얼굴을 붉히고 설레어하고 더 잘해 준다. 심지어 아주머니나 할머니들까지도, 민혁의 '눈썹 끝 내리기 스킬'에는 약했다.

그런데 이렇게까지 철벽을 치며 냉정하게 말하다니.

나림은 민혁이 무슨 짓을 해도 머리카락 한 올 흔들릴 것 같지 않았다.

그래서 오히려 없었던 감정이 생겼다.

승부욕.

잠자리에서도 과연 저렇게 냉정하고 흔들림이 없을지 궁금해졌다.

'아니, 관두자.'

민혁은 황급히 머릿속에 떠오르는 망상—나림이 침대 위에서 얼굴을 붉히고 자신을 올려다보는—을 지워 버렸다.

'회사에서 분란을 일으키면 안 돼. 큰 회사고, 소문이 나 봐야 좋을 게 없잖아.'

그때, 통화를 끝낸 나림이 돌아왔다.

"같이 밥 먹다가 미안해. 중요한 전화라서."

"아니에요, 괜찮아요."

"얼른 먹고 들어가자."

"밥 먹고 커피 한잔하실 거죠? 계란말이 보답으로 오늘은 제가 살게요."

나림과 민혁은 점심을 먹은 후 늘 커피를 한잔 마시고 올라왔었다. 그래서 한 제안인데 나림이 부드럽게 미소를 지으며 말했다.

"아니, 괜찮아. 오늘은 그냥 자판기 커피 한 잔 뽑아다가 마실래."

필요 이상으로 친해지기 싫다는 거절이라는 걸, 민혁은 알 수 있었다.

*　　　*　　　*

말해 두기를 잘했다고, 나림은 생각했다.

도시락을 함께 먹은 날 이후, 민혁은 필요 이상으로 나림에게 말을 걸지도, 잘해 주지도 않았다. 적당한 거리를 유지하며 직장 상사로만 대했기에 마음이 편했다.

시간이 흘러 민혁이 입사를 하고 한 달이 되는 날, 신입 환영 회식이 있었다.

보통은 입사하고 1, 2주 내에 환영 파티를 여는데, 업무가 많아서 미루고 미루다가 한 달 만에 하게 된 것이다.

다들 이 날만을 기다리고 있었는지, 홍보부 영상팀 미혼 여직원들의 복장이 여느 때와 달리 화사했다.

나림은 회식보다는 집에 가서 잠을 자고 싶었지만, 직속상관으로서 빠질 수도 없기에 1차만 하고 집에 갈 생각으로 회식에 참석했다.

1차는 삼겹살집이었다.

나림과 민혁은 다른 테이블에 앉게 되었고, 팀장과 한 테이블에 앉은 나림은 팀장의 딸 이야기를 들으며 술을 마셨다. 간간이 화장실을 다녀오다가 보면, 민혁은 여자들에게 둘러싸여 있었다.

얼굴을 붉히고 수줍게 웃는 모습이 귀여운지, 여직원들은 민혁을 짓궂게 놀려댔다.

"아, 그런 건 아니에요. 에이, 선배님. 이러지 마세요."

"뭐야, 내가 민혁 씨보다 나이 많아서 싫은 거야?"

"아니요. 그럴 리가요. 그런 거 진짜 아니에요."

술이 어느 정도 들어가서인지, 여직원들은 대담했고, 그럴수록 민혁의 얼굴은 더 빨개졌다. 여자에게 면역이 없다는 말은 진짜였나 보다.

'뭐, 나랑은 상관없지.'

라고 생각하며, 나림은 다시 자리로 돌아왔다.

이번 대화 주제는 업무 이야기였다.

직원들은 회식 자리에서까지 업무 이야기를 하는 걸 질색했지만, 나림은 좋아했다.

김 팀장과 일 이야기를 하다 보니, 집에 갈 틈을 놓쳐 2차까지 합류하게 되었다. 2차는 꼼장어 가게였다.

좁은 꼼장어 가게를 맛나다 주식회사 홍보부 영상팀이 전세라도 낸 듯 가득 채웠다.

불에 구우면 꼬불꼬불 고소해지는 꼼장어를 굽고 있는데, 김 팀장이 말했다.

"아, 그러고 보니 최 과장. 그 얘기 들었어?"

"어떤 얘기요?"

"한 달 후에 윤명호 한국으로 돌아온다더라."

윤명호.

그 이름에 심장이 철렁 내려앉았다.

표정이 굳는 걸 멈출 수가 없었는데, 다행히 술에 얼큰하게 취한 김 팀장은 눈치채지 못한 듯 계속해서 말했다.

"오면 온라인팀을 맡게 되나 봐. 온라인팀 팀장이 다음 달에 그만둔다는 얘기를 들었거든. 아, 그건 알지? 명호, 지난해에 부장으로 승진한 거."

"아, 그랬나요?"

물론 알고 있었다.

명호는 입사 동기였고, 나림과 능력 면에서 별반 차이가 없는데도, 남자라는 이유로 기회를 얻어 해외 발령을 받고 부장으로 승진도 했다.

'남자이기 때문은 아니야. 그가 능력이 있기 때문이지.'

라고 생각하기 위해 노력하지만, 문득문득 생겨나는 자격지심을 완전히 억누를 수는 없었다.

게다가.

"그러고 보니 윤 과장, 아니, 이제 윤 부장이라고 불러야 하는구만. 윤 부장, 예전에 우리 회사에서 사귀는 여자 있다는 소문이 돌았었는데. 최 과장, 혹시 누군지 알아?"

게다가 명호는 나림의 전 연인이기도 했다.

헤어진 지 3년이 되었음에도 여전히 이 가슴에 아린 통증을 안기는, 전 연인. 옛 사랑.

"아니요, 모르겠는데요."

"그래? 최 과장이라는 동기이기도 하고 꽤 친했잖아. 알 줄 알았는데, 최 과장한테도 숨겼나 보지?"

"사내 연애라는 게 그렇죠, 뭐. 게다가 윤 과, 아니, 윤 부장님은 야심이 있기도 했고."

"그래, 그건 그렇지만…… 으아, 되게 궁금하네. 그 강철 같은 녀석 마음을 잡아끈 여자가 누군지. 아직도 우리 회사에 다니려나? 아, 나 방금 되게 소문 좋아하는 아줌마처럼 굴었지?"

"네, 그러셨어요."

나림의 대꾸에 김 팀장이 와하하 웃었다. 하지만 김 팀장의 사심 없는 행동에도 기분은 나아지지 않았다.

'돌아오는구나, 명호 오빠.'

사랑이었다.

다시 한 번 생각해도 사랑이었다.

그러나 함께 떠나자는 그의 제안을 받아들일 수는 없었다.

나림에게는 부양해야 할 가족이 있고, 하고 싶은 일이 있었다. 남자 때문에 이곳에 있는 모든 것을 다 버리고 떠날 수는 없었다.

'아, 그만 생각하자. 어차피 명호 오빠도 새 여자를 만났을 거고, 나에 대한 감정을 다 정리했을 거야. 나 혼자 이러는 거, 진짜 시간 낭비에 감정 낭비야.'

그리 생각했지만 속이 바싹바싹 타는 건 어쩔 수 없었다.

타는 속을 식히기 위해 연거푸 술을 들이켰다.

얼마나 그렇게 정신없이 술을 마셨을까.

'아, 취한 것 같아.'

라는 생각에 정신을 차렸다.

회사 사람들에게 만취한 모습을 보일 수는 없었다.

"팀장님, 저 먼저 들어가 볼게요."

만만치 않게 마셔서 얼굴이 벌게진 김 팀장이 고개를 끄덕였다.

"그래, 그래. 고생했어. 들어가 봐."

팀원들에게 인사를 할까 하다가 관두고 조용히 술집을 빠져나왔다.

전철은 끊긴 지 한참 지났다. 나림은 택시를 잡아타기 위해 큰

길을 향해 걸었다.

하지만 몇 걸음 채 걷기도 전에 휘청거리다가 주저앉았다.

'으아, 죽겠네.'

술이 약한 건 아니지만 급하게 마신 탓에 취기가 확 올라왔다.

힘겹게 일어나 벽 쪽으로 가서 잠시 쭈그리고 앉았다. 걸으면 더 어지러우니까 잠깐 이러고 있다가 가야겠다.

무릎 사이에 얼굴을 끼고 앉아 있은 지 얼마나 지났을까.

"과당님."

귀에 익은 목소리가 들려 고개를 들었다.

언제 왔는지, 민혁이 나림의 앞에 쭈그리고 앉아 배시시 웃고 있었다.

"과당님, 여서 모하세여?"

우와, 얘 엄청 취했나 보다.

혀 짧은 소리를 내면서 방실방실 웃는 민혁은 어린 꼬마 같아 보여서 웃음이 나왔다.

"아하하하. 민혁 씨, 취했어?"

배를 잡고 웃을 일도 아니건만, 나림 역시 취했기에 이 상황이 너무 웃기기만 했다.

"안 취해써여. 하나도 안 튀해써여."

민혁이 눈을 꿈뻑거리며 정확하게 말하려고 애쓰는 모습이 귀여웠다.

"안 취하긴, 엄청 취했는데. 얼른 집에 가. 이러다가 집에 못

가겠다."

"집…… 가고 싶은데……."

"그런데?"

"어떻게 가야 할지 모르게써여."

"아하하하. 모르긴 왜 몰라? 민혁 씨 집 주소 뭔데?"

"집 주소. 집……."

민혁이 졸린 지 중얼거리며 누우려고 하기에, 나림이 얼른 민혁의 팔을 붙들었다.

안 되지, 안 돼. 이런 데서 자게 둘 순 없지.

"민혁 씨. 택시 타는 데까지 같이 가 줄게. 일어나."

책임져야 할 사람이 생기자, 나림은 취기를 이길 수 있었다.

"졸려요. 자고 싶어……."

"안 돼, 일어나. 잠은 집에 가서 자야지."

비틀거리며 일어난 민혁을 거의 업다시피 해서 큰길로 나왔다.

다행히 손을 들자마자 택시를 잡을 수 있었다.

우선 민혁을 밀어 넣고 주소를 말하려고 했는데, 민혁에게 아직 집 주소를 듣지 못했다.

그렇다고 계속 택시를 세워 둘 수도 없기에, 나림은 어쩔 수 없이 택시 뒷자리에 올라 문을 닫고, 민혁의 어깨를 흔들었다.

"민혁 씨. 잠깐만 정신 차려봐 봐. 집 주소 말해 줘."

민혁이 더듬더듬 집 주소를 말했다.

회사에서 가까운 곳이라 택시를 탄 게 민망할 정도였지만, 다행히 택시 기사는 친절하게 대해 주었다.

'그러고 보니 집이랑 회사랑 가깝다고 했지.'

새까맣게 잊고 있었다.

몇 분 달리지 않아 택시가 멈췄고, 나림은 먼저 택시에서 내려 민혁을 끌어당겼다.

민혁의 집은 신축 빌라 3층이었다.

'엘리베이터가 있어서 다행이야.'

라고 생각하며, 3층 버튼을 눌렀다.

민혁은 여전히 정신을 못 차리고 있었다.

3층에서 내려 민혁의 집 현관문 앞에 서서 민혁을 흔들었다.

"민혁 씨. 도어락 번호가 뭐야? 얼른 눌러봐 봐."

"1301이여."

스스로 누르라고 한 말인데, 민혁이 번호를 알려 줬다.

'내일 도어락 번호 바꾸라고 말해 줘야겠네.'

삐 삐 삐 삐—

번호를 누르고 문을 열었다.

민혁을 들여보내고 갈 생각이었는데, 나림의 어깨에 팔을 걸치고 비틀거리던 민혁의 힘을 못 이기고 안으로 들어가고 말았다.

우당탕—!

민혁의 무게를 견디지 못해 겹쳐진 상태로 넘어지고 말았다.

"아…… 이런……."

그제야 술이 조금 깬 듯 민혁이 한쪽 눈을 찡그렸다.

"아, 과장님. 아, 이런. 죄송해요."

"아니야, 괜찮아."

민혁이 쿠션 역할을 해 줘서 아프지는 않았다.

너무 가까이 닿아 있는 것이 불편해서 일어나려고 했는데, 몸에 힘이 들어가지 않았다. 몇 번이나 실패하다가 간신히 몸을 일으켰다.

"정말 죄송해요…… 제가 너무 마셔서……."

"아니, 진짜로 괜찮아. 신입이니까 주는 술을 거절할 수는 없었겠지. 얼른 쉬어. 난 가 볼게."

"아니, 저기. 과장님, 커피라도 한잔하고 가세요."

"괜찮아. 너무 늦었어."

"과장님도 많이 마시신 것 같은데…… 커피 한잔하시고 술 좀 깨면, 제가 택시 잡아 드릴게요. 안 그러면 제가 너무 죄송해서……."

어쩔 줄을 몰라 하는 민혁을 보자 마음이 약해졌다.

민혁을 집까지 무사히 데려다줬다는 생각 때문인지, 간신히 억누른 취기가 다시 올라오려고 하고 있었다. 이 상태로 택시를 타면 어디로 가는지도 모르는 채 잠이 들 것이 뻔했다.

"알겠어, 그럼. 커피 한 잔만 마실게."

"네, 금방 타 올게요. 방에 들어가 계실래요? 아, 제 방 말고 옆방, 손님방이거든요."

"아냐, 거실에 있을게."

나림은 비틀거리며 거실로 향했다.

멀쩡한 정신이었다면, 민혁이 이렇게 갑자기 정신을 차린 것
이 이상하다는 생각을 했을 것이다. 그리고 남자 혼자 사는 집에
들어와 반쯤 취한 채로 앉아 있는 것이 위험하다는 생각 또한 했
을 것이다.

그러나 나림은 많이 취한 상태였기에 이성적인 판단을 할 수
가 없었다.

소파에 앉자마자 이곳이 어딘지 잊고 까무룩 잠이 들었다.

얼마나 시간이 흘렀을까.

볼을 살며시 쓰다듬는 손길이 느껴졌다.

작은 강아지를 쓰다듬는 듯 따뜻하고 조심스러운 손길이 기
분 좋았다.

볼 위에 머물던 손은 나림의 머리를 쓰다듬기도 하고, 흘러내
린 머리카락을 귀 뒤로 넘겨주기도 했다.

이렇게 애정 어린 손길을 받아 본 게 얼마 만일까.

가슴이 간질거릴 정도로 다정한 온도에, 나림은 슬며시 눈을
떴다.

가까운 곳에 새까맣고 맑은 눈동자가 두 개 있었다.

'아아, 강아지였나?'

라고 생각하며 손을 뻗었는데, 만져지는 건 복슬복슬한 털이

아닌 미끈한 피부였다.

"과장님."

듣기 좋은 나직한 음성이 귓가에 닿았다.

"정민혁?"

"네, 민혁이에요. 많이 졸리세요?"

"으응, 좀. 졸리네."

본인도 깜짝 놀랄 정도로 애교스러운 목소리가 흘러나왔지만, 술김이었기에 크게 생각하지 않았다.

"자고 갈래요? 남는 방 있는데."

"으응, 그럴까아?"

민혁이 빙그레 웃었다.

"과장님, 취하니까 되게 귀여워요."

달콤한 음성이었다.

"나, 귀여워?"

"응, 귀여워요. 키스하고 싶을 만큼."

민혁의 얼굴이 가까워졌다.

숨결과 숨결이 섞였다.

코끝을 간질이는 옅은 알코올 냄새와 스킨 냄새가 나쁘지 않았다.

"키스, 해도 돼요?"

코와 코가 닿을 만큼 가까운 거리에서, 민혁이 물었다.

"흐응."

이도저도 아닌 대답을 했다.

"아니다. 싫다고 해도."

민혁의 입술이 닿을락 말락 한 거리에서 멈췄다.

종이 한 장 간신히 들어갈 만큼 가까운 거리였다. 입술의 온도가 전해졌다.

"할래요."

그와 동시에 입술이 닿았다.

민혁의 입술은 뜨거웠다. 나림의 입술도 뜨거운데, 그의 입술이 더 뜨거웠다.

처음에는 가볍게 닿았다가 떨어진 입술이 한숨과 함께,

"하아, 이러면 안 되는데."

라는 말을 뱉어 내고 다시 나림의 입술 위에 겹쳐졌다.

이번에는 긴 키스였다.

오랜만에 하는 키스는 뜨겁고 강렬하고 열정적이고 야했다. 나림은 상대가 누구라는 것도 잊고, 그의 목에 매달려 그의 타액을 받아들였다.

그의 혀가 나림의 입술을 열고 들어와 혀를 찾아 안을 더듬었다. 나림의 혀를 찾아내 옭아매고 빨아들였다.

달콤한 타액이 넘어와 마른 목을 축이고, 그의 손이 나림의 봉긋한 가슴을 움켜쥐었다.

성마르게 나림의 가슴을 주무르며 키스하던 민혁은, 거의 찢듯이 나림의 옷을 벗겨 냈다.

속옷만 입게 된 나림이 그제야 부끄러움을 느끼며 두 팔로 몸을 가리려 하자, 그가 속삭였다.

"가만히 있어요, 과장님."

민혁이 나림의 손목을 붙들어 아래로 내리고 귓불을 살짝 깨물었다.

"난 이제부터 과장님이랑 할 거예요. 시작하고 나면 멈추라고 해도 못 멈춰."

그의 손이 나림의 등 뒤로 돌아가 브래지어를 끌렀다. 조금 작은 브라에 눌려 있던 가슴이 탱탱하게 모습을 드러냈다.

민혁은 검은 눈으로 나림의 가슴을 내려다보다가 침을 꿀꺽 삼키고 말했다.

"싫으면 지금 말해요. 지금이라면 멈출 수 있으니까."

당연히 싫다고 말해야만 했다.

사귀지도 않고, 연하에, 직장의 부하 직원.

섹스를 하기에는 최악의 상대였다.

그러나 알코올과 키스의 여운에 이성이 마비된 나림은 반사적으로 고개를 끄덕였고, 그와 동시에 민혁의 눈빛이 변했다.

강아지 같던 순수한 눈빛은 완전히 사라지고, 먹잇감을 앞에 둔 잔혹하고 강한 표범의 눈빛이 그 자리를 채웠다.

민혁은 나림의 여린 어깨를 잡아 뒤로 눕히며 속삭였다.

"섹스 할 때의 나는 평소랑 조금 다를 거야. 최나림."

흰 살결 위의 분홍빛 돌기를 그의 입술이 덮쳤다.

혀가 유륜을 따라 빙글빙글 돌다가 빳빳이 일어선 유두 끝을 톡톡 건드렸다. 그럴 때마다 나림은 신음을 흘리며 그의 머리를 꽉 붙잡았다.

그는 집요하게 유두를 애무했다.

오른쪽은 그의 입에, 왼쪽은 그의 손가락에 사정없이 농락당했다.

엄지와 검지로 단단한 유두를 잡아 뱅글뱅글 돌리며, 다른 쪽 유두는 세게 빨아들이다가 놔주기를 반복했다.

작은 돌기에서 시작된 전율은 멈추지 않고 전신으로 내달렸다.

나림의 숨이 점점 가빠졌고, 허리가 움찔움찔 떨렸다.

그가 유두를 살짝 깨물었다.

"읏!"

나림이 신음을 뱉어내자, 민혁이 고개를 들어 나림과 눈을 맞췄다.

"여기가 기분 좋아?"

취한 와중에도 부끄러워서 대답을 못 했더니, 그의 눈동자가 어둡게 가라앉았다. 그는 다시 나림의 유두를 세게 빨았다가 깨물고, 다른 쪽 유두를 세게 꼬집으며 말했다.

"대답해."

"흣! 미, 민혁 씨…… 잠깐…….."

"대답하라고 했을 텐데."

"으읏…… 기분…… 기분 좋아."

"흐응."

민혁이 한쪽 입꼬리를 비틀어 올리더니, 유두를 더 세게 꼬집었다.

"앗!"

"잘못된 대답이야, 최나림."

"그, 그럼 어떻게…… 핫…….."

대화를 하는 동안에도, 민혁의 손가락은 계속 나림의 유두를 이리저리로 돌리고 있었다.

계속되는 자극을, 나림은 어떻게 견뎌야 좋을지 알 수 없었다. 몸이 자꾸만 배배 꼬였다.

"섹스할 때는 존댓말로. 자, 다시 해 봐."

"민혁 씨…….."

"어서."

"기분…… 좋아요…….."

그제야 민혁의 얼굴에 만족스러운 미소가 떠올랐다.

민혁은 나림의 머리채를 잡아 뒤로 고정시키고 자신을 똑바로 보게 만들었다.

"잘했어, 최나림."

나림의 봉긋한 가슴이 불빛 아래에서 바들바들 떨리고 있었다.

"불을 좀 끄면…… 안 되나요?"

"안 돼."

"창피한데."

"응, 그러라고."

민혁이 씩 웃더니 나림의 양쪽 허벅지를 잡아 옆으로 벌렸다.

나림이 막을 새도 없이 민혁의 얼굴이 다리 사이로 향했다. 그의 숨결이 음부에 닿았다. 나림은 몸을 떨며 두 손으로 민혁의 머리를 밀어내려 했다.

"가만히 있어."

그가 촉촉이 젖은 속살 사이에 입술을 댄 채로 말했다.

"훗!"

뜨거운 입김에 나림은 숨을 삼켰다.

그의 혀가 검은 수풀을 헤치고 들어와 그 안에 감춰진 클리토리스를 핥았다. 감전된 듯, 나림의 몸이 뻣뻣하게 휘었다.

나림은 숨도 제대로 쉬지 못한 채 그의 애무를 받아들였다.

첫 경험은 아니지만 이런 느낌은 처음이었다.

이윽고 나림은 헐떡거리며 그의 머리카락을 움켜쥐었다.

그의 혀가 젖은 동굴 안으로 들어왔다. 은밀하고도 예민한 속살에 혀끝이 닿을 때마다, 나림은 이루 말하지 못할 쾌감을 느꼈다.

머릿속에서 수백 개의 별이 파득파득 움직이는 것만 같았다.

계속되는 애무에 떨리던 흰 살결이 경련을 일으켰고 아랫배와 허벅지가 꽉 죄었다. 달콤하고도 격렬한 오르가즘이 나림을 지배했다.

"아아…… 아…… 아앗! 앗! 핫!"

나림은 자신이 새된 탄성을 지르는 것도 깨닫지 못한 채 헐떡거리며 허리를 들썩거렸다.

이윽고 경련이 잦아들자 민혁이 상체를 세우고 나림을 내려다봤다. 나림의 애액이 묻어 번들거리는 입술을 혀로 핥는 그의 모습은 심장이 멎을 정도로 섹시했다.

민혁은 땀에 젖은 나림의 머리를 뒤로 넘겨주고는, 주머니에서 콘돔을 꺼내고 바지를 내렸다.

절정의 여운이 가시지 않은 나림은 그가 무엇을 하는지 그저 지켜볼 따름이었다.

검은색 브리프까지 내리자, 그의 거대한 남성이 모습을 드러냈다. 그제야 나림은 정신을 차리고 상체를 일으키려 했다.

민혁이 한 손으로 나림의 팔을 잡아 눌렀다.

"혼자만 즐기고 끝낼 셈이야?"

그는 요령 좋게 한 손으로 콘돔을 끼웠다.

나림의 한쪽 허벅지를 들어 자신의 어깨에 걸친 그는, 예고도 없이 자신의 물건을 나림의 몸 안으로 밀어 넣었다.

축축하게 젖은 나림의 몸은 무리 없이 그의 것을 받아들였다.

하지만 받아들이는 것과 자극을 견디는 건 다른 의미였다.

한 번의 절정을 느껴 예민해진 몸에, 거대한 페니스가 가져다

주는 자극은 말도 못할 정도로 컸다.

"아, 안 돼."

나림이 벗어나려 했지만, 그는 나림의 잘록한 허리를 잡아 고정시키고 자신의 물건을 끝까지 빼냈다가 뿌리 끝까지 밀어 넣었다.

퍽—!

"훗!"

"가만히 있으면 상으로 빨리 끝내줄게. 나도 지금 취해서 빨리 끝내고 쉬고 싶거든."

그가 말했다.

나림은 젖은 눈으로 그를 올려다봤다.

순간 그의 눈동자가 번쩍 빛나는가 싶더니, 그가 빠르게 허리를 움직이기 시작했다.

그의 페니스가 나림의 깊은 곳을 자극했고, 질척거리는 소리가 거실 안을 가득 채웠다. 나림의 숨결만큼이나 그의 숨결도 거칠어지기 시작했다.

"하아. 하아."

"으, 으훗. 아아……."

민혁과 나림의 호흡이 섞였다.

이러다가 죽지 않을까 싶을 때쯤, 그의 속도가 점점 빨라지는가 싶더니 안에 담긴 그의 것이 더 커지는 게 느껴졌다.

그와 동시에 나림은 두 번째 절정을 느끼며 몸을 뒤로 꺾었고,

"윽!"

그가 낮은 신음을 토해 내며 몸을 깊이 찔러 넣었다.

나림은 헐떡거리며 그를 올려다봤다.

젖은 머리카락 아래로 보이는 그의 눈은 쾌감을 즐기느라 가늘어져 있었는데, 그것이 무척이나 섹시했다.

민혁은 숨을 몰아쉬며 상체를 굽혀 나림의 이마에 입을 맞췄다.

"과장님."

민혁의 음성은 낮고 허스키했다.

등골이 서늘해질 만큼 매혹적인 음성으로, 그가 속삭였다.

"진짜 끝내주네요."

*   *   *

가슴을 주물럭거리는 느낌에 잠에서 깼다.

누군가 나림의 가슴을 주물럭거리고 있었다.

나림은 옆으로 돌아누워 있었고, 누군가는 나림의 등에 바짝 붙어서 누워 있었다.

낯선 체온이 등에 닿았다.

주물럭거리던 손길이 어느새 집요하게 나림의 유두를 공략하기 시작했다.

단단하게 일어선 분홍빛 유두에서, 달콤한 전율이 시작되어 전신으로 퍼져 갔다.

'꿈인가?'

그리 생각할 수밖에 없었다.

전 애인과 헤어진 지 3년이 지났다. 그 이후로 사내의 손길을 느껴 본 적이 단 한 번도 없다.

그러니까 이건 꿈일 것이 분명하다.

나른하고 야한 꿈.

'……일 리가 없잖아!'

라는 생각에, 벌떡 상체를 일으켰다.

어깨까지 덮고 있던 이불이 흘러내리며, 나림의 희고 고운 살결이 공기 중에 드러났다.

나림은 한 팔로 가슴을 가리며 옆을 돌아봤다.

흐트러진 머리카락 아래로 보이는 크고 동그란 눈, 오뚝한 코 아래의 도톰하고 넓은, 새빨간 입술.

작은 얼굴을 가득 채운 완벽한 이목구비의 남자가 싱긋 웃었다.

"잘 잤어요, 과장님?"

"정민혁, 네가 왜……?"

생각지도 못한 인물의 모습에, 나림의 눈동자가 일렁, 흔들렸다.

민혁이 씩 웃으며 상체를 일으키더니, 나림 쪽으로 불쑥 얼굴을 들이밀었다.

숨결이 섞일 만큼 가까운 거리였기에, 나림은 숨을 멈췄다.

"뭐야, 서운하네. 어제 일 기억 안 나요?"

"어제 일……."

어제의 일이라.

잠이 덜 깨서 무딘 뇌가 느릿하게 돌아가기 시작했다.

'아, 어제!'

……떠올랐다.

무슨 일이 있었는지. 더불어 이곳이 어디인지까지.

민혁이 눈을 가늘게 뜨고 기억난 듯 일그러지는 나림의 얼굴을 지켜보다가 말했다.

"기억났어요?"

민혁이 흘러내린 나림의 머리카락을 귀 뒤로 넘겨주며 물었다.

다정한 손길이었다. 어젯밤처럼.

"가, 가야겠어!"

혼란스러운 머릿속을 정리할 시간이 필요했다.

황급히 침대를 내려가려는데, 민혁이 나림의 손목을 붙잡았다.

"가긴 어딜 가요?"

민혁은 그대로 나림의 손을 끌어다가 자신의 다리 사이로 가져갔다.

손바닥에 뜨겁고 단단한 것이 닿았다.

나림의 눈이 휘둥그레 커지는 광경을, 민혁은 즐거운 듯 지켜 봤다.

"이거 해결하고 가야죠."

민혁의 순진한 강아지 같은 얼굴에 짓궂은 미소가 떠올랐다.

"아니, 어제의 일은……."

"쉿."

민혁이 작게 속삭이며 나림에게 입을 맞췄다.

하려던 말이 민혁의 입에 삼켜졌다.

민혁은 나림의 아랫입술을 가볍게 빨아들이다가 혀를 밀어 넣었다.

그의 혀가 나림의 입 안을 거침없이 더듬었고, 혀를 찾아 헤맸 다.

혀와 혀가 얽히고 타액과 타액이 섞였다.

지독히도 자극적인 키스에, 나림은 저도 모르게 신음을 흘리 며 민혁의 어깨를 붙잡았다.

"으음……."

그의 오른손은 나림의 손목을 잡고 있었고, 왼손은 나림의 뒤 통수를 받치고 있었다.

계속되는 키스에 숨이 막혀 얼굴을 떼어 내려 했지만, 뒤에서 꽉 누르는 그의 힘을 이길 수 없었다.

나림의 머리가 움직이지 않도록 고정하고 키스를 하던 그가, 갑자기 나림의 머리칼을 움켜잡고 얼굴을 거칠게 떼어 냈다.

강아지 같기만 했던 눈동자가 먹잇감을 앞에 둔 맹수처럼 빛났다.

"기분 좋죠?"

기분.

물론 좋았다.

그러나 나림은 고개를 휘휘 저었다.

원하는 대답이 아니었을 텐데도 민혁의 표정은 변하지 않았다.

그는 나림의 손목을 잡은 채, 명령했다.

"과장님. 다리 벌리고 여기로 올라와요."

그의 손가락이 자신의 페니스를 가리켰다.

그의 페니스는 단단하게 일어서 천장을 향해 있었다.

나림은 침을 꿀꺽 삼키며 다시 고개를 저었고, 그는 다시 한 번 낮은 음성으로 명령했다.

"최나림. 다리 벌리고 여기로 올라와."

딱딱 끊는 듯한 그의 말투에는 거부할 수 없는 힘이 있었다.

나림은 저도 모르게 그의 명령에 따라 다리를 벌리고 그의 허벅지 위로 올라갔다.

그러나 아직 그의 페니스를 넣을 용기는 나지 않아 버티고 있는데, 그가 갑자기 나림의 허리를 잡아 아래로 내렸다.

거대한 물건이 촉촉하게 젖은 나림의 몸 안으로 쑥 밀려 들어왔다.

"으홋!"

깊이 찌르는 느낌에 나림의 허리가 뒤로 꺾였다.

민혁이 나림의 등을 감아 뒤로 떨어지지 않게 고정시키고 말했다.

"흔들어."

나림이 곧바로 움직이지 않자, 그가 나림의 머리 뒤를 확 잡아당기고 눈을 맞췄다.

"허리 흔들어, 최나림."

몸이 저절로 반응했다.

나림의 잘록한 허리가 천천히 앞뒤로 움직였다.

움직일 때마다, 안을 꽉 채운 그의 물건이 여기저기를 자극했다.

가빠지는 숨에 신음이 섞였다.

"으…… 으홋…… 아……."

나림이 움직이는 동안, 민혁이 나림의 가슴을 애무했다. 그의 손가락이 나림의 볼록 선 유두를 살짝 꼬집고 굴렸다.

"아아……!"

위에서, 아래에서 이어지는 자극에, 나림은 헐떡거리며 목을 뒤로 젖혔다.

그는 나림의 반응이 즐거운 듯, 그녀의 젖꼭지를 더 세게 꼬집어 비틀었다.

"핫!"

전기에 감전된 듯, 척추가 짜릿해지며 나림의 엉덩이가 요동 쳤다. 아랫배가 움찔거리며, 절정이 가져다주는 쾌감을 받아들 였다.

이러다가 몸이 허공으로 훅 날아오를 것만 같아, 나림은 그의 목을 꽉 끌어안았다.

"으흣…… 웃…… 으흐웃……!"

나림은 그의 목덜미에 얼굴을 파묻고 흐느끼는 듯한 신음을 흘렸다.

민혁은 오르가즘으로 움찔거리는 나림의 등을 가만히 쓰다듬 어 주다가, 돌연 자세를 바꿔 나림을 침대에 눕혔다.

아직 절정의 야릇한 감각에서 벗어나지 못한 나림이, 젖은 눈 으로 민혁을 올려다봤다.

무얼 하려는 거냐는 듯한 눈빛에, 민혁은 나림의 가느다란 두 다리를 잡아 자신의 어깨에 걸치며 속삭였다.

"나는 이제 시작이야."

잠깐 밖으로 빠져나갔던 민혁의 페니스가 안으로 깊이 찌르 고 들어왔다.

나림의 육체는 한 번 느낀 절정으로 인해 예민해져 있었다.

"아앗!"

민감해진 몸은 거대한 물건이 주는 자극을 견디지 못했다.

"아아, 안 돼."

나림은 작게 신음하며 엉덩이를 움직여 조금이라도 그의 물건을 밖으로 빼내기 위해 노력했다. 하지만 그는 도리어 슬쩍 빠져나가던 페니스를 완전히 밖으로 빼냈다가, 뿌리 끝까지 집어넣었다.

철썩—

몸과 몸이 부딪쳐 소리를 냈다.

"윽!"

나림의 등이 뒤로 휘었다.

그가 나림이 움직이지 못하도록 치골 쪽을 슬며시 누르며 말했다.

"움직이지 마."

순하기만 했던 그의 눈동자가 음험하게 빛나는 것을 보며, 나림은 눈을 감았다.

'아아, 왜 일이 이렇게 된 걸까?'

*   *   *

왜 이렇게 되긴!

'술이 웬수야.'

나림은 욕실 거울에 비친 자신의 모습을 노려봤다.

화장도 제대로 지우지 못한 얼굴이 푸석푸석했다.

'아, 미치겠네.'

머리가 지끈지끈 아팠다. 단지 숙취 때문만은 아니다.

'어쩌지?'

일단 씻겠다고 하고 도망치듯 욕실로 들어오긴 했지만, 차라리 집으로 가는 게 나을 뻔했다.

회사 신입이랑 술김에 섹스를 한 주제에, 뭔 놈의 샤워란 말인가, 샤워는!

나림은 쭈그리고 앉아 머리를 감싸 쥐었다.

'어쩌지?'

아무리 술김이라고는 하지만 절대로 해서는 안 되는 짓을 해 버렸다.

회사 직원, 같은 팀의 직속 후배와 잠자리를 하다니.

게다가 민혁은 인기가 많았다. 인기 많은 남자와 엮여 봐야 좋을 게 없었다.

똑똑—

그때, 민혁이 욕실 문을 노크했다.

"과장님, 괜찮으세요?"

평소와 다름없는 순한 말투였다.

간밤의, 아니, 방금 전의 일들이 전부 꿈이라고 생각될 정도였다.

'저 자식, 이중인격인 거 아냐?'

침대 위에서의 민혁은 표범 같았다. 언제든 나림의 목덜미를 물어뜯을 수 있는, 잔혹하고도 강한 표범.

하지만 그 행위가 끝나자마자, 민혁의 눈동자는 순하디 순한 골든 리트리버의 눈동자로 돌아갔다.

　―힘드셨죠, 과장님. 먼저 씻으실래요? 저희 집, 온수 잘 나와
요.

　그렇게 말하며 싱글싱글 웃는 민혁의 모습에, 어버버하다가
욕실로 들어오게 된 것이다.
　"어, 응. 괜찮아. 얼른 씻고 나갈게."
　"천천히 씻고 나오셔도 돼요. 해장할 거 준비해 놓을게요."
　해장할 거라니.
　그런 거 필요 없다.
　나림은 씻고 나서 바로 집으로 돌아갈 계획이었다.
　'그래, 일단 들어왔으니까 씻자. 씻으면서 생각을 해 보는 거
야.'
　나림은 옷을 벗고 샤워기를 틀었다.
　민혁의 말대로, 온수가 참 잘도 나왔다.
　뜨거운 물에 샤워를 하는 동안 복잡한 머릿속이 서서히 정리
됐다. 머리까지 깨끗하게 감은 나림은 수건으로 머리를 감싸고,
옷을 입은 후 욕실에서 나왔다.
　거실에는 은은한 커피 향과 고소하고 짭짤한 냄새가 가득 했
다.
　식탁 위에 계란탕을 담은 국그릇 두 개가 놓여 있었다.

꿀꺽—

뭔가 먹을 생각은 없었는데, 맑은 계란탕을 보니 후루룩 마시고 싶어졌다.

"이쪽에 앉으세요, 과장님."

민혁이 의자 하나를 빼내며 말했다.

싱글싱글 웃으며 기다리는 민혁을 보니, 매몰차게 거절할 수가 없었다.

'아니, 이건 변명이야. 나는 그저 계란탕에 진 것뿐이야. 계란탕이 뭐라고!'

나림은 자신의 식탐을 탓하며 식탁 의자에 앉아 숟가락을 들었다.

국을 한 숟가락 떠서 입에 넣었다.

칼칼하고 적당히 짭짤한 맛이 일품이었다.

"와, 맛있다."

저도 모르게 내뱉은 감탄사에, 민혁의 표정이 밝아졌다.

"그죠? 맛있죠? 제가 계란탕은 정말 잘 끓이거든요. 그 칼칼한 국물이 맛의 비결이에요."

칭찬 받은 강아지처럼 열심히 설명하는 민혁의 등 뒤로 파닥거리는 강아지 꼬리가 보이는 것 같은 착각이 들었다.

"응, 정말 맛있네."

"전 술 마시면 이걸로 해장해요. 속이 확 풀리는 느낌이거든요. 이거 드시고 나서 제가 타 드린 아메리카노 한 잔 마셔보세요. 숙취가 깔끔하게 해결될 거예요."

민혁이 신나서 말했다.

나림은 슬며시 눈을 들어 민혁의 얼굴을 훔쳐봤다.

작고 갸름한 얼굴과 동그랗고 커다란 눈, 보드라워 보이는 입술.

저 남자가 정말로 아까 '다리 벌리고 내 위로 올라와.'라고 말한 그 남자가 맞는 걸까?

계란탕에 대해 자랑하는 민혁과 침대 위에서 명령을 내리던 민혁이 동일인물이라는 생각이 들지 않았다.

"민혁 씨."

"네."

"혹시…… 쌍둥이 형제라도 있어?"

"네? 쌍둥이요?"

민혁이 무슨 말이냐는 듯 눈을 동그랗게 떴다.

"아니, 없으면 됐고."

"아하하하."

"왜 웃어?"

"아뇨, 그냥. 과장님이 귀여워서요."

"귀엽긴."

남자가 던지는 가벼운 칭찬에 얼굴을 붉힐 나이는 이제 지났다. 덤덤한 기분으로 계란탕을 깨끗이 비웠다.

민혁이 가져다준 아메리카노로 입가심까지 하고 나니, 확실히 속이 편해졌다.

"두통은 좀 어떠세요?"

민혁이 물었다.

"괜찮아졌어. 계란탕에 아메리카노, 꽤 괜찮네."

"그죠? 제 해장 방법이에요. 이거 특허라도 낼까 봐요. 아, 그런데 과장님."

"응?"

"과장님은 생얼이 더 예쁘시네요."

"됐어, 그런 입에 발린 칭찬."

"아니, 정말로요. 훨씬 어려 보이고 예뻐요."

민혁이 달콤한 미소를 지으며 말했다.

5년 전에 이런 말을 들었더라면 두근거려서 어쩔 줄을 몰라 했을 것이다.

하지만 이제 나림은 그런 속삭임에 두근거릴 만한 감정이 남아 있지 않았다.

3년 전 실연의 상처로 갈기갈기 찢긴 심장이 아직 회복을 하지 않아서인지, 나이 탓인지 알 수 없지만, 정말로 심장이 얼어붙은 게 아닐까 싶을 만큼 감흥이 없었다.

"그래, 그렇게 말해 줘서 고마워. 아무튼 어제의 일에 대해 할 이야기가 있어."

"네."

"나도, 민혁 씨도 술김에 저지른 일이야. 음주로 인한 심신미

약으로 벌어진 일이라고 생각하고, 잊자."

"잊다니요?"

"없었던 일로 하자고, 전부 다. 우리, 서로 감정 없잖아. 성인 남녀가 술을 마시고 동의하에 하룻밤을 함께 보낸 거야. 딱 거기서 끝내자."

민혁이 눈썹 끝을 내렸다.

"전 과장님한테 감정 있어요."

"그래? 그렇다면 그 감정은 접어 두는 게 좋겠어. 나는 연애할 생각 없고, 섹스 파트너로 남을 생각은 더더욱 없으니까. 민혁 씨도 나처럼 나이 많은 여자보다는 예쁘고 어린 여자가 훨씬 좋을 거 아냐."

"과장님도 예쁘고 어려요."

"예쁠지는 모르지만 어리지는 않아. 우리 팀에 괜찮은 여직원들 많아. 그 여직원들 중에서 민혁 씨를 마음에 들어 하는 여자들도 많고. 민혁 씨 정도라면 어디에서도 여자를 만날 수 있겠지. 그러니까 민혁 씨의 찬란한 미래를 위해, 어제의 일은 없었던 일로 해."

"제 찬란한 미래가 뭔데요?"

"사랑스럽고 좋은 여자를 만나 행복해지는 거?"

"저는 과장님이 사랑스러운데요."

"됐어, 그런 건. 나는 사랑 타령할 여유 없으니까. 아무튼 그만 가 봐야겠다. 월요일에 봐."

나림이 일어나자 민혁도 일어나 다가왔다.

"과장님. 전 과장님이 좋아요."

"나도 민혁 씨 좋아. 일 잘하고, 성실하고. 그런 사람은 싫어하지 않아."

"아뇨, 그런 의미가 아니라……."

"섹스 한 번 했다고 사귀고, 책임지고. 그럴 만한 나이는 아니잖아, 우리."

"왜 자꾸 나이 얘기를 하세요. 칠순이 돼서도 새로운 사랑을 할 수 있는 게 사람이에요."

"그런 사람이 있을 수도 있겠지. 하지만 나는 아니야. 나는."

거기까지 말한 나림은 입을 다물었다.

가슴에 이는 허무한 바람에 대해 일일이 설명해야 할 필요는 없었다.

"아무튼 난 그만 갈게."

나림은 매몰차게 말하고 현관문을 향해 걸음을 옮겼다.

신발을 신고 문을 여는데, 민혁이 나림의 손목을 덥석 붙잡았다.

"과장님."

"민혁 씨. 우리 사이에, 더 이상 할 얘기 남아 있지 않잖아. 질척거리지 말고 이 손 놔."

"아뇨, 그런 게 아니라."

민혁이 난처한 듯 고개를 살짝 숙였다가 다시 들더니, 나림의 머리를 가리키며 말했다.

"머리에 수건 감고 계신 거, 풀고 가셔야 하지 않을까요?"

*　　*　　*

민혁은 몇 분 전까지 나림의 머리를 감싸고 있던 수건을 들고 소파에 앉아 있었다. 젖은 수건에는 민혁의 집 샴푸 향기가 남아 있었다.

'이런 식으로 나올 줄은 몰랐는데.'

민혁은 수건을 물끄러미 내려다봤다.

'뭐지, 대체?'

혼란스러웠다.

지금껏 민혁을 이런 식으로 대한 여자는 단 한 명도 없었다. 특히 잠자리를 하고 나서,

"우리 사이에 감정 없으니 없었던 일로 해."

라고 차갑게 끊어 내는 여자는 더더욱 없었다.

상상도 못 했던 일이 벌어지고 있었다.

'그리고 난 또 뭐야?'

나림을 붙잡은 건, 꾸며낸 행동이 아니었다.

예정에 없었던 섹스니까, 나림이 먼저 없었던 일로 하자고 말하면 두 손 들고 환영해야 옳았다.

같은 직장의 상사와 엮여서 좋을 것은 하나도 없었다.

'그런데 난 왜…….'

민혁은 인상을 찡그렸다.

매달리듯 그녀를 잡은 이유를 설명할 수가 없었다.

민혁을 이런 식으로 대한 여자가 없었던 것처럼, 민혁이 이런 식으로 행동한 여자 또한 없었다.

'새로운 타입이라서 그런 건가?'

몇 주 전, 도시락을 함께 먹었던 날.

나림은 딱 잘라 필요 이상으로 친한 척하지 말라고 했다. 솔직히 말하자면, 그때부터 필요 이상의 관심이 생기기는 했다.

하지만 여자가 고픈 것도 아니고, 직장 사람과 엮이고 싶지 않았기에 적당한 거리를 유지해 왔다.

어젯밤에 반쯤 술에 취해 바람을 쐬러 나갔다가 나림을 발견했을 때, 그야말로 술김에 습관으로 그런 행동이 나왔을 뿐. 집에 데리고 가서 뭔가 하려는 의도는 없었다.

커피 한 잔을 한 후에 곱게 집에 돌려보낼 생각이었는데, 거실에서 잠든 나림의 무방비한 모습을 보는 순간 무언가가 뚝 끊어지는 느낌이 들었다.

'그나저나…….'

머리에 수건을 풀고 가라는 말을 했을 때 나림의 반응이 떠올랐다.

나림의 하얀 피부가 복숭아 빛으로 물드는 건 순식간이었다.

그 어떤 일에도 흐트러지지 않을 것 같은 얼음 여왕 같은 여자가, 귀까지 빨개져서 허둥지둥 수건을 푸는 모습은 정말이지.

'귀여웠어.'

저도 모르게 꽉 끌어안아 주고 싶을 만큼 귀여워서 웃음이 나왔다.

민혁은 싱글싱글 웃으며 수건을 내려다보다가 일어났다.

"뭐, 좋아. 없었던 일로 하자면 그렇게 해야지. 여자한테 매달리는 남자처럼 구질구질한 건 없으니까."

2장
잠만 자는 사이

집 앞에서 동생인 나현과 마주쳤다.

산뜻한 분홍색 원피스를 입은 나현은 머리를 쓸어 넘기며 나림을 위아래로 훑어봤다.

"언니, 남자랑 있었어?"

뜨끔했다.

"그럴 리가. 회사 동료들이랑 같이 잤어. 회식이 늦어져서."

"흐응. 언니, 들어가면 이제 죽었어. 엄마, 엄청 화났어. 전화기도 꺼 놨다면서?"

"배터리가 다 닳아서 꺼졌었나 봐."

"으이그. 톡이라도 하나 넣어 두지. 일단 엄마한테는 언니 어린애도 아닌데 너무 죄지 말라고 말은 해 뒀어. 싸우지 마."

"그래. 어디 가는 거야?"

"남친 만나러."

"남친? 얼마 전에 헤어졌다며?"

"에이, 그게 언젠데. 새 남친."

"그게 언제긴. 헤어진 지 일주일도 안 됐잖아."

"일주일이나 된 거지. 한 살이라도 어릴 때 남자 많이 만나 봐야 남자 보는 눈도 길러지는 거야."

"취업 준비나 좀 해, 이 기집애야."

"에이, 취업이야 뭐. 때 되면 어떻게든 되겠지. 나 그만 가 볼게."

나현이 듣기 싫다는 듯 황급히 자리를 떠났다.

나풀나풀 걸어가는 나현의 뒷모습을 보니 한숨이 저절로 나왔다. 이 핑계, 저 핑계 대면서 휴학을 반복하다가 1년 전에 졸업한 나현은 아직도 취업을 하지 못했다.

집안 사정이 좋은 것도 아닌데 생각 없이 놀러 다니는 여동생의 모습에 걱정이 앞섰다. 쟤는 어쩌려고 저러는 걸까.

집에 도착하자마자 엄마한테 한바탕 잔소리를 듣고 방에 들어와서 누웠다.

눈을 감자마자 잠이 쏟아지는 와중에도 민혁의 얼굴이 떠올랐다.

평소의 강아지 같은 얼굴이 아니라, 침대 위에서 보여 준 거친 남성 같은 얼굴.

맹수 같은 그 눈빛이 생각나는 순간, 애무를 당한 듯 몸이 달큰하게 달아올랐다. 그 눈동자에 담긴 열기와 낮게 가라앉은 음성, 뜨거운 손길.

문득 떠오른,

'한 번 더 안기고 싶다.'

는 생각을 황급히 지워 버렸다.

한 번 더 안기다니. 절대로 안 될 말씀이다.

회사 사람과 엮일 수는 없고, 의미 없는 관계를 원하지도 않았다. 하고 싶은 일도, 해야 할 것들도 많은 나림에게 있어서 연애는 사치.

때마다 연락을 하고 데이트를 하고 신경을 써야 한다는 걸 생각만 해도 숨이 턱 막혀 왔다.

'일단 자자. 자고 일어나서 친구들 만나고 나면, 이런 생각 깨끗이 사라질 거야.'

*   *   *

자고 일어났더니 메신저가 잔뜩 와 있었다. 보낸 이는 모두 여자였다.

민혁은 반쯤 감긴 눈으로 메신저 창을 클릭하진 않고 주르륵 훑어봤다.

'오늘은 누구를 만나 볼까?'

토요일 늦은 오후.

술도 거의 깼겠다, 밖에 나가서 놀다가 들어오는 것도 괜찮을 것 같다. 분위기를 봐서 자고 들어와도 되고.

메신저 창을 여러 번 위아래로 스크롤해서 살펴보다가, '최나림'이라는 이름에서 멈췄다.

나림과의 대화창 옆에는 새 채팅을 알리는 빨간 표시가 떠 있지 않았다. 그런데도 민혁은 대화창을 클릭했다.

마지막으로 나눈 대화는 4일 전.

메일로 업무 자료를 보냈으니 확인하라는 내용이었다.

대화창을 위로 올려봤지만, 한 달이라는 시간 동안 주고받은 채팅은 딱 7개. 전부 업무에 관련된 내용뿐이었다.

직속상관인 나림과 주고받은 메시지보다 다른 직원들과 주고받은 메시지가 더 많았다.

7개밖에 안 되는 메시지를 몇 번이나 확인하다가, 대화입력창을 클릭했다.

[일어나셨어요?]

라고 쓰고 확인을 누르려다가 멈췄다.

"우리 사이에, 더 이상 할 얘기 남아 있지 않잖아."

나림의 차가운 말투가 떠올랐기 때문이었다.

'그래, 우리 사이에 더 이상 할 얘기는 남아 있지 않지.'

입력창에 쓴 글을 지웠다.

'아, 지금 난 뭘 하는 거지? 짝사랑하는 기집애처럼.'

인상을 찡그리고 나림과의 대화창에서 나왔다.

여자에게 먼저 메시지를 보낸 적은 단 한 번도 없었다. 오는 메시지조차 귀찮아서 답을 하지 않은 것만도 수십, 아니, 수백 번. 민혁의 휴대폰은 늘 새로 온 메시지들로 가득 차 있었다.

민혁은 다시 대화창 목록을 올렸다.

[오빠, 뭐해?]

[민혁아, 이따 잠깐 만날래?]

[오늘 날씨 진짜 좋다.]

[영화 보러 갈래요?]

[오빠야, 우리 술 한 잔 하자.]

대화창을 클릭하지 않고 뜬 메시지를 읽다가 되는 대로 하나를 누른 후 답장을 보냈다.

[5시. 홍대.]

*　　　*　　　*

딱히 여자와 노는 걸 좋아하는 것은 아니었다.

좋아하지도, 싫어하지도 않는다. 그저 시간 때우기일 뿐.

주말의 홍대는 사람이 많았다.

역 앞에서 만나 그나마 사람이 적은 연남동으로 이동해 간단하게 저녁을 먹은 후, 술을 마시러 갔다. 몇 잔 마시다 보니 시간이 흘러갔고, 여자는 취한 것 같았다.

아니, 취한 척을 하고 있었다.

민혁에게 술을 마시자고 하는 여자들은 대부분 이랬다. 취한척하며 민혁과 함께 침대 위에 오르고 싶어 했다.

일단 침대에 들어가면 민혁을 가질 수 있을지도 모른다고 생각하는 듯이.

이번에도 마찬가지인지라, 민혁은 적당히 맞춰 주며 모텔에 들어갔다.

여자가 키스를 바라는 듯 두 팔로 민혁의 목을 감았지만, 슬며시 밀어내며 목덜미에 입을 맞췄다.

입과 입이 맞닿는 키스는 좋아하지 않는다.

'그러고 보니, 과장님이랑은 키스를 했지.'

아니, 지금은 나림을 생각할 때가 아니다. 눈앞의 여자에게 집중하자.

민혁은 여자의 목덜미를 지분거리며 옷을 벗겼다.

풍만한 가슴과 잘록한 허리, 탄탄한 허벅지가 드러났다. 그러고 보니 이 여자, 필라테스 강사라고 들었던 것 같다.

다른 때였다면 만족했을 몸매이지만, 민혁의 생각은 또 제멋대로 다른 쪽을 향해 움직였다.

'과장님은 꽤 마른 편이었어. 그래도 가슴은 좀 큰 편이었나? 마른 거에 비해선 꽤 근사한 가슴이었지. 아니, 그만두자. 집중해, 집중.'

여자는 몸이 달아오른 듯 벌써부터 얕은 신음을 뱉어 냈다. 여자의 허리를 감아 침대로 향했다.

여자를 눕히고 한참 애무를 하다가 바지를 벗었는데.

'아, 이런 젠장.'

이게 어쩐 일일까.

서질 않았다.

침대에 누워 흐트러져 있는 여자의 몸은 야동에나 나올 만큼 근사하고 야했지만, 어째서인지 민혁의 몸에는 반응이 없었다.

'왜 이래, 이거?'

이런 경우는 처음이었다.

민혁은 항상 건강했고 팔팔하고 준비가 되어 있었다.

그런데 지금은 마치 경건한 애국가라도 부르고 있는 것처럼 축 늘어져 있었다.

'오늘 아침에 해서 그런가? 아니, 그럴 리 없지. 나는 하루에 5번도 할 수 있다고.'

라고 생각하며, 여자의 몸을 조금 더 애무했다.

풍만한 가슴을 움켜쥐고 주물러 봤지만 여전히 반응이 없었다.

"오빠. 나…… 넣어 줘."

기다리다 못한 여자가 눈을 가늘게 뜨고 속삭였다.

'어쩌지?'

민혁은 혼란에 빠졌다.

모텔까지 와서 한창 달아올랐는데 정작 중요한 물건에 힘이 들어가지 않는다니.

이래서야 면이 서질 않는다.

"오빠?"

민혁이 가만히 있자, 여자가 이상하다는 듯 민혁을 불렀다.

"오늘은."

민혁은 황급히 바지를 올렸다.

"피곤해."

"응?"

"오늘은 피곤하다고. 가야겠어."

"가다니?"

역시 여자는 취해 있지 않았다. 가겠다는 말에 눈을 동그랗게 뜨고 일어나서 앉는 여자는, 완전히 멀쩡한 상태였다.

"네가 만나자고 해서 나오긴 했는데, 어제부터 계속 몸이 안 좋았거든."

"아아, 그래? 그런데도 날 만나려고 나와 준 거야?"

"응. 보고 싶었으니까."

"뭐야, 감동이야, 오빠."

여자가 얼굴을 붉혔다.

민혁은 배시시 웃으며 여자의 머리카락을 쓸어 넘겼다.

"이런 걸로 무슨 감동을 받고 그래. 내가 보고 싶어서 나온 건데. 그런데 더는 못 버티겠어. 가야겠다."

"그냥 여기서 자고 가. 내일 쉬는 날인데."

"내가 집이 아닌 곳에서는 잘 못 자서."

사실은 잘 잔다.

하지만 지금은 여자와 팔자 좋게 늘어져 있을 때가 아니었다.

서질 않는 이 물건부터 해결을 해야 했다.

여자는 더 이상 매달리지 않았고, 함께 모텔에서 나왔다.

여자를 택시에 태워 보낸 후, 민혁은 휴대폰을 꺼내 재훈에게 메시지를 보냈다.

[긴급 상황이다. 홍대로 와.]

* * *

알람을 맞춰놓는 걸 깜빡하는 바람에, 약속 시간에 늦고 말았다.

6시에 홍대에서 만나기로 했는데, 홍대에 도착했을 때는 9시를 넘긴 시간이었다.

일대일 만남이 아니라서 다행이었다.

오늘 만나기로 한 친구들은 고등학교 동창으로, 한두 달에 한 번씩은 정기적으로 만나왔다.

고등학교 시절에는 4명이 꼭 붙어 다녔는데, 대학을 졸업하고부터 불편해진 친구가 한 명 있었다. 오늘은 그 친구가 안 나올 거라고 들었는데, 호프집에 들어가 보니 그 친구도 와 있었다.

"나림아. 여기야."

나림을 발견한 재희가 손을 흔들었다. 재희의 옆에, 나림이 불편해하는 은영이 앉아 있었다.

"뭐야, 최나림. 저번보다 더 말랐네. 다이어트 좀 그만해."

학생 때 뚱뚱했던 은영은 대학을 졸업할 무렵 살을 많이 뺐는데, 어째서인지 그때부터 나림과 자신의 몸매를 허구한 날 비교하곤 했다.

"다이어트는 무슨. 그런 거 할 시간도 없어."

"결혼도 안 했는데 시간이 없긴 왜 없어. 미혼일 때가 시간이 제일 많은 법인데. 오늘도 봐. 아주 팔자가 늘어져서 이 시간까지 자고."

"어제 술을 좀 많이 마셔서 그래."

"하아. 미혼은 좋겠다. 술 많이 마셔도 뭐라고 하는 사람도 없고. 우리 서방은 내가 어디만 나가면 어디 가느냐, 가지 마라 그러면서 날 붙잡는데."

몸매 비교는 차라리 나았다.

나림이 가장 불편해하는 점은 바로 이거였다.

27살에 의사 남편을 만나서 결혼한 은영은, 그것이 자신의 스펙이라도 되듯이 항상 자랑을 했다.

의사 남편을 자랑스러워하는 건 이해가 되는데, 그걸 내세워서 미혼인 나림을 은근히 누르려고 할 때가 많았다.

"넌 혼자라서 좋겠다. 터치하는 사람도 없고. 아, 부모님이 터치하시나? 아직도 부모님이랑 같이 살지?"

무시하는 듯한 말투였지만 나림은 싱긋 웃으며 고개를 끄덕였다.

"응, 같이 살지. 엄마랑 같이 사는 게 제일 좋아. 밥도 해 주시고 챙겨 주시고."

"아직 애네. 이래서 사람은 결혼을 해야 한다니까."

"그놈의 결혼 타령 좀 그만해라. 나림이도 때 되면 하겠지."

나림과 같이 미혼인 유미가 나림의 잔에 술을 채워주며 말했다.

"그러고 보니 너는 결혼 준비 잘 돼가?"

은영이 유미에게 물었다.

"어, 뭐. 그냥."

유미가 나림의 눈치를 보듯 두루뭉술하게 대답했다.

나림은 이 상황이 불편해서 견딜 수가 없었다.

기혼인 친구 두 명, 미혼인 친구가 한 명. 미혼이었던 그 친구

마저도 반년 후에 결혼식을 올린다.

고교동창 4인조 중에 혼자 미혼으로 남는 건 아무렇지도 않았다. 신경에 거슬리는 건, 미혼인 나를 신경 쓰는 친구들의 태도였다.

32살이든, 40살이든, 미혼인 것이 죄가 되는 건 아니다. 그런데도 친구들은 신경을 쓰고 지적을 하고 충고를 했다.

인생의 목적이 결혼도 아닌데, 다들 왜 이러는 건지 모르겠다.

'아, 오늘 괜히 나왔네.'

늦게 일어났을 때 그냥 오늘은 못 나가겠다고 말할걸 그랬다.

"네 남편 될 사람이 공무원이라고 했지? 8급이랬나?"

"응, 8급."

"그래도 남편 잘 만났네. 공무원이면 철밥통이잖아. 연금도 나오고. 우리 서방은 개인 병원 열 준비를 하고 있는데, 아주 등골이 휘어. 강남 쪽에 열려고 하거든."

"강남 쪽이면 꽤 비쌀 텐데."

"응, 의사 월급 월 천밖에 안 되는데, 그거 모아서 어떻게든 해봐야지, 뭐."

월급 천만 원을 자랑하는 말에, 다른 친구들의 표정도 굳었지만 은영은 눈치채지 못한 듯 계속해서 말했다.

"왜 이렇게 돈이 많이 나가는지 모르겠어. 그래도 적은 돈 모아서 목돈 만드는 재미가 있는 것 같아. 우리 서방이 돈 관리는 전부 나한테 맡겼거든."

그거참 큰일이네.

"나림이, 넌 아직도 남친 없어? 우리 이제 32살인데 슬슬 연애 시작해야지."

"나림이가 어련히 알아서 잘 하겠지."

진희가 나림을 대신해서 말했다.

"어련히 알아서 못 하고 있잖아. 요새 남자들은 너무 능력 있는 여자 별로 안 좋아해. 적당히 백치미도 있고 그래야 좋아하지. 나림이처럼 뻣뻣하게 굴면 오던 남자도 도망칠걸."

"야, 김은영. 너 말이 심하다."

유미가 지적했지만 은영은 무시하고 안주를 입에 넣었다.

"말이 심하긴. 나림이가 걱정이 돼서 그러는 거지. 이제 좀 더 지나면 재취 자리밖에 없을걸. 내 친구가 돌싱한테 팔려 가듯이 결혼하는 거 보고 싶지 않단 말이야."

아, 애는 정말 안 되겠다.

나림은 속으로 한숨을 삼켰다.

고등학교 때부터 은영이 나림에게 가지고 있는 열등감에 대해서는 알고 있었다. 그래도 그때는 이렇게 심하지 않았다.

이렇게 심해진 건 역시 의사 남편을 만나고 나서부터였다.

클럽에서 만나 원나잇을 했는데 그대로 임신을 했고, 지우라는 남자에게 매달려 결혼을 했다는 사실이 수치스럽고 부끄러운 건지, 은영은 그때부터 이런 식으로 말을 하기 시작했다.

자랑을 하고, 타인을 깎아내리면서 자신을 돋보이게 만들고.

그래야 상처받은 자존심이 조금은 치유되는 느낌을 받는 모양이다.

사실은 남편에게 사랑을 받지 못한다는 것을, 나림은 알고 있었다. 그래서 지금까지는 은영의 독살스러운 말도 웃으면서 받아 줬는데, 이제는 못 해 먹겠다.

좋은 말도 여러 번 하면 잔소리가 되는데, 밉살맞은 말은 말할 것도 없었다.

"야, 돌싱이라니. 아무리 그래도 나림이가 그러겠냐. 능력이 있는데."

유미의 말에 은영이 입술을 비쭉거렸다.

"그러니까 여자는 능력 있어봐야 아무 소용이 없다니까. 솔직히 능력 없는 어린애들 빼고 누가 좋아하겠어. 우리 또래에 능력 있는 남자들은 어린 여자 만나려고 하지. 여자는 어린 나이에 능력 좋은 남자 만나서 사랑 받고 사는 게……."

"나림이 누나."

그때였다.

생각지도 못한 음성이, 은영의 말을 끊으며 들려온 것은.

환청을 듣나 싶었다.

오늘 아침에 들었던 그 목소리를, 이런 곳에서 또다시 들을 리는 없으니까. 게다가 그 목소리가, 나림을 '누나'라고 부를 리도 없으니까.

그래서 돌아보지 않고 있는데, 친구들의 시선이 전부 나림의 뒤로 향해 있었다. 심지어 은영조차도 눈을 휘둥그레 뜨고 나림의 뒤쪽을 보고 있었다.

"누나, 여기서 뭐해요?"

그제야 나림은 뒤를 돌아봤다.

민혁이 서 있었다.

훤칠한 키에 흰 피부, 단정하고 귀여운 생김새를 지닌 민혁은 단연 눈에 띄었다. 호프집은 조금 어두침침했는데도, 민혁의 주위는 밝은 느낌이었다.

호프집 안의 여자들이 안 그런 척하면서도 민혁을 훔쳐보는 것이 느껴졌다.

"어, 나는…… 친구들을 만나고 있었어."

나림이 당혹감을 감추며 더듬더듬 설명하자, 민혁이 눈썹 끝을 늘어뜨렸다.

"뭐야, 누나. 실망이에요."

"어? 뭐, 뭐가?"

"나한테는 놀아 줄 시간 없다고 하더니."

애가 왜 이러지?

어안이 벙벙했지만 곧 깨달았다.

민혁이 친구들 앞에서, 특히 은영의 앞에서 나림의 면을 세워 주기 위해 이런 행동을 하고 있다는 걸.

"오늘은 선약이 있었어. 친구들을 좀 만나느라."

"아, 친구분들이세요? 안녕하세요, 정민혁입니다. 28살이에요."

민혁이 회사 여직원들을 모조리 홀리게 만든 해사한 미소를 지으며 꾸벅 인사했다.

어리둥절한 표정을 짓고 있던 친구들의 얼굴이 마법처럼 누그러지는 것이 보였다.

이 남자, 정말 놀랍다.

"나림이, 아는 동생?"

은영의 질문에 민혁이 눈을 반달 모양으로 접고 수줍다는 듯 말했다.

"아뇨. 나림이 누나를 짝사랑하는 동생이에요."

순간 은영의 얼굴에 질투심이 확 떠올랐다.

"짝사랑? 나림이를?"

"네. 쭉 좋아했어요. 나림이 누나가 안 받아 줘서 문제지만."

"무슨 일 하는데?"

"은영아."

초면에 너무 예의 없이 구는 것 같아서 말리려 했지만, 민혁은 싱글싱글 웃으며 대답했다.

"건물주요."

"어?"

"건물주예요, 저. 건물 여러 개 가지고 있어서 관리하고 있어요."

이건 정말 몰랐던 사실이다.

거짓말을 하고 있나 싶어서 민혁의 얼굴을 살펴봤지만, 싱글 싱글 웃는 얼굴에서는 아무것도 알아낼 수가 없었다.

"거짓말."

은영이 중얼거렸다.

"거짓말이라니요. 이런 걸로 거짓말할 이유가 없잖아요. 제가 얻을 것도 없는데."

"그야 그렇지만…… 그래도 28살에 무슨 건물을……."

"금수저라고 하죠. 아버지한테 남는 건물을 받았어요. 아, 친구분들 노시는데 제가 너무 방해했네요."

"아니, 방해라뇨. 그냥 애 데리고 가요."

라고 말한 건, 진희였다.

"야, 최진희."

"왜? 우리랑 노는 것보다는 젊고 잘생긴 애랑 노는 게 낫지. 얼른 가 봐."

진희가 나림의 등을 떠밀었다.

"아니, 갈 생각 없거든."

"가 보라니까. 민혁 씨, 얼른 애 데리고 가요."

"정말 그래도 돼요?"

민혁이 눈을 반짝이면서 물었다.

"되긴 뭐가 돼. 안 돼."

나림이 말했지만, 민혁이 나림의 손목을 잡았다.

"그럼 감사한 마음으로 데리고 갈게요. 누님들, 즐거운 시간 보내세요."

나림과 민혁이 나간 후.

입구에 서서 그 모든 광경을 지켜보다가 버림받은 재훈은, 황당함에 뒤를 한 번, 앞을 한 번 돌아보다가 중얼거렸다.

"정민혁, 이 망할 자식."

*　　*　　*

정신을 차려 보니 좁은 일본식 선술집에 민혁과 마주 보고 앉아 있었다. 언제 시킨 건지, 테이블 위에는 정종과 꼬치 몇 개가 놓여 있었다.

아침에 계란탕 이후 아무것도 먹지 못한 터라, 이런 와중에도 배가 고팠다.

침을 꼴깍 삼키며 꼬치구이를 하염없이 응시하는데, 민혁이 말했다.

"누나, 드세요."

그제야 나림은 고개를 들고 민혁을 응시했다.

"누나라고 부르지 마."

"그럼 이름 불러도 돼요?"

"당연히 안 되지."

"과장님은 너무 거리감 느껴지잖아요. 사석에서만이라도……."

"정민혁 씨."

"네, 알겠어요."

민혁이 졌다는 듯 양손을 살짝 들어 보이며 웃었다.

"아까 도와주려고 한 거지? 그건 고마워."

나림이 꼬치를 하나 집어 들었다.

빈속에 술을 마시면 취할 것이 분명하니 배를 좀 채우고 마실 요량이었다.

"고맙긴요. 곤란하신 것 같아 보여서요. 과장님한테 도움이 됐다면 다행이에요. 너무 오지랖을 부린 게 아닌가 걱정스러웠는데."

"아냐, 고마워."

어쨌든 상대는 도와주려고 한 거니까, 그걸 가지고 뭐라고 할 생각은 없었다.

도와주면 솔직하게 감사 표현하기.

그게 나림의 장점 중 하나였다.

나림이 정신없이 꼬치를 먹는 내내, 민혁의 시선이 민망할 정도로 느껴졌다.

"그만 좀 봐. 얼굴 뚫어지겠다."

참다못해 말했더니 민혁이 배시시 웃었다.

"과장님은 정말 예쁘게 생겼어요."

"그런 말은 됐다니까."

"입에 발린 말 아니에요. 전 아무한데나 예쁘다는 말 안 해요."

"그래, 그래."

"주말에는 보통 그 친구들을 만나시는 거예요?"

"아니. 다들 바쁘니까 한두 달에 한 번씩 만나."

"아아, 그렇구나. 다들 기혼?"

"한 명은 미혼인데, 반년 뒤로 날짜 잡았대."

"과장님은요?"

"나, 뭐?"

"과장님은 애인 없으세요?"

"응, 그런 거 사귈 시간 없어."

"에이, 시간이야 내면 되는 거죠."

"안 되더라고."

나림은 정종을 가져다가 술잔에 따르려고 했는데, 민혁이 빼앗아 가서 따라 주었다. 꼬치구이에 정종은 기가 막히게 잘 어울렸다.

"과장님은 일도 연애도 잘해 낼 것처럼 보이는데."

"의외로 안 그래. 스트레스를 받더라."

"스트레스요?"

"응. 일은 쌓여 있고, 공부할 것도 많은데, 연락해야 하고 만나야 하고. 그게 부담이 되더라고. 티를 안 내려고 하다 보니 그게 스트레스가 되는 거야. 못하겠어, 그런 거."

"하지만 과장님은 이미 인정을 받으셨잖아요. 이제는 그렇게까지 일에 집중하지 않아도 되는 거 아니에요?"

"글쎄."

나림은 피식 웃었다.

성공한 인생.

다른 사람의 눈에는 그렇게 보일지도 몰랐다.

명문대를 졸업하고 대기업에 입사해, 남들보다 빨리 과장이라는 직함을 달았다.

어떤 사람들은 이쯤에서 만족하라고 할지도 모르겠다. 하지만 나림은 그럴 수가 없었다.

"있잖아, 민혁 씨. 금수저인 민혁 씨는 모르겠지만, 우리 집은 되게 가난했어. 얼마나 가난했느냐 하면, 집 지붕이 뚫려서 빗물이 떨어지는, 그런 집에 살 정도로 가난했어. 아버지가 빚보증을 잘못 섰거든."

나는 왜 이런 소리를 하는 거지?

나림은 당혹스러웠다.

이런 얘기는 친구들에게도 잘 하지 않는 이야기였다. 심지어 오래전에 사귀던 그에게도 얘기한 적이 없었다.

민혁의 까만 눈동자는 진지하게 나림을 응시하고 있었다.

'아아, 저것 때문인가?'

민혁이 침대에서 어떠하든, 평소의 민혁의 눈동자는 진지하고 순수했다.

이 세상에 나림만이 존재한다는 듯 응시하는 맑은 눈동자. 마치 주인만을 바라보는 강아지 같은 눈동자.

아무에게도 하지 못하는 이야기를, 키우는 애완견에게만 하는 그런 기분인지도 모르겠다.

"고등학교 때부터 아르바이트를 했어. 그 돈 한 푼, 두 푼 모았고. 대학은 전액 장학금. 대학 등록금에 쓸 돈은 없었거든. 대학 다니면서 과외로 번 돈, 전부 다 모아서 한 푼, 두 푼 빚을 갚아 나갔어. 그렇게 몇 년 전에야 빚을 다 갚았고. 이제야 좀 먹고살 만해."

"그럼 이제 숨 좀 쉬어도 되지 않아요?"

"그게 그렇지가 않아. 나는 두 번 다시는 그런 생활로 돌아가고 싶지 않거든. 그리고…… 이렇게 사는 것이 너무 익숙해지기도 했고. 아무것도 안 하면 불안하더라고. 좀 더 하자, 좀 더 배우자, 좀 더 올라가자. 그런 생각뿐이야."

"그러셨구나."

민혁은 더 이상 그 부분에 대해 무어라 말하지 않았다. 그게 차라리 편했다.

"그러고 보니, 민혁 씨는 정말로 금수저야?"

나림의 질문에 민혁이 씩 웃었다.

"어때 보여요?"

"글쎄. 그런 것 같기도 하고, 아닌 것 같기도 하고."

"금수저까지는 아니에요. 은수저 정도? 건물은 아버지가 보태

주신 돈에 제가 모은 돈 모아서 산 거고요."

"민혁 씨가 모은 돈? 이번이 첫 직장이지 않았어?"

"아르바이트도 하고, 과외도 해서 모은 돈을 이리저리 투자해서 불렸어요. 제가 돈을 좀 좋아하거든요."

라고 말하며, 민혁은 웃었다.

의외였다. 돈에 연연할 것처럼 생기지는 않았는데.

"어때요? 건물주라고 하니까 좀 괜찮아 보이지 않아요?"

"그러게. 괜찮아 보이네."

"연애도 하고 싶어지고?"

"그건 별로."

나림이 딱 잘라 거절하자 민혁이 눈썹 끝을 늘어뜨렸다.

"너무해요, 과장님."

"말했잖아. 그럴 여유 없다고."

"너는 서리 같아. 추운 날 조금씩 조금씩 쌓여, 어느새 모든 것을 새하얗게 덮어 버리는 서리."

문득 떠오른 목소리에 쓴웃음을 지으며, 나림은 덧붙였다.

"나는 서리 같은 여자거든."

"서리요?"

"응. 그런 게 있어. 연애는 좀 더 따뜻한, 봄볕 같은 여자랑 하는 게 좋을 거야."

민혁이 웃었다.

"봄볕 같은 여자가 어떤 건데요?"

"글쎄. 그건 민혁 씨가 알아봐야겠지."

민혁과의 대화는 즐겁고 편안했다.

얘기를 하다 보니 어느새 시간이 많이 흘러갔다.

"이것만 마시고 일어나자."

마지막 한 잔을 마시고 일어났다.

나림이 계산하려고 했지만 민혁이 먼저 카드를 내밀었다.

술집에서 나와 나림이 말했다.

"돈은 반 보내 줄게."

"이번엔 제가 사는 걸로 해요."

"이런 거 불편해."

"그럼 다음에 과장님이 사 주세요."

"다음에 또 이런 자리를 갖고 싶진……."

"과장님."

민혁이 나림의 손목을 붙잡았다. 잡힌 손목이 유독 뜨겁게 느껴졌다.

술기운 때문일까.

아니, 술기운 때문이라는 건 핑계에 불과했다.

사실은 아까부터 민혁의 입술만 보고 있었다.

립글로즈를 바른 듯 붉고 양옆으로 긴 도톰한 입술이, 내 입술을 덮치고 온몸을 애무했다고 생각하니 몸이 달았다.

그와 나눴던 뜨거운 섹스가, 대화를 하는 내내 머릿속을 휘저었다.

민혁은 가만히 나림을 내려다보고 있었다.

그의 검은 눈동자에 담긴 남성의 욕망을, 나림은 똑똑히 확인할 수 있었다. 그저 응시만 하고 있을 뿐인데도, 애무당하는 듯한 느낌이 들었다.

민혁은 나림의 머리카락을 살며시 뒤로 넘겨주며 말했다.

"저, 과장님이랑 하고 싶어요."

'나는 아니야.'

라고 대답해야만 한다는 걸 알고 있었다.

'나는 안 그래. 우리의 관계는 한 번으로 끝이었어. 아무 일도 없었던 사이로 돌아가야 돼.'

그렇게 말하는 것이 옳다는 걸 아주 잘 알고 있었다.

"나도 그래."

그러나 나림의 입술은 멋대로 움직였고, 대답이 끝나자마자 민혁이 허리를 굽혀 입을 맞췄다.

뜨거운 입술이 나림의 입술을 지그시 눌렀다가 떨어졌다.

코끝이 닿을 만큼 가까운 거리에서, 민혁은 나림을 응시하며 말했다.

"그럼 해요, 우리."

* * *

근처의 모텔로 들어갈 수도 있었겠지만, 어째서인지 민혁은 자신의 집으로 가자고 했다.

택시를 타고 이동하는 동안, 민혁은 나림의 손목을 꽉 잡고 있었다. 마음이 바뀌어 내리겠다고 해도 보내 주지 않겠다는 듯이.

택시를 타는 순간 후회했지만, 잡힌 손목을 뿌리치고 싶지 않았다. 어째서인지 나림을 놓치고 싶어 하지 않는 민혁의 행동이 귀엽게 느껴졌다. 그것이 비록 성욕으로 인한 행동일지라도.

현관문 안으로 들어서자마자 신발을 벗기도 전에 민혁이 키스를 하며, 나림을 벽으로 밀어붙였다.

나림의 머리카락을 움켜쥐고 퍼붓는 키스에 숨이 막혔다.

그의 혀가 나림의 닫힌 입술을 밀고 안으로 들어와 입 안을 훑었다. 나림의 혀를 찾는 듯 헤매는 것이 귀여워 자꾸 혀를 안쪽으로 피했더니, 그가 머리칼을 더 세게 움켜쥐었다.

이윽고 그의 혀가 나림의 혀를 찾아내 옭아맸고 빨아들였다.

한참 키스를 하던 그의 입술이 떨어져 나갔다. 그는 나림의 귓불과 목덜미를 애무하며, 나림의 상의를 벗겼다.

뜨거운 숨결이 닿는 곳마다 낙인이 찍히는 기분이 들었다. 나림의 육체는 이미 예민해질 대로 예민해져서, 작은 숨결에도 전율을 느꼈다.

민혁은 순식간에 나림의 바지까지 벗기고 나서, 잠시 애무를 멈추고 한 걸음 뒤로 물러났다.

실오라기 하나 걸치지 않은 나림의 육체를, 민혁은 천천히 감상했다.

그의 날카로운 눈빛이 나림의 머리부터 시작해, 얼굴로 목으로 가슴과 날씬한 복부로, 음부로, 허벅지로, 더듬어 내려갔다.

부끄러워져서 가슴을 가리려 하자, 그가 낮게 읊조렸다.

"가만히 있어, 최나림."

역시나 어제의 일은 착각이 아니었다.

그는 섹스가 시작되면 달라졌다.

그리고 나림은 그런 변화가 싫지 않았다.

명령을 내리는 낮은 음성도, 온몸을 샅샅이 훑는 뜨거운 눈빛도, 전부 나림의 몸을 달아오르게 만들었다.

'나한테 이런 취향이 있었나?'

지금까지 섹스는 편안하고 부드럽게, 정상위로 해 본 적밖에 없었다. 집에 들어서자마자 입구에서부터 시작되는 섹스는 처음이었다.

나는 알몸인데, 그는 여전히 옷을 갖춰 입고 있었고, 그것은 묘한 수치심과 동시에 애욕을 불러일으켰다.

그의 시선을 견디기 힘들어질 때쯤, 그가 허리를 굽히더니 나림의 가슴을 베어 물었다.

"읏!"

나림은 신음하며 그의 머리를 감싸 안으려 했지만, 그가 나림의 가슴에 입술을 댄 채로 명령했다.

"두 팔 내리고 가만히 있어."

그래서 나림은 두 팔을 내려 손을 허벅지에 붙였다.

그는 만족스러운 듯 나림의 엉덩이를 토닥여 주고는, 혀로 나림의 유륜을 살짝 쓸었다.

순간 다리에 힘이 빠질 뻔했지만 등을 벽에 대고 있어서 버틸 수 있었다.

그가 혀끝을 빳빳하게 세워 유륜을 따라 뱅글뱅글 돌리며 계속해서 자극했고, 그럴 때마다 나림은 그의 머리를 감싸 안고 싶은 걸 참아야만 했다.

그의 혀끝이 단단하게 일어선 나림의 유두 끝을 톡톡 자극했다. 나림은 잘게 신음하며 목을 뒤로 젖혔다.

나림의 젖꼭지를 빨면서, 그는 다른 쪽 가슴에 손을 얹었다. 엄지와 검지로 유두를 뱅글뱅글 돌리며, 다른 쪽 가슴을 힘주어 빨아들였다.

양쪽에서 느껴지는 강한 자극에, 나림은 헐떡거렸다.

더는 참을 수가 없어서, 저도 모르게 두 팔로 그의 머리를 끌어안았다. 그러자 그가 이를 세워 나림의 젖꼭지를 깨물었다.

아픔과 쾌감이 동시에 나림을 강타했다.

"으윽!"

그가 다시 똑바로 서서 나림을 내려다봤다.

"내가 두 팔 가만히 내려놓으라고 했을 텐데."

그의 한 손은 여전히 나림의 유두를 가지고 놀고 있었다. 나림은 젖은 눈으로 민혁을 올려다봤다.

"말을 안 들었으니 벌을 줘야겠어."

"민혁 씨……."

"엎드려."

"저기, 민혁 씨……."

"엎드리라고 했을 텐데."

그래서 나림은 엎드렸다.

옷을 제대로 갖춰 입은 남자의 앞에서, 알몸으로 엎드려 엉덩이를 보이는 것이 수치스러웠다. 그럼에도 몸 깊은 곳이 젖어드는 것을 느낄 수 있었다.

'난 변태인가!'

라는 생각을 하는데, 그가 엉덩이를 가볍게 찰싹 때렸다.

"훗!"

"엉덩이 들어."

엉덩이를 조금 들자, 그가 다시 명령했다.

"더 들어. 내가 잘 볼 수 있게."

잘 보겠다니.

이전에 섹스를 할 때는 항상 불을 꺼놓고 했었다. 타인에게 은밀한 부위를 보인 적은 단 한 번도 없었다.

엉덩이를 더 들지 않자, 민혁은 마음에 들지 않는다는 듯 나림의 엉덩이를 한 번 더 때렸다.

찰싹―

쾌감을 동반한 통증이 전신으로 퍼졌다.

"엉덩이 들어, 최나림."

나림은 헐떡거리며 엉덩이를 더 들어 올렸다.

그가 누구에게도 보여 주지 않았던 은밀한 부위를 샅샅이 살펴보는 느낌이 들었다.

몸이 떨렸다.

"많이 젖었는데. 이런 걸 좋아하나 봐?"

"아니야. 나는……."

"움직이지 마. 그리고 섹스할 때는."

그가 상체를 일으키며 변명하려는 나림의 어깨를 잡아 눌렀다.

"존댓말 사용하고. 정중하게. 알지?"

낮게 들려오는 목소리에 고개를 끄덕였다.

그가 바지 버클을 푸는 소리가 들렸다.

옷을 벗고 있는 걸까, 라고 생각하자마자 거대한 물건이 나림의 몸 안으로 쑥 들어왔다.

"윽!"

예상치 못한 삽입에, 나림은 신음을 뱉어 내며 주먹을 꽉 쥐었다.

그는 나림의 양 허리를 붙들고 빠르게 몸을 움직였다.

그의 뜨겁고 거대한 페니스가 나림의 속살을 자극하고, 몸 안 깊은 곳을 찔러 댔다.

너무 깊이 들어오는 통에 엉덩이를 앞으로 빼서 더 깊이 들어오지 못하게 하려고 했지만, 그가 허리를 단단히 잡고 있어서 그럴 수가 없었다.

그의 페니스는 깊이 찔러 들어와 예민한 곳을 자극했다. 몇 번이나 자극을 받은 몸이 움찔움찔 떨리다가, 점점 공중으로 뜨는 듯한 느낌이 들었다.

"아…… 아아……."

소리를 내지 않으려고 했는데 신음이 저절로 흘러나왔다. 신음에 맞춰 나림의 허리도 같이 움직였다.

자신이 어떤 행위를 하는지도 모르는 채, 나림은 쾌락에 젖어 몸을 떨었다.

픽— 픽—

몸과 몸이 부딪치며 야한 소리를 만들어 냈다.

"아…… 웃……."

민혁의 낮은 신음 소리를 듣자, 나림의 육체가 반응했다.

아랫배 부근에서 시작된 강렬한 쾌감이 순식간에 전신으로 퍼지며, 나림의 허리가 젖혀졌다.

"아, 아앗! 아!"

나림은 소리를 죽일 생각도 하지 못한 채 탄성을 질렀다. 아랫배가 움찔거리고, 엉덩이가 바르르 떨렸다. 질이 빠르게 수축과 이완을 반복하며 전신으로 달콤한 쾌감을 퍼뜨렸다.

그와 비슷하게 그의 것이 커지는가 싶더니 훅 빠져나갔다.

"으윽……."

그가 낮은 신음을 흘렸고, 나림의 엉덩이에 하얀 액체를 뿜어
냈다.

뜨거운 액체가 엉덩이를 타고 흘러내리는 것이 느껴졌다.

그가 커다란 손으로 나림의 머리를 덮으며, 허리를 굽혔다. 그
의 가슴이 나림의 등에 밀착되었고, 그의 물건이 나림의 엉덩이
에 닿아 있었다.

그의 페니스는 절정을 느낀 후에도 여전히 단단했다.

그는 나림의 뒤통수에, 목 뒤에, 그리고 등에 입을 맞췄다.

섹스 할 때의 거친 말투와 달리, 그는 사정을 한 후에도 다정
했다.

한참 동안 나림의 몸을 어루만져 주고 뒷처리까지 꼼꼼하게
해 준 민혁이 나림을 일으켜 세웠다. 격한 행위를 한 끝이라 다
리에 힘이 들어가지 않았다.

민혁이 나림을 번쩍 안아 들었다.

"꺅!"

생각지도 못한 행동에 작게 비명을 질렀다.

민혁이 웃었다.

"과장님, 귀여워요."

"내려 줘. 무겁잖아."

"안 무거워요."

민혁은 나림을 안은 채 방에 들어가, 침대 위에 조심스레 내려

놓고 자신도 그 옆에 누웠다.

나림은 똑바로 누워 천장을 보고 있었고, 민혁은 옆으로 누워 나림을 응시하고 있었다. 볼에 닿는 그의 시선이 부담스러웠다.

"민혁 씨는 섹스를 할 때 성격이 확 변하는 것 같아."

"다정하게도 할 수 있지만, 이러는 편이 더 재미있지 않아요? 과장님도 즐기시는 것 같던데요. 원하시면 다음에는 다정하게 할게요."

"또 할 셈이야, 이런 짓을?"

"그럼 안 하실 생각이셨어요?"

나림은 고개만 돌려 민혁을 응시했다.

그의 귀여운 얼굴을 가만히 살펴보다가 입을 열려는데, 민혁의 검지가 나림의 입술을 살며시 눌렀다.

"또 차가운 말 하실 거면 안 들을래요."

나림은 그의 손가락을 옆으로 치우며 말했다.

"차가운 말 안 할게. 민혁 씨, 지금 애인 없어?"

"네, 없어요."

"그래, 나도 없어."

"알아요."

"민혁 씨도 나도 서로 애인이 없으니, 이런 관계를 갖는 게 나쁜 건 아니겠지. 직장 동료라는 게 마음에 걸리긴 하지만."

"안 들키면 되죠."

"안 들킬 자신 있어?"

"그럼요. 과장님은요?"

"나도."

"그럼 우리……."

볼을 쓰다듬으려는 민혁의 손길을, 나림은 조심스럽게 밀어 냈다.

"규칙을 정하자, 우리."

"규칙이요?"

"응. 우리 이제 파트너가 되는 거잖아. 선을 넘지 않기 위한 규칙이 있어야 한다고 생각해."

"어떤 걸 원하세요?"

"우리는 섹스만 하는 사이여야 돼."

"섹스만……."

"데이트는 할 필요 없어. 서로의 몸을 원할 때에 섹스만 하자. 저녁을 먹고 술 한잔하고, 그러면서 탐색할 필요 없이. 하고 싶은 날 문자 한 통, 전화 한 통 하면 그냥 만나서 곧바로 침대로. 달콤한 말, 다정한 태도, 마음에도 없는 입에 발린 말과 행동들은 관두고 섹스만."

"……그리고요?"

"연인이 아니니까 서로의 사생활에 터치하는 것도 금지. 서로에게 애인이 생기든, 또 다른 파트너가 생기든 관심을 보이지 말기. 어느 한쪽이 이 관계를 끝내고 싶어졌을 때는 깔끔하게 끝내기."

"한마디로 우리 사이에 미래는 없다는 거네요. 서로에게 감정을 요구하지 말자는……."

"응, 맞아. 똑똑해서 좋네."

민혁이 피식 웃었다.

"과장님은 되게 냉정하네요. 보통 이런 말들은 남자 쪽에서 하지 않나요? 여자들은 섹스를 하고 나면 감정이 생기잖아요."

"여자들이 아니라, 사람마다 다른 거겠지."

"그러다가 과장님이 절 좋아하게 되면 어쩌려고 그래요?"

나림이 웃었다.

"그럴 일은 없어."

"와, 방금 그건 조금 상처예요. 그렇게 딱 잘라 말씀하시다니. 저 인기 많아요, 과장님."

"응, 알아. 하지만 난 인기 많은 남자, 별로 안 좋아해. 모든 여자에게 너무 다정한 남자도 안 좋아하고. 어때? 할 수 있겠어?"

눈을 가늘게 뜨고 묻는 나림을, 민혁은 물끄러미 응시하다가 고개를 끄덕였다.

"알겠어요, 그렇게 해요."

"그래, 그럼."

대답을 들은 나림이 침대에서 내려왔다.

"이제 집에 가야겠다."

"네? 가시게요?"

민혁이 몸을 일으켰다.

"응, 가야지. 여기서 자고 갈 순 없잖아."

"자고 가세요. 괜찮아요."

"아니, 싫어. 말했잖아, 섹스만 하는 관계."

"꼭 그렇게까지 딱 잘라야 할 필요는 없잖아요. 내일 쉬는 날이기도 하고……."

나림을 설득하려던 민혁은 그녀의 표정이 굳어지는 것을 보고는 말을 멈췄다.

"민혁 씨……."

"알겠어요, 알겠어. 안 붙잡을게요."

"그래."

나림은 거울을 확인한 후, 민혁의 방에서 나왔다.

민혁이 따라 나오는 것이 느껴졌지만 돌아보지 않았다.

현관문 근처에 떨어져 있는 옷을 주워서 입은 후에야 민혁을 돌아봤다.

민혁은 회사 가는 주인을 바라보는 강아지 같은 눈으로, 나림을 보고 있었다.

순간 마음이 약해질 뻔했지만 굳게 다잡았다.

저 눈빛에 말려들면 안 된다.

겉으로는 순진해 보이지만 그렇지 않은 남자라는 걸 짐작할 수 있었다.

남중, 남고를 나와서 여자를 대하는 게 불편하다는 말, 아마도 나림을 안심시키기 위한 거짓말이었을 것이다.

나, 이렇게 순수해. 그러니까 마음을 열어도 돼.

그런 식으로 여자를 안심시키고 자신을 좋아하게 만드는 게, 아마도 저 남자의 스킬이겠지.

그게 나쁜 건 아니다. 다만 그것에 말려들어 위험한 남자를 사랑하게 되는 것이 싫을 뿐.

"월요일에 봐."

"데려다……."

"데려다주지 않아도 돼."

"알겠어요. 아, 과장님."

"응?"

"사적인 자리에선 누나라고 불러도 돼요?"

"마음대로."

"아, 그리고 과장님."

"응?"

"우리 집 도어락 비밀번호, 1301이에요. 하고 싶을 땐 언제든 오세요."

"……알겠어. 가 볼게."

"네, 조심히 가세요."

휙 돌아서서 나온 나림은 현관문을 닫은 후, 현관문에 달린 도어락을 물끄러미 응시했다.

도어락 번호를 알려 줄 줄은 꿈에도 몰랐다.

대체 뭘 믿고 번호를 알려 준단 말인가. 이쪽이 스토커 같은 여자면 어쩌려고.

'뭐지? 순진한 게 꾸며 낸 것이 아니었던 거야? 아니, 그렇지는 않은 것 같은데. 뭐지, 대체?'

집 비밀번호는 애인에게 알려 주기도 망설여지는 것이었다. 그런 걸 섹스 파트너에게, 그것도 알게 된 지 얼마 안 된 사람에게 알려 주다니.

민혁의 생각을 도저히 이해할 수가 없었다.

*　　*　　*

자신의 행동을 도저히 이해할 수가 없었다.

탁—

현관문이 닫히자마자 민혁은 두 손으로 머리를 거머쥐고 주저앉았다.

'내가 왜 이러지?'

서로를 터치하지 않고 탐색하지도 않고 섹스만 하는 관계.

그것처럼 편한 관계는 없고, 그것이야말로 민혁이 여자들에게 원하는 것이었다.

여자들은 항상 애정을 갈구하고, 처음에 파트너로만 시작을 해도 결국은 마음을 달라고 요청해서 민혁을 귀찮게 만들었다.

여자 쪽에서 먼저 '감정의 교류 없이 섹스만 하는 관계'를 요구해 온 건 처음이었다.

두 손 들고 환영할 일인데, 나림의 제안을 듣는 내내 가슴이 따끔따끔했고, 제안을 받아들인 이후에도 찝찝함을 거둘 수가 없었다.

'이건 아닌 것 같아.'

라는 생각이 들지만, 대체 뭐가 아닌 것 같은 건지 확실하게 정의를 내릴 수가 없었다.

게다가.

'내가 미쳤지. 어쩌자고 집 비밀번호를 알려 준 거야?'

사실 이 집에 여자를 데리고 온 건 나림이 처음이었다.

여자들에게는 룸메이트가 있다고 말해 뒀고, 구경만 하고 싶다고 해도 절대 집으로 불러들이지는 않았다.

개인적인 공간에 누군가 드나드는 것을 좋아하지 않고, 여자 쪽에서 헤어지고 난 이후에도 계속 찾아오고 스토킹할지도 모른다는 우려 때문이었다.

나림은 민혁의 집 비밀번호에 전혀 관심이 없는 듯 보였지만 저도 모르게 알려 주고 말았다.

시간을 되돌린다면?

'아마 그래도 알려 줄 거야. 나는 지금 미쳤으니까!'

그렇게밖에 설명할 수가 없었다.

섹스만 하자는 여자에게 자꾸만 그 이상의 것을 요구하며 질척거리는 것도, 키스를 하는 것도, 도어락 비밀번호를 알려 주는 것도.

전부 민혁답지 않은 행동이었다.

이 머릿속에 무언가 벌어지고 있다. 논리적으로는 설명할 수 없는 무언가가.

민혁은 한숨을 내쉬며 현관문을 응시했다.

*　　*　　*

월요일.

사무실에 들어갔을 때, 민혁은 이미 출근해서 자리에 앉아 있었고 민혁의 옆에는 지연이 서 있었다.

나림이 들어오는 것을 본 민혁이 살짝 눈인사를 했다.

다행이다.

회사에서 보면 조금 어색할 줄 알았는데 그렇지 않았다.

"어, 과장님. 오늘 화장 되게 예쁘게 되셨네요."

민혁의 의자에 손을 올리고 있던 지연이 나림을 보고 생글생글 웃으며 말했다.

"그래? 평소보다 공들여서 했어."

꼭 그렇지도 않았지만, 나림은 적당히 대꾸했다.

사무실의 막내인 지연은 입사 1년 차로, 24살다운 생기를 지니고 있었다.

오늘 지연이 입은 분홍색 반팔 후드 티셔츠와 무릎 바로 위까지 오는 테니스 스커트가 무척 잘 어울렸다. 고등학생이라고 해도 믿을 것 같은 모습이었다.

　지연이 민혁에게 관심이 있다는 건, 나림도 잘 알고 있었다. 나림을 통해 민혁과 친해지려는 다른 여직원들과 달리, 지연은 자기 스스로 민혁과의 관계를 쌓아가려고 노력했다.

　"아무튼 오빠. 그 영화 이번 주 주말에 개봉하는데, 같이 보러 갈래?"

　지연이 다시 민혁을 내려다보며 물었다.

　"글쎄."

　"SF 좋아한다면서. 그거 진짜 재미있을 것 같아. 그냥 가볍게 영화만 딱 보고 헤어지자."

　"몇 시에?"

　"음. 1시나 2시쯤? 내가 예매할게."

　"그래, 그럼. 예매하고 시간 알려 줘."

　"응. 토요일이나 일요일, 언제가 좋아?"

　"토요일."

　"알겠어. 예매하고 알려 줄게."

　지연이 자기 자리로 돌아갔다.

　여직원들이 지연을 흘끗 쏘아봤지만, 지연은 그들에게 살짝 미소를 지어 준 후 자리에 앉았다.

　'이제 슬슬 눈도장을 찍으려고 하나 보네.'

　라고, 나림은 남 일 같이 생각했다.

　지연은 사무실 여직원들에게 '이 남자는 내가 찍었어.'라는 걸 알리려고 하고 있었다. 한 달쯤 간을 봤으니, 이제 움직여도 되겠다고 생각한 모양이다.

'좋구나, 젊음은.'

나림은 피식 웃으며 컴퓨터를 켰다.

"과장님, 주말 잘 보내셨어요?"

민혁이 작은 목소리로 물었다.

"응, 민혁 씨는?"

"저는 그냥 집에서 잤어요."

"아, 그래."

"과장님은요?"

"내가 주말에 뭘 했는지, 민혁 씨한테 보고해야 할 이유가 있나?"

"아, 죄송해요. 그냥 물어본 건데."

민혁이 눈썹 끝을 늘어뜨렸다.

너무 예민하게 굴었나 보다. 나림은 목소리를 누그러뜨리고 말했다.

"장 보고 청소도 하고 그러면서 보냈어."

"바쁘셨네요."

"응, 바빴지."

다행히 민혁은 더 이상 말을 걸지 않았다.

이 정도면 딱 동료 사이에 나눌 수 있는 대화다. 선을 지키기 위해 너무 날을 세우지 않아도 될 것 같다.

주말에는 정말로 바빴다.

단지 집안일만이 아니라, 부업으로 하는 독어 번역 일의 마감 기한이 닥쳐왔기 때문이었다. 오늘 새벽까지 그 일을 하다가 3시간 정도 자고 나온 터라 몸이 찌뿌드드했다.

컴퓨터를 켜고 뻐근한 어깨를 주무를 때쯤에야, 토요일의 일에 대해 진지하게 고민을 해 볼 수 있었다.

'나는 왜 그런 관계를 하겠다고 한 걸까?'

섹스 파트너.

나림은 지금껏 섹스 파트너에 대해 생각해 본 적이 한 번도 없었다.

갖고 싶은 적도 없었고, 그런 것을 가지고 있는 사람들에 대해 나쁘다거나 좋다는 생각 또한 없었다. 사람마다 삶의 방식이 다른 거니까.

성욕에 휩싸이기에는 너무 바빴고, 그 때문에 그걸 풀기 위해 남자를 만나야겠다는 생각을 해 본 적이 없었다.

지금도 바쁘기는 마찬가지이고, 특별히 성욕이 솟아오르는 것도 아닌데, 왜 그런 관계를 갖기로 했는지 모르겠다.

'그 소식 때문인가?'

지난 주, 회식 자리에서 명호가 곧 한국으로 돌아온다는 이야기를 들었다.

잊고 싶지만 잊지 못한 이름을 들어서 마음이 싱숭생숭했다. 하지만 민혁과 섹스를 하는 동안만큼은 그 이름을 떠올리지 않을 수 있었다.

사랑은 사랑으로 잊는다고 했던가.

민혁과의 관계가 사랑은 아니지만, 섹스를 한다는 행위만으로도 과거의 사랑을 잊을 수 있는 것인지도 모르겠다.

'뭐, 괜찮겠지.'

민혁은 경우가 없어 보이지는 않았고, 그렇다면 섣부른 행동으로 회사 생활을 망치는 일은 없을 것이다.

그렇게 결론을 지으니 마음이 한결 가벼워졌다.

오전 근무를 빠르게 해치우고, 오후에 하려고 했던 일까지 하고 있는데 김 팀장이 호출했다. 김 팀장을 돌아보자 김 팀장이 회의실 쪽을 가리키고 먼저 그쪽으로 향했다.

"지나를 섭외하는 건 얼마나 진행됐어?"

지나는 이번 광고에 출연할 여자아이돌의 이름이었다.

"소속사 측에서 거의 오케이 했어요. 다음 주중에 계약하러 가기로 미팅 잡아 뒀고요."

"그거 취소해."

"취소요?"

"위에서 지나가 마음에 안 든대."

"그게 무슨! 지나, 요새 뜨는 애고 이번 광고 콘셉트랑도 잘 어울려요. 바쁜 애라서 소속사랑 조율하는 데도 시간이 한참 걸렸는데, 그걸 취소하라고요?"

"최 과장 고생한 건 아는데, 위에서 싫다는데 어쩌겠어. 계속 진행해 보려고 의견을 밀어붙여 봤는데 안 통해."

"그럼 진작 좀 말해 줄 것이지, 계약만 남았는데…… 위에선 누구를 원한대요?"

"최미랑."

"최미랑이요?"

처음 듣는 이름이었다.

나림은 휴대폰을 꺼내 최미랑이라는 이름으로 검색을 했다. 그룹 APP의 멤버였는데, 그룹 APP도 처음 들어 봤다.

"신인인가 보네요."

"데뷔 한 달 정도 됐나?"

"스폰이군요."

"그래, 스폰이겠지."

나림은 최미랑의 사진과 무대 동영상을 확인했다.

"이번 광고 콘셉트 자체가 섹시한 이미지인데, 얘랑 안 어울려요. 섹시한 척하려고는 하는데, 분위기가 안 살아요. 어려서 그런 건지 어쩐 건지, 아직 여물지 못한 느낌이에요. 차라리 귀엽고 달콤한 느낌이면 괜찮을 것 같긴 한데. 어쩌죠? 우리가 원하는 이미지가 안 나올 것 같아요."

"광고 콘셉트를 좀 바꾸는 건 어때?"

"촬영 준비는 이미 끝났어요. 대본이랑 문구도 나왔고. 콘셉트 바꾸려면 처음부터 다시 시작해야 돼요. 일정을 못 맞출 걸요."

"그럼 어쩔 수 없지. 분위기가 안 살아도 그냥 가는 수밖에."

나림은 한숨을 내쉬었다.

다들 야심을 가지고 준비한 기획이었는데, 윗사람 때문에 전부 틀어지게 생겼다.

종종 있는 일이기에, 아무리 버티고 설득해도 바뀌지 않으리라는 것을 알고 있었다.

"소속사 쪽이랑은 얘기가 됐으니까, 오늘내일 중으로 가서 계약을 해야 돼. 최 과장이 한 번 가 봐. 최미랑, 직접 한번 봐야지."

"네, 최대한 빨리 미팅 잡고 만나 보고 올게요. 변경할 수 있는 부분이 있으면 최대한 맞춰서 변경해야 하니까."

자리로 돌아와서 앉는 나림의 표정이 어두웠다. 민혁이 걱정스럽게 물었다.

"과장님, 무슨 일 있었어요?"

"응. 이번 광고 때 출연할 배우가 바뀌었어."

나림은 회의실에서 있었던 일을 설명했다.

"이따 소속사 미팅 잡아 놨어. 점심 먹자마자 출발할 거니까 민혁 씨도 준비해 둬."

"네, 그럴게요."

나림은 그룹 APP와 최미랑에 대해 검색해서 살펴보기 시작했다. 소속사와 대화를 나누기 위해서는 정보가 필요했기 때문이다.

점심을 먹고 나서 민혁과 함께 택시를 타고 소속사로 향했다.

이동을 하는 중에도 나림은 끊임없이 최미랑에 대해 검색을 했고, 그런 나림의 모습을, 민혁은 가만히 지켜보고 있었다.

*　　*　　*

소속사 미팅은 의외로 무난하게 끝났다.

여러 가지 요구가 있을 줄 알았지만 그렇지 않았고, 최미랑이 늦게 도착하긴 했지만 조용히 앉아 있어서 제대로 관찰할 수 있었다.

이런저런 대화를 한 끝에 소속사에서 나왔을 때는 오후 3시가 지나가고 있었다.

"커피숍에 잠깐 들렀다가 가자."

나림에게는 밖에서 미팅을 한 후, 근처에 앉아 다시 한 번 회의 내용에 대해 재구성을 하는 습관이 있었다. 꼭 커피숍이 아니어도 상관없지만, 오늘은 민혁과 함께이기에 커피숍에 들어갔다.

커피를 시켜 놓고 의식의 흐름대로 수첩에 이것저것 적어 놓던 나림은, 얼굴에 꽂히는 민혁의 시선을 느끼고 고개를 들었다.

맞은편에 앉아 있던 민혁은 눈이 마주치자 싱긋 웃었다.

"왜 그렇게 봐?"

"일하는 모습이 멋있어서요."

"남들 다 하는 일인데, 뭐."

나림은 대수롭지 않게 대꾸하고 다시 수첩으로 시선을 내렸다.

지금까지는 몰랐는데 의식을 하고 나니 그의 시선이 거슬리기 시작했다. 그러고 보니, 아까 회의 중에도 이런 느낌을 받았던 것 같다.

설마 미팅하는 내내 날 보고 있던 건 아니겠지?

나림은 자의식 과잉일 거라고 생각하며, 얼른 머릿속에 떠오른 잡념을 지워 버렸다.

다시 생각에 집중한 나림의 얼굴에서, 민혁은 시선을 뗄 수가 없었다.

남의 얼굴을 이렇게 뚫어져라 응시하는 것이 예의가 아니라는 걸 알지만 어쩔 수가 없었다.

'되게 섹시하네.'

남자가 일에 열중한 모습은 섹시하다는 말이 있던가.

그건 여자도 마찬가지였다.

간혹 흘러내린 머리를 귀 뒤로 넘기며 수첩에 무언가를 적어 내리는 나림은 무척이나 매혹적이었다. 집중하느라 살짝 좁힌 미간도, 머리카락 몇 올이 흐르는 목덜미도, 펜을 쥔 마른 손도. 무엇 하나 빼놓을 것 없이 섹시했다.

이대로 그녀를 덮치고 싶었다.

저 냉랭한 얼굴이 애원하듯 민혁을 올려다보고 일그러지는
모습을 보고 싶었다.

꿀꺽—

마른침을 삼키며 시선을 떼었지만, 그 잠깐 못 본 시간이 아쉬
워 다시 그녀에게로 시선을 고정시켰다.

30분이라는 시간이 순식간에 흘러갔고, 수첩을 내려놓은 나
림이 한 모금도 마시지 않은 커피를 꿀꺽꿀꺽 마셨다.

"커피 다 마셨어?"

나림이 물었다.

"네? 아, 네. 마셔야죠."

나림의 얼굴을 보느라 커피를 마시는 것도 잊고 있었다.

황급히 커피를 마시고,

"다 마셨어요."

라고 말했더니, 나림이 살짝 미소를 지었다.

자그마한 얼굴에 옅게 번지는 미소가 몹시도 예뻤다. 그래서
민혁은 저도 모르게, 일어서는 나림의 손목을 붙잡으며 말했다.

"과장님, 저. 하고 싶어요."

*　　　*　　　*

일을 하느라 섹스나 민혁과의 관계에 대한 생각은 조금도 하
고 있지 않았다.

집중을 하면 다른 데에 전혀 신경 쓰지 못하는 것이 나림의 장점이자 단점이었다.

하지만 나림의 손목을 잡고 강아지처럼 올려다보며 대답을 기다리는 민혁을 보자, 생각지도 못한 성욕이 끓어올랐다.

잡힌 부위가 순식간에 뜨거워지고 애욕이 전신을 감쌌다.

커피 향이 가득한 커피숍인데도, 그의 향기와 숨결이 지독히도 뜨겁게 다가왔다.

좁은 공간에 정민혁이라는 남자와 단둘이 갇힌 것 같았다.

그래서였다. 절대로 하지 않을 일, 근무 시간임에도 모텔에 들어가는 짓을 한 이유는.

모텔에 들어가자마자 민혁이 키스를 했다.

민혁은 나림의 입술을 맛보며 그녀의 옷을 벗겼다. 언제 봐도 능숙한 기술이었다.

순식간에 알몸이 된 나림을 침대에 눕힌 민혁은, 욕정 어린 눈으로 나림의 나체를 훑어봤다. 그의 시선이 닿는 곳마다 애무를 당하는 느낌이었다.

부끄러움에, 나림은 두 팔로 가슴을 가리려 했지만 그 전에 민혁이 나림의 손목을 잡아 옆으로 고정시켰다.

"가리지 마. 움직이지도 말고."

그가 낮게 읊조리며 나림의 가슴에 시선을 고정시켰다. 그의 입술 한쪽이 슬며시 올라갔다.

"벌써 몸이 달았어?"

"키스를…… 했으니까……."

"언제 봐도 야한 몸이야."

그의 검지가 나림의 유륜을 따라 살살 움직였다. 달큰한 자극에 나림의 몸이 움찔거렸다.

옷을 제대로 갖춰 입은 민혁의 아래에 알몸으로 깔려, 저 혼자 몸을 움찔거리는 것이 창피하고 수치스러웠다. 그렇게 느낄수록 몸이 젖어 들어서, 더 창피했다.

"불 끄면 안 돼?"

"말했지? 침대 위에서는 존댓말 쓰라고."

그가 젖꼭지를 꼬집으며 말했다.

"읏! 불, 꺼 주세요."

"싫어."

"하지만……."

"싫다고 했어, 최나림."

"……."

"그냥 가만히 입 다물고 있어. 내가 알아서 해 줄 테니까."

그가 양쪽 젖꼭지를 검지와 엄지로 붙잡고 빙글빙글 돌리며 말했다. 두 개의 언덕 끝에서 시작한 쾌감이 전신으로 번지는 것은 순식간이었다.

나림의 반응을 지켜보는 그의 시선 때문에 몸이 더 달았다. 재미있어 하는 듯한 그의 얼굴을 똑바로 보는 것이 부끄러워서, 나림은 눈을 감았다.

시야가 차단된 후에도 그의 시선이 느껴졌다. 그리고 가슴에 느껴지는 애무가 더 크게 다가왔다.

이윽고 그가 허리를 굽히더니 나림의 가슴을 한 움큼 베어 물었다.

"학!"

깊이 빨아들이는 느낌에 나림은 신음을 터뜨리며 그의 머리를 끌어안았다.

그는 나림의 한쪽 가슴을 빨면서 다른 쪽 유두를 계속 꼬집고 비틀었다.

그는 어떻게 해야 나림이 좋아하는지 알고 있었고, 그의 집요하고도 강한 애무에 나림의 머릿속은 하얗게 비었다.

가슴을 애무하던 그의 손이 나림의 다리 사이로 옮겨갔다. 그의 손가락이 클리토리스 위에 멈췄다.

"벌써 이렇게 젖었어?"

그가 가슴에 입술을 댄 채로 중얼거렸다.

나직한 그의 음성이 듣기 좋았다.

그는 손가락 끝에 애액을 적시더니 클리토리스를 부드럽게 문지르기 시작했다. 가슴과 다리 사이에서 동시에 강렬한 자극이 느껴져, 나림은 허리를 비틀며 도망치려 했다.

하지만 그는 나림의 어깨를 꽉 눌러 도망치지 못하게 했고, 자꾸만 오므리는 나림의 허벅지를 무릎으로 눌러 벌어져 있게 만들었다.

가느다란 허벅지가 양옆으로 한껏 벌어진 상태에서, 그는 계속 클리토리스를 자극했다. 문지르고 살짝 쥐었다가 놔두고, 또 문지르고.

자극이 너무 강했다.

나림은 두 손으로 그의 머리를 밀어내려 했지만 그조차도 쉽지 않았다. 나림이 밀어내려 하면 그는 이를 세워 유두를 깨물었고, 그럴 때마다 힘이 쭉 빠졌다.

"아…… 하앗……."

참으려고 해도 흘러나오는 신음을 막을 수가 없었다.

집요한 자극이 숨 막히는 전율을 불러일으켰다. 아랫배와 음부 사이에서 시작된 달콤한 전율이 전신으로 퍼지고, 나림의 몸이 빳빳해지는가 싶더니 바르르 떨리며 허리가 뒤로 젖혀졌다.

그와 동시에 민혁이 나림의 몸으로 페니스를 찔러 넣었다.

오르가즘을 느끼는 도중에 들어온 거대한 이물감에, 나림은 비명 같은 탄성을 내질렀다.

"아학! 아!"

깊이 찔러 들어온 페니스는 잠깐 쉴 틈도 주지 않고 빠르게 움직였다.

"아, 아흐…… 윽!"

나림은 두 다리로 그의 허리를 감싸고, 그의 목에 매달렸다. 그의 허리가 빠르고 깊게 움직이며 살과 살이 부딪쳐 야한 소리를 냈다.

강렬한 자극에 자꾸만 오므라드는 나림의 허벅지를, 그는 성
가시다는 듯 붙잡아 옆으로 벌렸다.

양쪽 허벅지를 잡아 옆으로 완전히 벌린 상태에서, 그는 자신
의 물건을 깊이 찔러 넣고 멈췄다.

"윽!"

나림이 신음을 뱉으며 그를 올려다봤다.

그의 입꼬리가 올라갔다.

"좋아?"

"그만……."

"그만하진 않을 거야, 최나림."

섹스 할 때 그의 음성은 평소보다 한 톤 더 낮아졌다. 그래서
인지 그가 불러 주는 이름이 무척이나 섹시하게 들려왔다.

민혁은 나림의 종아리를 잡아 옆으로 벌린 채, 자신의 물건을
끝까지 빼냈다가 다시 뿌리 끝까지 찔러 넣었다.

"윽!"

나림의 목이 뒤로 넘어갔다.

그는 그 행위를 여러 번 반복했다. 느리게 빠져나갔다가 깊게
찔러 들어오는 자극이 너무 강했다. 다리를 오므리고 싶은데, 그
가 꽉 잡고 있어서 그럴 수도 없었다.

몇 번이나 그렇게 하던 그가 갑자기 나림을 엎드리게 하고 엉
덩이를 들어 올렸다. 얼굴은 침대에 대고 엉덩이는 한껏 들어 올
린 자세로, 나림은 그의 물건을 받아들였다.

자세 때문에 자극이 더 컸다.

나림이 두 팔로 상체를 일으키려 할 때마다, 그가 나림의 머리를 눌러 못 일어나게 고정시켰다.

철퍽─

철퍽─

몸과 몸이 부딪쳐 질퍽한 소리를 만들어 냈다.

나림은 두 손으로 이불보를 꽉 움켜쥐고 깊이 들어오는 그의 물건을 견뎌냈다.

통증과 쾌감이 한데 어우러져 달콤한 쾌락을 이끌어냈다. 나림의 부드럽고 둥근 엉덩이도 그의 움직임을 따라 흔들리기 시작했다.

그의 움직임이 빨라졌고, 나림의 허리도 같이 흔들렸다.

그가 상체를 굽혀 나림의 입 안에 손가락 두 개를 밀어 넣었다. 그의 손가락이 나림의 혀를 찾아 입 안을 더듬었다.

타액이 그의 손가락을 적시고 혀가 그의 손가락에 얽혔다. 손가락 때문에 신음 소리조차 제대로 낼 수가 없었다.

온몸이 정민혁이라는 남자에게 사로잡혀, 그의 뜻대로 움직여지는 기분이었다.

이윽고 나림의 입에서 손가락을 빼낸 그가 다시 몸을 바로 세우더니, 나림의 항문 입구를 건드렸다.

"앗! 아, 안 돼! 안 돼."

그가 무엇을 하려는지 알 것만 같아, 나림이 빠르게 외쳤다.

하지만 그는.

"돼."

라고 말하고는, 아무도 침범한 적 없는 좁은 구멍 안으로 손가락을 밀어 넣었다.

나림의 침에 젖어 부드러워진 손가락이 항문 안으로 쑥 밀려 들어왔다.

한 번도 느껴 본 적 없는 이물감에 나림의 허리가 멈췄다.

그는 페니스를 깊이 찔러 넣고 다른 구멍에는 손가락을 넣은 채 가만히 멈춰 있었다. 양쪽에서 느껴지는 강한 이물감에 나림은 어찌해야 좋을지 알 수 없었다.

"민혁 씨, 제발……."

"기분 좋을 거야. 힘 빼 봐."

"힘을 어떻게 빼? 못 빼. 거긴 더럽잖아. 안 돼."

"안 더러워."

그가 속삭이듯 말하며 손가락을 살짝 움직였다.

"윽!"

뭐라 표현하기 힘든 느낌이었다.

나림은 두 손으로 이불보를 꽉 움켜쥐었고, 그의 손가락은 아래위로 점점 더 빠르게 움직이기 시작했다. 동시에 멈춰 있던 그의 페니스도 움직였다.

"아…… 아앙…… 하앙……."

상상해 본 적도 없는 강렬한 쾌감이 전신을 자극했다.

한 번도 내본 적 없는 야한 신음 소리가 흘러나오는 것조차 자각하지 못했다.

몸 안을 가득 채운 그의 것이 점점 커지는 느낌이 들었다.

뜨겁다, 라고 생각하는 순간. 그가 허리를 굽히며 페니스를 깊이 찔러 넣은 채 움직임을 멈췄다.

"아…… 하아……."

민혁의 낮은 신음 소리가 귓가에 울리자, 나림도 절정을 느꼈다. 강렬한 쾌감에 몸이 바르르 떨렸다.

민혁이 나림의 날씬한 허리를 끌어안고 쓰러지듯 옆으로 누웠다. 아직 단단한 그의 물건이 몸에서 빠져나갔다.

민혁은 나림을 안은 채로 자연스럽게 옆에 있던 티슈를 가지고 와 콘돔을 빼냈다.

"콘돔은 언제 낀 거야?"

나림의 질문에 그가 작게 웃었다.

"누나가 정신없을 때요."

"능숙하네."

"그런가요?"

민혁은 나림을 뒤에서 끌어안고 가슴을 부드럽게 만지작거렸다.

나림은 눈을 감고 그의 손길을 느꼈다.

이런 식의 섹스는 처음이었고, 나쁘지 않았다. 섹스가 끝난 후 어루만지는 그의 손길도 좋았다.

'이러다가 중독되면 큰일인데.'

섹스를 끝낸 후 목적을 달성했다는 듯 마무리를 하고 침대에서 내려오면 좋을 텐데, 민혁은 연인이라도 되는 양 끝난 후에도 다정하게 어루만져주었다.

이래서는 안 된다는 걸 알지만, 오랜만에 느끼는 다정한 손길이 좋아서 밀어낼 수가 없었다.

게다가 '누나'라니.

과장님이라고만 불리다가 '누나'라고 불리니 가슴이 간질간질하고 묘한 기분이 들었다.

"누나."

나림의 생각을 읽기라도 한 듯, 민혁이 다시 나림을 불렀다.

"응?"

"나랑 하는 거, 기분 괜찮아요?"

"아아, 응."

괜찮다 뿐일까.

민혁과 섹스를 할 때면 온몸이 허공으로 붕 뜬 것 같은 기분이 들었다. 섹스를 하면서 이렇게 여러 번 오르가즘을 느끼는 것도, 머릿속이 새하얗게 비어지는 것도 처음이었다.

"뭔가 나한테 원하는 건 없어요? 누나의 섹스 취향이라든가."

"글쎄. 아직까지는 없는데."

"그래요. 혹시라도 원하는 게 생기면 말해 줘요. 내가 하는 것들 중에 기분 나쁜 게 있어도 말해 주고."

"응, 그렇게."

민혁은 나림을 자기 쪽으로 돌아눕게 한 후, 나림의 등을 어루만졌다.

격렬한 섹스 후 부드럽게 만져지니, 온몸이 노곤해졌다. 이대로 그의 품에 안겨 잠들고 싶었지만, 나림은 두 손으로 그의 가슴을 밀어냈다.

"자, 이제 회사로 돌아갈 시간이야."

"아, 가기 싫다."

"나도 가기 싫지만 어쩔 수 없지."

"우리 땡땡이치면 안 돼요?"

민혁이 장난스러운 표정을 지으며 물었다. 나림은 그의 짙은 눈썹을 꾹 눌렀다.

"잊었나 본데, 난 네 상사야. 상사 앞에서 땡땡이 운운하는 거야?"

"잊었나 본데, 사석에선 우리 누나 동생 아니었어요?"

"지금 근무 시간이거든? 정신 차리고 얼른 일어나."

민혁이 작게 웃었다.

목울대에서 가르릉거리듯 울리는 그의 웃음소리가 듣기 좋았다.

민혁은 웃을 때면 눈이 가늘어졌는데, 그 모습 또한 매력적이었다.

　회사로 돌아왔을 때는 6시가 다 되어 가고 있었다.

　나림이 보고를 하기 위해 김 팀장의 자리로 갔을 때, 민혁의 시선이 자연스럽게 나림을 따라갔다.

　김 팀장 옆에 서서 보고하는 나림을, 민혁은 잠시 지켜보다가 시선을 돌렸다.

　그런 민혁의 모습을 지연이 지켜보고 있었다.

　'둘이 뭔가 있는 것 같은데.'

　민혁을 볼 때마다, 민혁은 항상 나림을 보고 있었다.

　민혁이 입사를 한 당시부터 그랬다.

　처음에는 이렇게 심하지 않았고, 흘끗흘끗 돌아보는 정도였는데 최근에 민혁의 눈동자는 항상 나림에게 고정되어 있었다.

　그런 광경을 한두 번 목격했다면 '우연이겠지.'라고 생각하며 넘기겠지만, 지연이 민혁을 볼 때마다 목격하게 된다는 건 더 이상 우연이 아니라는 뜻이다.

　'아니, 그럴 리 없어.'

　지연은 그 생각을 황급히 떨쳐 버렸다.

　지연의 인생 24년.

　지금껏 마음에 드는 남자를 손에 넣지 못한 적은 단 한 번도 없었다.

　귀여운 외모와 풍만한 가슴, 적당한 어른스러움과 넘치는 애교에 남자들은 환장했다.

얼굴은 어려 보이고 귀엽지만 가슴은 큰 여자.

대부분의 남자들이 원하는 여자였고, 지연은 그런 자신의 외모에 자부심을 가지고 있었다.

어떤 무리에 들어가면 가장 인기 있는 남자를 자신의 것으로 만드는 게, 지연의 취미 중 하나였다.

그리고 민혁은 지금, 이 회사에서 가장 인기가 있는 남자.

그렇다면 내 것이 되어야만 했다.

'그런데 쉽지가 않단 말이야.'

한 남자를 꼬시는 데 걸리는 시간은 길어 봐야 보름이었다. 그런데 이상하게도 민혁은 넘어올 듯 말듯 넘어오지 않았다.

'같은 회사라서 조심스러운 건가? 그러고 보면 저 오빠, 나이에 비해 좀 순진해 보이기는 해. 여자 경험이 많은 것 같지도 않고. 그래서 그런가? 그럼 나도 좀 순진한 척해야 하나?'

그때 나림이 그녀의 자리로 돌아가서 앉았고, 민혁이 나림 쪽으로 허리를 기울여 무언가 이야기하는 모습이 보였다.

다정해 보이는 둘의 모습에 짜증이 확 치밀었다.

'노처녀 주제에.'

지연은 나림의 뒤통수를 쏘아보다가 벌떡 일어났다.

초조함을 드러내고 싶지는 않지만, 나림에게 보여 줘야 할 필요가 있었다. 이 남자가 누구의 남자인지, 앞으로 누구의 것이 될 남자인지.

"오빠."

민혁의 옆에 서서 그의 어깨를 톡톡 두드렸다.

민혁이 고개를 들었다.

"응?"

"오늘 저녁에 약속 있어?"

"약속? 아니."

라고 대답하는 그의 시선이 잠깐 옆으로 향했다. 중간에 멈추기는 했지만, 나림에게로 향하려고 했다는 느낌을 받았다.

"저녁 같이 먹지 않을래? 오빠한테 물어볼 것도 있고."

"물어볼 거? 뭔데?"

"이따 저녁 먹으면서 얘기할게."

"흐응. 그래, 알겠어."

작은 목소리로 대화를 했지만 바로 옆자리의 나림에게는 충분히 들렸을 것이다.

그런데도 나림은 한 번도 이쪽을 돌아보지 않았다. 정말로 관심이 없는 건지, 관심 없는 척하는 건지 모르겠다.

"곧 퇴근이니까 같이 퇴근해. 일 많이 남은 건 아니지?"

"응, 할 거 없어."

"나 마무리하고 올게."

지연이 자리로 돌아가고 나서, 민혁은 흘끔 나림의 표정을 살폈다.

나림은 둘의 대화를 듣지 못한 듯 모니터로 무언가를 확인하고 있었다. 뭘 확인하나 싶었더니 오늘 미팅한 최미랑의 동영상이었다.

'정말로 못 들은 건가? 아니면 못 들은 척하는 걸까?'

여자를 잘 안다고 생각해 왔다.

여자의 표정만 봐도, 대화 몇 마디만 해도 그 여자에 대해 전부 파악할 수 있었다.

하지만 이상하게도 나림에게는 그게 어렵다. 나림이 무슨 생각을 하는지, 나림의 취향이 어떤 건지 전혀 알 수가 없다.

"저기, 과장님."

"응?"

나림이 눈을 동그랗게 뜨고 민혁을 돌아봤다.

그제야 민혁은 나림이 이쪽의 대화에 조금도 신경 쓰지 않고 있었다는 걸 알 수 있었다.

나림의 표정은 딱 '집중하고 있다가 누가 불러서 깜짝 놀란 표정'이었다.

"아, 그냥요."

"응? 왜 그러는데?"

"그게…… 지연이랑 저녁 먹기로 한 거 때문에요. 혹시라도 마음이 상하셨을까 봐……."

'아, 나 왜 이렇게 찌질하지?'

주절주절 변명을 늘어놓으며, 자신의 행동에 자괴감을 느꼈다. 나림은 민혁과 지연이 저녁 약속을 잡은 걸 알지도 못하는 눈치였다.

아니나 다를까.

"저녁 약속? 아, 지연 씨랑 저녁 먹기로 했어?"

나림이 전혀 몰랐다는 듯 되물었고, 어째서인지 민혁은 심장 부근에 욱씬한 고통을 느꼈다.

"네, 그랬어요."

"흠. 민혁 씨. 그런 거 일일이 나한테 얘기하고 변명할 필요 없어. 우리 그럴 만한 관계 아니잖아."

방금 전 고통을 느낀 그 부위에, 날카로운 송곳이 푹 박히는 통증을 느꼈다.

예상치 못한 격통에 민혁은 눈을 크게 떴고, 나림은 전혀 관심 없다는 태도로 다시 모니터로 시선을 돌렸다.

나림의 말대로, 이런 것들을 일일이 그녀에게 보고해야 할 필요는 없었다. 그럴 만한 관계가 아닌 것도 사실이었다.

파트너인 여자가 이런 것들을 일일이 단속하고 신경 쓰면 이쪽이 피곤해진다. 이렇게 깔끔하고 담백한 관계야말로 민혁이 여자들에게 바라는 관계였다.

'그런데 왜?'

민혁은 가슴 위로 손을 올렸다.

'여기가 아프지?'

*   *   *

퇴근 전.

지연은 화장실에 가서 화장을 고치고 속옷을 점검했다.

다행히 오늘은 위아래 세트로 속옷을 맞춰 입고 왔다. 검은색 레이스 속옷은 풍만한 가슴을 돋보이게 만들었다.

일단 침대로만 끌어들이면 성공이다.

이 몸을 보고도 거부할 남자는 없을 테니까.

'두고 봐. 오늘은 반드시 성공할 거니까.'

사람은 술이 들어가면 이성이 약해진다. 그런 상황에서 은근히 유혹하는데 거절할 남자는 없었다.

지금껏 지연은 술자리에서 남자를 꼬셔 모텔까지 향하는 일을 실패한 적이 단 한 번도 없었다.

'민혁 오빠가 아무리 잘생겨 봐야 결국은 남자야. 술 마시고 쉬었다가 가자는데 거절할 리가 없잖아. 일단 죽여주게 하고 나면 나한테 푹 빠지게 될걸. 그럼 자고 가자고 해야지. 내일 나랑 민혁 오빠, 둘 다 같은 옷을 입고 같이 출근하면 다들 알게 되겠지. 민혁 오빠가 누구의 남자인지.'

* * *

'여자들은 왜 첫 데이트 때 꼭 이탈리안 음식을 먹으러 오는 걸까?'

라든가,

'이 와인은 맛이 별로인데. 물을 탔나?'

라든가,

'올리브 오일 파스타는 정말 무슨 맛으로 먹는지 모르겠어.'

따위의 생각을 하는 이유는, 이 시간이 무척이나 지루했기 때문이었다.

민혁은 여자와 만나는 걸 좋아하지도, 싫어하지도 않았다. 타고난 얼굴 덕분에 여자들은 민혁에게 잘해 주었고, 인간이라면 응당 자신에게 잘해 주는 사람들과 만나는 것을 즐기는 법이다.

그래서 오는 여자들을 특별히 막은 적 없었고, 여자들이 민혁의 얼굴에 홀려 어떻게든 한 번 해 보려고 애쓰는 모습을 보는 걸 은근히 즐기기도 했다.

지금도 지연은 어떻게든 민혁의 눈에 들기 위해 노력을 하는 중이었다.

민혁은 회사에서 남중, 남고를 졸업해 여자에 면역이 없는 순진한 남자를 연기하고 있었다. 그래서인지 지연은 자기도 마치 아무 경험 없는 듯, 순진한 척을 하고 있었다.

그게 눈에 빤히 보였고, 평소라면 상당히 즐거워하며 지연의 연기를 감상했을 것이다.

하지만 왜일까.

왜 이렇게 이 시간이 지루하고 재미없게 느껴지는 걸까?

민혁은 흘끗 벽에 걸린 시계를 확인했다.

한참 지난 줄 알았는데, 방금 전 확인했을 때보다 겨우 5분 지났을 뿐이었다.

'과장님은 아직 퇴근 안 했으려나? 아까 보니까 야근하려는 것 같던데.'

생각이 자연스럽게 나림에게로 흘러갔다.

사실은 회사를 나서는 순간부터 나림을 생각하고 있었다.

지연과의 데이트보다 나림과 야근을 하는 게 더 즐거울 것 같다는 생각이 들었다.

"그나저나."

민혁은 자신의 입가로 다가오는 지연의 손목을 살짝 막으며 입을 열었다.

지연은 냅킨을 들고 있었고, 아마도 민혁의 입가에 뭔가 묻은 척 닦아 주며 스킨십을 할 계획이었을 것이다.

하지만 민혁은 지연의 수작을 간파했고, 자신의 입가에 아무것도 묻어 있지 않았다는 걸 알고 있었다.

"입가에 뭐 묻었어, 오빠."

지연이 눈웃음을 지으며 말했다.

"아, 그래? 내가 닦을게."

민혁은 지연의 손에 들려 있던 냅킨을 살며시 가지고 왔다.

계획이 무산된 지연이 기분 상한 듯 살짝 인상을 찌푸렸다.

민혁은 아무것도 묻지 않은 입가를 냅킨으로 닦으며 물었다.

"물어볼 거 있다고 했지? 뭘 물어보려고 한 거야?"

"어? 아…… 어, 그거 말이야?"

생각해두지 않았나 보다.

지연은 당황한 기색이 역력했다.

"응, 그거."

"아, 그게…… 어, 그러니까…… 그냥…… 괜찮은가 해서."

"괜찮아? 뭐가?"

"회사 일."

"아아, 회사 일."

"오빠 입사한 지 거의 두 달 되어가지? 이제 막 힘들 때잖아. 업무도 점점 늘어나고. 우리 팀이 좀 바빠서 중간에 못 견디고 그만두는 사람들이 많거든. 나는 오빠랑 오래 보고 싶은데, 오빠가 힘들어서 그만둘까 봐 걱정돼."

뒤늦게 적당한 이유가 떠오른 듯 술술 말하던 지연이, 마지막에는 요염한 눈빛을 지었다.

아무 감흥 없이 그 모습을 지켜보던 민혁은 다시 시간을 확인했다. 10분이 지나 있었다.

'죽겠군.'

다른 때라면 적당히 맞춰 줄 수 있는데, 왜 이렇게 시간이 안 가는지 모르겠다.

"나, 잠깐 화장실 좀."

"응?"

"화장실."

대놓고 꼬시는데도 화장실에 가겠다고 말했기 때문일까.

지연의 얼굴이 빨개졌다.

민혁은 화장실에 들어가자마자 깊은 한숨을 내쉬었다.

'아, 나 왜 이러지?'

자신의 행동을 이해할 수가 없었다.

지연은 상당히 귀엽게 생겼고 가슴도 컸다. 평소라면 감사합니다, 하고 단숨에 받아들였을 것이다.

그런데 오늘은 도통 눈앞의 여자에게 집중할 수도 없고, 자꾸만 딴생각이 났다. 그리고 그 딴생각의 대부분은 나림이었다.

봉긋한 이마와 가지런한 눈썹, 그 아래에 자리 잡은 고양이 같은 아몬드 형의 눈매와 오뚝한 코, 항상 촉촉해 보이는 붉은 입술.

섹스를 할 때면 살며시 벌어지는 그 입술이 떠올랐다.

입을 맞추면 사탕을 먹는 듯 단맛이 났고, 녹아 버릴 듯 보드라웠다.

타액과 타액이 섞이는 키스라는 행위를 그다지 좋아하지 않는데, 어째서 그녀만 보면 자꾸만 키스를 하고 싶어지는지 모르겠다.

게다가.

'난 원래 입으로 애무 안 하는데.'

여자의 음부를 애무할 때는 항상 손으로만 했지, 입으로 한 건 나림이 처음이었다. 단 한 번도 해 본 적 없고, 해 볼 생각도 하지 않았다.

하지만 나림과 섹스를 할 때는 그녀의 육체 전부를 맛보고 싶고, 애무해 주고 싶었다. 그 어디도 더럽다는 생각이 들지 않았다.

입술이 닿을 때마다, 손가락이 스칠 때마다, "하아." 하고 흘러나오는 그녀의 신음 소리를 듣는 것이 좋았다. 달콤한 통증을 느끼며 찡그린 그녀의 얼굴도, 절정에 이르기 전 힘이 들어가는 그녀의 손도, 전부 좋았다.

좋아서.

'섰다.'

상상하는 것만으로도 아랫도리에 힘이 들어갔다.

'이거 참, 미치겠군.'

민혁은 머릿속을 가득 채운 나림의 얼굴을 지우려고 애쓰며 휴대폰을 꺼내 재훈에게 전화를 걸었다.

"만나자."

─어이쿠. 이게 누구야? 저번에 만나자고 억지로 불러내더니, 날 버리고 어떤 여자랑 가 버린 빌어먹을 놈 아냐? 어쩐 일로 전화를 다 주셨나 했더니, 만나자고? 끊어, 이 잘생긴 자식아!

"만나자, 네가 필요해."

─지랄한다. 아주 저 필요할 때만 찾지? 내가 너한테 푹 빠진 여자인 줄 아냐? 네가 오라면 오고 가라면 가는 여자들한테나 해, 그 짓은.

"여자랑 같이 있는데 자리를 뜰 이유가 필요해. 10분 후에 전화 좀 줘. 급한 일 생겼다고 하고."

─얼씨구? 평소에는 그냥 자리 뜨잖아. 갑자기 뭔 배려야?

"회사 사람이라 관계가 어색해지는 게 싫어서 그래. 노골적으로 날 꼬시려고 드는데 계속 모르는 척하기도 난감하고."

─그럼 그냥 자. 그런 거 잘하잖아, 너.

"안 땡겨."

─뭐? 말도 안 돼. 안 땡긴다고? 천하의 정민혁이?

재훈이 믿을 수 없다는 듯 중얼거렸다.

"응, 그러니까 10분 후에 전화 좀 걸어 줘. 자세한 얘기는 만나서 할게. 우리 집에서 만나자."

민혁은 대답을 듣지도 않고 전화를 끊었다.

다시 자리로 돌아가 길고 지루한 10분을 보냈다. 정확히 10분후, 재훈에게서 전화가 걸려왔다.

"어, 재훈……."

─야, 큰일 났어! 만나!

"어?"

─만나자고! 아주아주 급하고 중요한 일이 생겼으니까!

재훈이 버럭버럭 소리를 지르는 통에, 조용한 가게 안에 재훈의 목소리가 울려 퍼졌다.

이렇게까지 할 건 없는데.

"어, 그래."

―지금 당장! 이따 봐!

재훈이 전화를 뚝 끊었다.

민혁은 끊긴 휴대폰을 들고 지연을 보며 미안한 표정을 지었다.

"어쩌지? 친구가 급한 일이 생긴 것 같은데."

"아⋯⋯."

지연은 어안이 벙벙한 듯 눈을 동그랗게 뜨고 민혁을 응시했다.

"파스타는 다 먹은 거 맞지? 우리 슬슬 일어나자. 친구한테 가 봐야겠어."

"어, 아. 응. 그래, 오빠. 친구한테 급한 일이 생겼다면 어쩔 수 없지. 우리 토요일 약속은 기억하지?"

"아, 그거 말인데⋯⋯ 본가에 가 봐야 할 것 같아. 어머니가 아프서서 병간호해야 하는데, 그걸 깜빡하고 있었네."

지연의 표정이 굳어졌다.

민혁이 자신을 거부한다는 걸 깨달은 것 같았다.

민혁은 속으로 한숨을 삼켰다.

지연이 밖에서 만난 여자라면 이쯤에서 끝내도 되겠지만, 앞으로 회사에서 계속 얼굴을 볼 사람이었다.

그리고 민혁은 무리 속에서 뒷담 파워가 얼마나 센지도 알고 있었다.

사람들 눈 밖에 나서 좋을 건 없었다.

"정말 미안해, 지연아. 대신에."

민혁은 지연의 어깨를 가볍게 붙잡았다.

"내가 다음에 보상할게. 정말 미안해."

눈썹 끝을 내리고 말했더니, 지연의 표정이 좀 풀어졌다.

민혁의 '눈썹 끝 내리기 스킬'은 항상 여자들에게 잘 통했고, 그건 지연에게도 마찬가지였다.

"응, 알겠어. 어머니 아프신데 어쩔 수 없지. 이번 주만 날이 아니니까."

가게에서 나오자마자 민혁은 택시를 잡아탔고, 지연은 혼자 남겨졌다.

적어도 먼저 택시는 태워서 보내 줄 줄 알았는데.

'민혁이 오빠는 여자를 너무 모르나 봐.'

당연한 배려도 하지 못하는 걸 보니, 여자에게 면역이 없는 게 정말인가 보다.

'그래, 나한테 관심이 없어서 저러는 건 아닐 거야. 친구도 진짜 급한 일이 생긴 것 같았고. 맞아, 게이가 아니고서야 나 같은 여자를 거부할 리가 없잖아. 기분 나쁠 거 없어. 천천히 가자, 천천히.'

지연은 상한 자존심을 빠르게 회복하고, 택시를 잡기 위해 손을 들었다.

집에 돌아오자마자 깨끗하게 씻고 책상 앞에 앉았다.

부업 삼아서 하는 독일어 논문 번역 일의 마감이 얼마 남지 않았다.

예정에 없던 야근과 민혁과의 시간 때문에, 일정에 맞춰 일을 진행하지 못했다.

오늘부터 계속 밤을 새야 마감에 맞춰 일을 끝낼 수 있을 것 같았다.

잠을 제대로 자지 못해 시린 눈을 비비며, 독어로 된 논문과 독어 사전을 뒤적거리고 있는데 노크도 없이 방문이 열렸다.

"아, 엄마!"

일을 방해받은 나림이 신경질적으로 외쳤지만, 엄마는 아랑곳하지 않고 들어와 나림의 책상 옆에 섰다.

"토요일에 시간 있지? 선 자리 들어왔다."

나림은 펜을 놓고 엄마를 돌아봤다.

"선 자리라니? 나, 그런 거 싫다고 했잖아."

"괜찮은 사람이야. 인물도 훤하고. 토요일에는 시간 비워 둬."

"아, 엄마. 나 그런 거 안 해. 바빠. 지금 일하는 거 안 보여?"

"얘가, 얘가. 그런 거 안 하다니. 네 나이 벌써 32살이야. 여기서 나이 더 들면 만날 남자도 안 생겨. 선 자리도 지금이니까 들어오지, 더 늦으면 뭐 하나 들어올 줄 아니?"

"결혼 생각 없다고."

"결혼 생각 없긴. 여자는 남자 잘 만나서 사는 게 최고야. 허구한 날 이렇게 일만 하다 죽을래?"

나림은 아랫입술을 잘근 깨물었다.

'내가 이렇게 일만 하게 된 게 누구 때문인데?'

목구멍까지 차오른 말을 꿀꺽 삼켰다.

엄마에게 상처를 주고 싶지 않았다.

"엄마. 나, 진짜로 결혼 생각 없고 시간도 없어."

"일만 하지 말고 남자도 좀 만나 보고 그래야지. 당장 결혼하라는 건 아니잖아. 만나 보고 사람 괜찮으면 결혼 진행하면 좋잖니. 아무튼 토요일에 약속 잡아 놨어. 이제 취소도 못 해."

"엄마."

"적당히 좀 하고 자. 너 그러다가 얼굴에 주름 생겨."

도무지 말이 안 통했다.

평생을 가정주부로 살아온 엄마에게 있어서, 결혼이라는 것은 무척이나 중요한 일일 것이다.

아는 사람들의 딸이 결혼할 때마다 마음이 초조해지는 엄마를 이해 못 하는 건 아니지만, 이제는 그만 좀 포기해 줬으면 좋겠다.

엄마가 나간 후, 나림은 펜을 들었지만 여러 가지 생각이 들어 집중할 수가 없었다.

'하아. 선이라니.'

소개팅 한 번 해 본 적 없는 나림에게 '선'은 부담스러운 업무처럼 느껴졌다.

관자놀이가 지끈거렸다.

'진짜 하기 싫은데.'

낯선 남자를 앞에 두고 앉아 서로를 탐색하는 곤욕스러운 시간을 보낼 마음의 여유가 없었다.

'아, 모르겠다. 일단 일이나 해야지.'

나림은 서둘러 머릿속을 비우고 다시 일에 열중하기 시작했다.

3장
사랑에 빠진 이유

민혁의 집 현관문 앞에, 재훈이 쭈그리고 앉아 있다가 민혁을 발견하고는 벌떡 일어났다.

"야, 이 자식아! 너, 진짜……."

"일단 들어가자."

민혁은 현관문을 열고 재훈을 안으로 밀어 넣었다.

민혁이 냉장고에서 캔 맥주를 꺼내 와 재훈에게 하나 건넸다. 재훈은 소파에 앉아 캔을 따며 물었다.

"너, 진짜 왜 이렇게 날 귀찮게 하는데? 요새 심심하냐? 외로워?"

"재훈아. 나한테 뭔가 벌어지고 있어."

짐짓 심각하게 말하는 민혁의 모습에 재훈의 표정이 누그러졌다.

"뭐가 벌어지는데?"

"모르겠다. 뭔가 이상해, 내가."

민혁은 혼란스러운 듯 맥주를 벌컥벌컥 들이켰다.

항상 아무 생각 없는 듯 사는 친구가 이런 모습을 보이는 건 처음인지라, 재훈도 덩달아 심각해졌다.

"뭔 일인데 그래?"

"여자가 하나 있어."

재훈이 인상을 찌푸렸다.

"또 여자 타령이냐? 또 스토킹 당하는 거?"

"차라리 스토킹을 당하고 싶다."

"뭐?"

"들어 봐, 그런 거 아니니까."

민혁은 천천히 그동안의 일을 설명했다.

진지하게 민혁의 이야기를 경청하던 재훈은 민혁이 이야기를 끝내고 입을 다물자, 심각한 목소리로 중얼거렸다.

"집 비밀번호를 알려 주다니."

"그러니까!"

민혁이 외쳤다.

"재훈아. 나, 진짜 미쳤나 봐. 여자를 집에 끌어들인 것도 처음 인데 비밀번호까지 알려 줬어. 알잖아. 우리 집 비밀번호, 엄마 한테도 안 알려 주는 거."

"알지."

"어떻게 된 거지, 난? 아무래도 우리 과장님은 뭔가 있는 것 같아. 취조…… 그래, 취조의 대가인가? 그래서 나도 모르게 다 말하게 되는 건가?"

"아니, 그쪽은 네 집 비밀번호를 별로 알고 싶어 하지 않았던 것 같은데."

"그렇지?"

민혁이 버림받은 강아지 같은 표정을 지었다.

"왜일까? 여자라면 응당 우리 집 비밀번호를 알고 싶어 할 텐데. 왜 과장님은 우리 집 비밀번호를 알려 줘도 싫다고 하는 거지?"

"……."

"아무 때나 와도 된다고 했는데 오지도 않고. 먼저 연락하지도 않고. 커피 한 잔 하자고 해도 싫다고 하고."

민혁은 진짜로 고뇌하는 듯 보였지만, 재훈은 신기한 기분으로 민혁을 지켜봤다.

정민혁이 누군가.

어릴 때부터 수많은 여자들에게 둘러싸여 예쁨을 받고, 심지어 선생님들에게까지도 사랑을 받으며, 그것을 당연하게 여겨오지 않았던가.

오는 여자 안 막고, 가는 여자 안 붙잡고, 자유롭고 싶다는 이유로 연애 한 번 안 해 본, 그런 놈이 아니던가.

고등학교 때부터 민혁이 여자를 어떻게 상대하는지 쭉 봐 오던 재훈으로선, 이 모든 것이 경이롭기만 했다.

이 난잡한 놈이 사랑에 빠지는 날이 오다니. 그 여자, 누군지 참 불쌍하다.

"민혁아."

"어."

"너, 그 과장님이랑 뭐 하고 싶냐?"

"어?"

"뭐 하고 싶은 거 없어?"

"하고 싶은 거야 많지. 영화도 보고 싶고, 한강도 같이 걷고 싶고, 맛있는 것도 먹으러 가고 싶고. 아, 내년에 유럽 여행 가려고 하는데, 거기도 같이 갈 수 있으면 좋겠어."

"……."

"근사한 호텔 잡아 두고 같이 자고, 일어나서 맛있는 거 먹으러 나가고, 손잡고 걸을 수 있으면 진짜 좋을 텐데. 그런데 과장님은 분명 싫다고 할 거야. 나랑 커피 한 잔 안 마셔 주는 사람이니까."

"……민혁아."

"어?"

"너, 지금 그거 있잖아. 나, 네가 왜 그러는지 알 것 같아."

"왜 이러는 건데?"

이 친구가 정말로 몰라서 묻는 걸까?

재훈은 어이가 없었다.

하지만 민혁의 절박한 표정을 보니, 자신에게 벌어지는 이 모든 증상이 무엇에서 비롯된 건지 정말로 모르는 것 같기도 했다.

'한심한 놈.'

이라고 생각하며, 재훈은 검지로 민혁을 가리켰다.

"너, 그거. 사랑에 빠진 거야."

"뭐?"

민혁의 눈이 커졌다.

"너, 지금 그 과장님을 사랑하고 있는 거라고."

잠시 침묵이 흘렀다.

생각지도 못한 단어에 눈을 휘둥그레 뜨고 있던 민혁이 별안간 웃음을 터뜨렸다.

"아하하하하하하하!"

"……."

"말도 안 돼. 하하하하하. 사랑이라니. 하하하하하하. 야, 인마. 그건 너무하잖아. 아, 진짜. 하하하하하. 간만에 신나게 웃었네."

"넌 원래 잘 웃는 놈이잖아."

"아, 과장님 만난 후로는 기분이 계속 별로라서. 아하하하하. 그런데 진짜 간만에 웃었다, 야."

"흐응."

"사랑이라니. 내가 그런 영양가 없는 감정을 가질 것 같냐? 아냐, 그런 거."

"아아, 그러서?"

"그래. 아냐."

민혁이 단호하게 말했다.

"그럼 넌 사랑이 뭐라고 생각하는데?"

재훈의 질문에 민혁이 미간을 좁혔다.

"사랑이 뭐냐니. 그거야 뇌 내 호르몬 작용으로……."

"아니, 아니. 그런 거 말고. 뇌 내 호르몬 작용이든, 가슴이 시키는 거든, 그런 거 다 빼고. 사랑에 빠진 사람이 어떤 반응을 보인다고 생각해?"

"그거야…… 뭐, 보고 싶어 하겠지. 뭐 하는지 궁금하고, 늘 같이 있고 싶고, 맛있는 걸 먹을 때 같이 먹고 싶고, 뭐든 공유하고 싶고, 얘기도…… 하고 싶고, 그 사람에 대해 더 많은 걸 알고 싶어지고…… 만지고 싶고…… 키스하고 싶고…… 뭘 해도……."

민혁이 입을 다물고 고개를 숙였다.

혼란스러운 듯 한동안 바닥을 노려보던 민혁이 큰 한숨을 내쉬었다.

"나, 사랑에 빠진 거네?"

"그렇다고 했잖아."

"나 과장님을 사랑하는 거였네?"

"그렇다니까."

"이럴 수가. 사랑을 하고 있는 거였다니!"

"……."

"대체 왜!"

민혁이 버럭 외쳤다.

"그걸 왜 나한테 물어? 내가 사랑에 빠진 것도 아닌데."

"난 진짜로 모르겠다고. 사랑이 뭔데? 빠지는 이유가 뭔데? 왜 그 수많은 여자들 중에서 하필이면 과장님인 건데?"

"그러게. 언제부터 신경 쓰였는데?"

"신경…… 그거야 처음부터 신경이 쓰였지."

"왜?"

"예뻐서."

"……네 주위에 예쁜 여자들 넘치고 넘치잖아. 그 여자들한테 다 신경 쓰였냐?"

"아니, 그건 아닌데. 그러게, 왜 그랬지? 그냥 예쁘더라고. 처음 봤을 때부터. 내 직속 상사라는 말 들었을 때, 우와, 신난다, 하고 생각했지. 이렇게 예쁜 사람이 내 상사라니."

"중증이시구만."

"계속 신경이 쓰였어. 신경이 쓰여서 잘해 준 건데, 잘해 주지 말래. 그래, 맞아. 나 원래 여자가 무슨 말을 하든 아무 생각이 없잖아. 그런데 이상하게 과장님한테 그 말 들었을 때는…… 뭔가 가슴이 욱신거리더라. 이런 거냐? 이게 사랑이야?"

"응."

"그런데 사랑이라는 건 좀 더 분홍빛이고 달콤해야 하는 거 아냐? 난 과장님만 생각하면 가슴이 아프다고."

"그거야 네가 짝사랑 중이니까 그렇지."

"짝사랑!"

"……."

"내가 짝사랑이라고? 이 정민혁이?"

"너라고 평생 사랑만 받을 줄 알았냐?"

"이럴 수가."

민혁이 두 손으로 머리를 거머쥐었다.

"짝사랑이라니."

"과장님은 너한테 전혀 관심이 없어 보이시는데. 빼박 짝사랑이지."

"짝사랑…… 원래 이렇게 아프고 초조해지는 거야?"

"중증이면 그럴 수도 있지."

"아, 젠장. 짝사랑이라니. 어쩌지? 어떻게 해야 과장님도 날 좋아해 줄까?"

"글쎄."

"그렇게 건성으로 대답하지 좀 말고."

"건성이라니. 그 어느 때보다도 성심성의껏 즐거워하는 중인데."

"야……."

"방법은 두 개야. 첫 번째."

재훈이 손가락 하나를 들었다.

강의를 듣는 학생보다도 더 눈을 빛내며 경청할 준비를 하는 민혁의 모습을 보는 게 재미있었다.

그 정민혁이 이렇게 변하다니.

사랑은 정말 놀라워.

"포기한다."

"포기?"

"응. 그냥 짝사랑하면서 얼른 다른 여자를 물색하고 다른 여자를 사랑하게 되는 거지. 이번에는 널 좋아해 주는 여자로."

"안 돼, 그건. 난 이런 여자 못 만나. 내 인생에서 처음으로 이런 감정을 느끼게 해 준 여자야. 그리고 세상에 과장님보다 예쁘고 괜찮은 여자가 있을 리 없어."

'이놈, 이거 진짜 중증이구만.'

이라고 생각하며, 재훈은 손가락 하나를 더 들었다.

"두 번째. 어떻게든 매달린다."

"매달리라고?"

"그래. 자존심이고 뭐고 다 버리고 매달려. 그렇다고 너무 찌질하게 굴진 말고. 너, 그런 거 잘하잖아. 여자 마음 홀리는 거."

"하지만 과장님한테는 그게 안 통하는데."

"진지하게 지켜봐. 네가 원하는 거 말고, 과장님한테 뭐가 필요한지를 연구해 봐. 그리고 시간을 가지고 천천히 그런 것들을 해 줘. 과장님이 힘들 때 널 떠올릴 수 있게, 그런 남자가 되어 줘."

"과장님은 너무 씩씩해."

"세상에 혼자 살 수 있는 사람은 없어. 혼자 견디는 것보다는 둘이 낫다는 걸, 네 과장님이 알게 해 줘."

*   *   *

새벽 1시가 되어 가고 있지만 나림의 일은 끝나지 않았다. 한참 동안 작은 글씨를 보고 있었더니 눈이 시렸다.

눈을 잠깐 쉬게 할 겸 방에서 나가다가, 몰래 들어오고 있던 나현과 딱 마주쳤다. 클럽에라도 다녀오는 건지, 야한 옷을 입은 나현은 나림을 보며 헤헤 웃고는 황급히 자기 방으로 도망쳤다.

어쩌면 저렇게 위기의식이 없이 놀 수 있는 걸까?

부잣집에서 태어났다면 몰라도, 나림의 집안은 흙수저조차 되지 못했다. 그런데도 아무 생각 없이 노는 동생 때문에, 어깨의 짐이 더 무거워지는 것만 같았다.

물을 한 잔 마시고 다시 방으로 돌아왔을 때, 휴대폰이 울렸다.

메시지가 하나 와 있었다.

이런 시간에 메시지를 보낼 사람은 늦은 시간까지 일하는 태민뿐이었다. 태민이 술이라도 한잔하자고 연락한 걸까 싶어 확인했는데, 의외의 인물에게서 온 메시지였다.

[누나, 자요?]

민혁이었다.

[아니, 안 자.]
[전화해도 돼요?]
[아니.]

라고 답장을 보냈지만 1이 사라지지 않았고, 전화가 걸려 왔다. 나림은 작게 한숨을 쉬며 전화를 받았다.

"응. 어쩐 일이야, 이런 시간에?"

—그냥요. 목소리가 듣고 싶어서.

"잠이나 자. 내일 출근해야지."

—네, 자긴 잘 건데. 누나, 지금 안 잘 거면 잠깐만 만나 주면 안 돼요?

"안 돼. 너무 늦었어."

—제발요. 할 얘기가 있어요.

"통화로는 안 돼?"

—얼굴 보면서 하고 싶어요.

"하아."

민혁이 들으라는 듯 한숨을 내쉬었다.

민혁은 아무 말도 하지 않았고, 나림은 말했다.

"알겠어, 그럼. 이쪽으로 와."

나림은 집 근처의 24시간 커피숍 이름을 말했다.

─10분 정도 걸릴 거예요.

"응."

옷을 챙겨 입고 화장대 앞에 섰다.

누군가를 만날 때는 반드시 화장을 한다. 다른 사람에게 흐트러진 모습을 보여 주고 싶지 않았다.

'귀찮은데.'

지금 화장을 하면 돌아와서 또 씻어야 한다. 마감이 바쁜 때에는 씻는 시간도 아껴야 했다.

'뭐, 생얼 보여 준 적 있으니까 상관없겠지.'

가디건 하나를 걸치고 조용히 집에서 나와 커피숍을 향해 걸어가며, 나림은 생각에 잠겼다.

민혁이 보자고 하는 이유를 도통 알 수가 없었다.

민혁이 아니라 다른 남자였다면,

'얘가 고백이라도 하려나?'

하고 생각했을 것이다.

하지만 나림이 아는 정민혁이라는 사람은 그런 짓을 할 것 같지 않았다. 뭐가 부족해서 4살이나 많은 연상녀에게 고백을 하겠는가.

'회사 일 때문인가? 설마…… 그만둔다는 말을 하려는 건 아니겠지? 요새 같은 때에 관두면 사람 뽑기도 힘든데.'

그런 생각을 하며 커피숍에 도착했다.

5분쯤 기다리자, 커피숍 앞에 차 한 대가 멈추고, 운전석에서 민혁이 내렸다.

"차가 있었네."

"네, 잘 타고 다니지는 않지만."

"맞아, 서울은 대중교통 이용하는 게 편해. 주차 공간도 별로 없고."

"그러게요."

그런 대화를 하며 커피숍 안으로 들어갔다.

늦은 시간인데도 커피숍에는 사람이 꽤 많았다.

아메리카노를 하나씩 시키고 구석에 있는 자리에 가서 앉았다.

"누나는 늦게까지 안 자네요."

"응, 일할 게 좀 있어서."

"회사 일을 집에서도 하는 거예요?"

"아니, 부업 삼아서 하는 일이 있거든."

"꽃 붙이기 같은 거?"

나림이 웃었다.

"아니, 번역 일을 좀 하거든."

"번역이요? 우와, 어떤 거요?"

"독어 번역. 가끔 의뢰 들어오는 걸 받아서 하고 있어."

"우와. 독어도 할 줄 아시는구나. 대단하다."

"대단하긴."

"정말로요. 누나는 진짜 굉장하네요. 회사에서 야근도 많이 하시는데, 번역 일도 하시고. 멋져요, 진짜로."

눈을 반짝반짝 빛내며 진심으로 감탄하는 민혁을 보는 게 싫지 않았다.

나림은 피식 웃으며 커피를 한 모금 마셨다.

"회사 일 하면서 번역까지 하시려면 진짜 힘들겠어요. 안 피곤해요?"

"피곤하지. 요새 잠을 도통 못 자서 더 피곤하네."

"잠이 보약인데."

"그러게 말이야. 운동을 해서 체력을 유지해야 하는데, 이렇게 마감이 얼마 안 남았을 때는 운동하는 것도 쉽지가 않아. 아침에 좀 일찍 일어나서 회사 가기 전에 운동을 하고 갈까 봐."

"그러다가 몸 축나요."

"괜찮아, 익숙해서."

정말 그랬다.

쉴 새 없이 노력하는 이런 삶이, 나림에게는 익숙했다.

'그나저나…… 나는 애한테 왜 이런 얘기를 하는 거지?'

힘들다거나, 노력을 한다거나 하는 이야기는 친구에게도 잘 하지 않는다.

타인은 나의 마음을 오롯이 이해하지 못한다.

타인에게 힘든 것을 털어놔 봐야 바뀌는 것은 아무것도 없었다.

　그래서 아무리 힘들어도 속에 꾹꾹 눌러 담고 혼자서 견뎌왔
다.

　'전에도 그렇고 지금도 그렇고…… 얘한테는 정말 별소리를
다 하게 되는구나. 얘가 사람을 좀 편하게 해 주는 면이 있나?'

　"피곤한 게 익숙해지면 안 되는데."

　민혁이 걱정스러운 듯 말했다.

　"괜찮아. 다들 이러고 사는데, 뭐. 그러고 보니 할 얘기가 있다
고 했지?"

　"아, 네."

　"뭔데? 심각한 얘기야?"

　"네, 아마도요."

　"얘기해 봐. 들을 준비 됐어."

　나림이 허벅지 위에 가지런히 손을 얹으며 말했다.

　민혁은 그런 나림을 물끄러미 응시했다.

　들을 준비가 됐다며 허리를 꼿꼿이 세우는 그녀가 귀여웠다.

　'아, 왜 저렇게 귀엽지?'

　안아 주고 싶었다.

　이럴 때에 마음껏 안을 수 있다면 정말로 좋을 텐데.

　"누나, 난…… 그러니까……."

　좋아해요.

　그 말을 할 생각이었다.

좋아해요. 사랑하게 되었어요.

우리의 시작은 좀 별로였을지도 모르지만, 내 이미지가 최악일지도 모르지만, 바뀔게요. 누나를 위해 다른 모습을 보여 줄 준비가 되어 있어요.

아주 많이 좋아해요.

이곳으로 오면서 하려고 준비한 많은 말들이 입 안에서만 맴돌았다.

단 한 번도 누군가에게 고백할 일이 생길 거라고는 생각한 적 없었다. 언제나 고백을 받아왔기에, 그것이 그리 어려운 일이라고 생각하지도 않았다.

좋아하면 그냥 좋아한다고 말하면 되지. 그렇게 가볍게 생각했을 뿐이었다.

사랑을 자각하고, 이제야 깨달았다.

사랑 고백은 그 어떤 것보다도 어려운 일임을.

민혁은 눈을 감고 마음을 다잡았다.

말해야 돼.

받아 주든 받아 주지 않든, 일단 이 잘못된 관계를 정리해야 돼.

내 마음을 분명히 전해야 돼.

다시 눈을 뜬 민혁은, 나림을 똑바로 응시하고 말했다.

"누나. 나, 누나를 좋아해요."

"그래? 나도 좋아해."

힘겹게 꺼낸 고백에, 나림은 가볍게 대꾸했다.

나림이 말하는 '좋아해.'가, 자신이 말한 '좋아해.'와 의미가 다르다는 것쯤은 알고 있었다.

"진심으로요, 누나. 진심으로 좋아해요."

"……민혁 씨."

"좋아하게 되었어요. 파트너가 아니라 이성으로서."

"……."

나림은 입을 꾹 다물고 민혁을 가만히 응시했다.

그녀의 냉랭한 시선을 견디기가 힘들었다. 하지만 시선을 돌리지 않고 그녀의 눈길을 받아 냈다.

그 잠깐의 침묵이, 민혁에게는 영원처럼 길게 느껴졌다.

"민혁 씨."

나림이 입을 열었다.

"나는 아냐."

"……."

"난 그런 감정 아니야. 민혁 씨에게 그런 감정이 생겼다면, 우리 관계는 여기까지야."

"누나……."

"애초에 그러기로 하고 시작한 관계잖아."

"하지만 달라질 건 없잖아요. 날 좋아하지 않아도 되니까 우선은……."

"연애를 하고 싶지 않아."

"네?"

"나는 연애할 생각 없어. 결혼 생각도 없고. 혼자서 지내는 게 편해. 지금 이 생활에 누군가를 들일 여유도, 신경 쓸 여유도 없어. 파트너 정도면 괜찮겠다고 생각했어. 특별한 시간을 쏟지 않아도 되고, 신경을 쓰지 않아도 되니까. 내게서 그 이상을 바라는 거라면, 난 못 해 줘. 여기까지야."

냉랭한 말들이 날카로운 얼음 칼이 되어 민혁의 가슴에 푹푹 박혔다.

민혁이 다른 여자들에게 했던 말들이 고스란히 민혁에게 돌아오고 있었다.

말할 때는 몰랐다. 듣는 입장에서 그 말들이 얼마나 아픈지.

칼 꽂힌 심장의 상처가 벌어져 피가 뚝뚝 흐르는 것 같은 통증이 일었다.

꿀꺽—

마른침과 함께 신음을 삼켰다.

"농담……."

간신히 목소리를 끄집어냈다.

"농담이에요."

이대로 그녀와의 관계를 두절시킬 수는 없었다.

어떻게든 그녀와 연결되어 있어야만 했다.

지금 손을 놓으면, 그녀와 엮이는 일은 두 번 다시 없으리라는 걸, 민혁은 알 수 있었다.

"농담이라고?"

"네. 그냥 한 번 얘기해 봤어요."

"그래?"

"네, 정말로요."

나림은 가만히 민혁의 표정을 살폈다.

이 시간에 불러내서 이런 농담을 할 리 없다는 것쯤은, 나림도 알고 있었다.

얼마나 갈지는 모르지만, 저 고백이 지금 당장은 진심이라는 것 또한 알았다.

하지만 더 이상 캐묻지 않았다.

골치가 아픈 일은 질색이다. 안 그래도 신경 써야 할 것들이 많은데, 거기에 남자 문제까지 끼워 넣고 싶지 않았다.

"알겠어, 그럼. 장난은 끝난 거지?"

"네, 죄송해요. 밤에 너무 심심해서."

"됐어. 피곤해서 좀 쉴까 하던 참이었어. 덕분에 커피도 마시고 잘 쉬었어. 그만 집에 가자."

"네, 데려다 드릴게요."

"아니, 됐어."

"어둡잖아요. 밤길에 혼자 보낼 순 없어요."

나림은 잠시 망설이다가 고개를 끄덕였다.

"그래, 그럼. 데려다 줘."

걸어가는 내내 그를 의식했다.

어두운 거리, 서늘한 바람, 그리고 자꾸만 손등에 닿는 그의 손등. 손을 잡을 듯 말 듯, 스치는 그 긴장된 분위기.

이런 기분을 느끼는 것은 참으로 오랜만이었기에, 나림은 그 분위기에 휩쓸리지 않도록 작게 숨을 가다듬었다.

이윽고 집 앞에 도착해,

"여기가 우리 집이야."

했더니,

"네, 누나. 조심히 들어가세요."

하는 대답이 돌아왔다.

"얼른 가."

움직이지 않는 민혁에게 말했더니, 그가 옅은 미소를 지으며 대답했다.

"누나 들어가는 거 보고요."

"알겠어, 그럼. 조심히 가고 회사에서 봐."

"네."

집안으로 들어갈 때까지 그의 시선을 느꼈다.

방에 들어오자마자 나림은 침대에 누워 눈을 감았다.

나림을 응시하던 민혁의 열띤 눈동자가 떠올랐다.

남자가 어떨 때 그런 눈빛을 짓는지, 나림은 알고 있었다. 그래서 알고 싶지 않았다.

사랑이 시작되는 순간의 달콤함을 너무도 잘 알고 있었다. 그것은 중독이 될 만큼 감미로웠다.

세상은 분홍빛으로 물들고 알 수 없는 희망과 기대가 가슴을 부풀게 만든다. 만날 시간이 기대되고, 돌아서는 순간 그립고, 안고 있어도 부족해 갈증을 느낀다.

그러나 기적과도 같은 환희의 순간은 길지 않다.

현실이 조금씩 분홍빛 세상으로 침입하기 시작하고, 갈등이 생기고, 갈등은 심장에 상처를 남긴다. 상처는 깊고 넓어 시간이 흘러도 도통 아물 생각을 하지 않는다.

피가 뚝뚝 떨어지는 그 고통을, 두 번 다시는 느끼고 싶지 않았다.

"널 이해할 수가 없어."

잊고 있던 음성이 떠올랐다.

"사람이 왜 그렇게 독해? 날 사랑한다면 양보할 수 있는 부분이잖아."

사랑한다면. 사랑하니까.

오래전 헤어진 그는, 사랑이라는 이름으로 나림의 양보를 요구했다. 일을 그만두고 자신을 따라 해외로 나가기를 바랐던 것이다.

명호는 모든 면에서 완벽한 남자였다.

학벌도 좋고 집안도 좋고 능력도 좋았다. 키도 훤칠하고 남자다운 외모에 몸 관리도 철저해서 군살 하나 없이 탄탄한 육체의 소유자였다.

술, 담배도 안 하고 다정다감해서 나림에게 언성을 높인 적이 단 한 번도 없었다. 사내에서 그에게 호감을 가진 여자들이 많았지만, 여자 문제로 나림을 서운하게 한 적 또한 없었다.

"결혼하자마자 아이를 낳았으면 좋겠어. 2명이나 3명 정도. 아이는 역시 엄마가 키우는 게 제일이지. 그때가 되면 회사는 그만두는 게 어때? 결혼과 동시에 그만둬도 괜찮고. 아내랑 아이들 먹여 살릴 능력은 되니까."

"부족함 없이 살게 해 줄게. 돈 때문에 아등바등하지도 않게 해 줄게."

"육아가 힘들면 사람을 고용해도 좋아. 우아하게 사모님으로 살아도 좋고."

"밖에서 일하는 여자보다는 살림을 잘하는 여자가 더 매력적인 것 같아."

어쩌면 많은 여자들이 원하는 남성상일지도 모르겠다.

하지만 나림에게는 그렇지 않았다.

그가 부드럽게 제안하는 미래가 나림의 목을 조였다. 그가 자신을 사랑한다는 걸 알면서도, 도망치고 싶어졌다.

누군가 나의 미래를 규정하고 계획한다는 것은 숨 막히는 일이었다.

"같이 가자. 너랑 떨어지고 싶지 않아."

명호의 해외 발령이 결정되었을 때, 명호는 나림에게 프러포즈를 했다.

나림의 커리어는 조금도 신경 쓰지 않는 그의 행동에 상처를 받았다. 그래서 헤어짐을 고했다.

이별 후 느꼈던 아픔이 생생하게 떠올랐다.

"미쳤어, 최나림. 그런 남자 어디 없어. 다시 붙잡아."

"명호 오빠 말이 맞지, 뭐. 명호 오빠랑 너랑 입사 동기인데도 그쪽이 승진이 빠르다는 건, 아직까지 우리나라는 여자의 사회생활이 힘들다는 거야. 네가 그렇게 아등바등하는 것보다, 그 오빠가 승승장구하는 걸 옆에서 도와주는 게 더 낫지 않아?"

"솔직히 결혼을 아주 안 할 건 아니잖아. 언젠가는 하게 될 거고, 그러면 애 낳고 키우느라 회사에 눈치도 보일 거고, 언젠가 그만두게 될지도 모르는 거야. 그 시기가 조금 빨리 온 것뿐인데,

그냥 받아들이지 그랬어?"

친구들도, 가족들도 나림의 선택을 이해하지 못했다.

"그래도 그건 아닌 것 같아."

라고 말하는 나림에게 고집이 세다는 둥, 생각이 짧다는 둥, 후회할 거라는 둥 악담을 퍼부었다.

내 사람들조차 나를 이해해 주지 못하는 고독감 속에서 이별의 슬픔과 통증을 간신히 견뎌냈다.

또다시 그런 고통을 겪고 싶지 않았다.

언젠가는 기억이 희미해져 또다시 연애를 하고 싶다는 생각이 들게 될지도 모르겠다. 하지만 지금은 아니었다. 아직까지도 그 때의 아픔은 나림의 심장에 또렷이 각인되어 있었다.

이별을 고하는 말에 상처를 받은 듯 일그러졌던 명호의 얼굴 위에, 방금 전 보았던 민혁의 강아지 같은 눈빛이 겹쳐졌다.

"하아."

나림은 깊은 한숨을 쉬며 베개에 얼굴을 묻었다.

"이제 그만 좀 잊고 싶다."

*   *   *

집에 돌아온 민혁은 침대에 누워 눈을 감았다.

"좋아하게 되었어요."

　어렵게 꺼낸 고백은 자신이 생각해도 형편없었다. 좀 더 멋지게, 좀 더 여유롭게, 좀 더 남자답게 할 수도 있었을 텐데.

　'아니, 그럴 수 없었을 거야.'

　민혁은 곧 그 생각을 부정했다.

　나를 사랑하지 않는 사람에게 나의 사랑을 솔직하게 고백하는데, 여유를 찾을 수 있을 리 없다.

　그것이 최선이었다.

　그리고 그 최선에 돌아온 답은, 그녀의 서늘한 눈빛이었다.

　'벌을 받고 있나?'

　라는 생각을 해 본다.

　'내가 지금껏 울린 여자들의 한이 쌓이고 쌓여서, 내가 세상에서 제일 냉정한 여자를 사랑하게 만들어 버린 건가?'

　그럴지도 모르겠다.

　지금껏 자신에게 사랑을 고백하는 여자들의 심정 따위, 생각해 본 적 없었다.

　그녀들이 흘린 눈물, 토해 낸 고백을 아무런 감흥 없이 흘려보냈다.

　이제는 이름이 기억나지도 않는 그녀들에게 미안해졌다.

　'하아. 어쩌지?'

　사랑도, 고백도, 거절도 처음이다.

"나는 아냐."

"나는 그런 감정 아니야."

그녀의 답은 단호했고 여지를 주지 않았다.

그렇다면 이쪽이 할 수 있는 일은 조용히 이 마음을 접는 것밖에 없다. 이 이상으로 들이대 봐야 그녀를 난처하게 만들 뿐이라는 걸, 민혁은 알고 있었다.

'하지만…….'

이대로 포기할 수가 없었다.

대화가 즐겁고 함께 있는 시간이 빠르게 흘러가게 해 주는 여자는 처음 만났다.

'놓고 싶지 않아.'

질척거리는 남자가 매력 없다는 건 알지만 그래도.

'이대로 놓을 수는 없어.'

그러다가 깨달았다.

'아아, 난 나림이 누나를 잡은 적도 없구나.'

*　　*　　*

회사에 '윤명호'라는 이름이 여기저기서 들려오기 시작했다.

명호를 기억하는 사람들은 말했다.

"윤명호가 돌아온다는데?"

"33살에 부장이라니. 입사할 때부터 알아봤어."

"온라인팀 팀장으로 오는 거라며? 온라인팀 팀장이 이번에 퇴직한다잖아."

"내가 기억하기로 훤칠하니 잘생겼던 것 같은데. 아저씨가 돼서 돌아오는 거 아냐?"

"자기 관리 되게 철저하던데 아저씨가 되어 있지는 않을걸. 그런데 윤명호, 여자한테 관심 없지 않았어?"

"맞아, 되게 철벽남이었지."

"윤명호를 노리는 여자들 꽤 많았었는데, 아무도 성공 못 했을걸."

"그 흔한 썸도 없었잖아."

"숨겨 둔 애인이 있었던 거 아냐?"

"지금은 미혼인가? 그런 남자라면 주위에서 가만히 안 놔둘텐데."

"아직 미혼이라고 들었어."

"이번에 돌아오면 내가 한 번 노려볼까?"

명호는 남자에게도, 여자에게도 인기가 많은 타입이었기에, 그가 없는 자리에서도 나쁜 이야기는 들려오지 않았다.

한때 내가 사랑했던 남자가 모두에게 사랑을 받는 건 싫지 않았지만, 그렇다고 딱히 좋은 일도 아니었다.

여기저기서 들려오는 윤명호라는 이름에, 심장이 달그락거렸다.

아직도 그를 사랑하는 건 아니었다. 다시 한 번 그와 연애를
하고 싶은 것도, 그가 그리운 것도 아니었다.

그저 윤명호라는 남자와 한 때 사랑했던 기억이, 이별할 때에
느꼈던 통증이 다시금 수면으로 올라와 가슴을 까맣게 물들였
을 뿐이었다.

오랜만에 팀원들과 다함께 점심을 먹는 자리에도, 윤명호의
이름이 등장했다.

"온라인 쪽 팀장 바뀌는 거, 다들 알고 있지? 윤명호 과장, 아
니, 이제 부장이지. 윤명호 부장 오고 나면, 온라인 쪽이랑 협업
하는 일도 많아질 거야. 윤 부장, 일 처리 확실한 사람이야. 다들
긴장하고 있어."

김 팀장이 경고했지만 다들 걱정하기보다는 기대하는 눈치였
다.

"명호, 오랜만에 만나겠네. 그 자식, 아직도 그렇게 훤칠하려
나?"

주 과장이 명호와의 친분을 과시하듯 중얼거렸다.

"명호라는 분이 그렇게 잘생겼어요? 요새 다들 그 이름 얘기
하던데."

명호가 해외로 떠난 후에 입사한 지연이 호기심 어린 말투로
물었다.

"잘생긴 것도 잘생긴 건데, 뭐랄까. 되게 남자답고 섹시하게

생겼어. 눈이 이렇게 옆으로 길어서, 웃으면 예뻐."

대답한 건 김자영 대리였다.

"와, 정말요? 얼른 보고 싶다. 웃을 때 예쁜 남자 좋아하는데."

지연이 양손을 맞잡으며, 민혁 쪽을 흘끗 돌아봤다.

질투심 유발을 하려는 의도였겠지만, 민혁은 김치를 집어 들며 딴생각에 빠져 있었다.

'윤명호라는 사람이 잘생겼다고? 나림이 누나도 그 사람이랑 아는 사이였을까? 그 사람도 나림이 누나를 좋아하는 건 아니겠지? 라이벌이 생기면 안 되는데.'

"아, 그러고 보니."

주 과장이 나림을 슬쩍 돌아봤다.

"최 과장이랑 명호랑 입사 동기 아니었나? 누구는 벌써 부장인데, 누구는 만년 과장이네. 속 좀 끓겠어."

주 과장의 말에 주위가 조용해졌다.

사실 나림은 '만년 과장' 축에 속하지도 못했다.

여자 나이 32살에 대기업 과장. 빠르게 승진한 편이었다.

오히려 나림보다 늦게 과장을 단 주 과장이야말로, '만년 대리'라고 불렸었다.

주 과장이 나림에게 열등감을 느낀다는 걸 대부분이 알았기에, 다들 입을 열지 않고 서로의 눈치만 보고 있었다.

"그러게요, 속 좀 끓네요."

나림이 피식 웃으며 대꾸했다.

평소처럼 여유롭게 대답하긴 했지만, 사실은 진짜로 속이 끓었다.

명호를 사랑할 때에도, 자신보다 쉽게 승진하고 쉽게 기회를 잡는 그에게 열등감을 느끼고 있었다. 그저 그것을 드러내지 않기 위해 아등바등 노력해 왔을 뿐이다.

내 열등감. 나의 어두운 감정.

날 긁어 댄다고 그걸 드러낼 것 같아?

나는 항상 여유롭고 성숙한 최나림으로 남을 거야.

* * *

겉으로는 안 그런 척해도 속은 '윤명호'라는 이름 때문에 타들어 가고 있었다.

'벌써 다음 주구나.'

다음 주면 명호가 온다는 사실 때문에 싱숭생숭한 와중에, 일이 또 터졌다.

이번 CF 제작을 맡은 감독이, 최미랑으로 모델을 변경한 것 때문에 항의를 해 온 것이다.

이전 모델에 맞춰서 콘셉트를 잡았는데 분위기가 완전히 달라져서 그림이 안 나온단다. 적당히 맞춰서 진행하면 안 되느냐고 물었더니, 감독 자존심에 절대 그럴 수는 없다는 대답이 돌아왔다.

결국 지난 한 달 동안 야근까지 하면서 구상했던 콘셉트를 전부 갈아엎게 생겼다.

그래서 회의가 시작되었는데 분위기가 좋지 않았다.

한동안 고생을 했는데 처음부터 다시 하게 되었으니, 분위기가 가라앉는 것은 당연했다. 그러나 그 화살이 자신에게 향하는 이유를, 나림은 도통 알 수가 없었다.

마치 이 모든 일이 벌어진 게 나림의 탓이라는 듯, 나림이 무언가 제안을 할 때마다 날선 대답이 돌아왔다. 입을 삐죽거리며,

"아, 진짜 싫다. 왜 이걸 전부 다시 해야 하는 거야?"

라고, 나림 들으라는 듯 중얼거리는 직원도 있었다.

차라리 대놓고 나림을 비난하면 이쪽도 할 말이 있을 것이다. 하지만 분위기만 미묘하게 흘러가는 것이라서, 소리 없는 비난을 오롯이 받아들이는 수밖에 없었다.

몇 시간의 회의가 끝났을 때는 다들 녹초가 되어 있었고, 나림은 울고 싶은 기분이 되었다.

차분하게 사무실에 앉아 있을 기분이 아닌지라, 가방 깊은 곳에 숨겨 둔 담배를 꺼내 위층에 있는 테라스로 향했다.

담배는 좋아하지 않지만, 속이 답답하거나 일이 잘 안 풀릴 때는 가끔 피우곤 했다.

테라스에는 아무도 없었고, 나림은 구석 쪽 잘 안 보이는 자리에 서서 담배를 꺼내 입에 물었다. 막 불을 붙였을 때, 테라스 문이 열리는 소리가 들렸다.

들어온 사람은 조용히 나림의 옆에 섰고, 그에게서 번지는 시원한 향기를 맡았을 때에야 민혁이라는 것을 알 수 있었다.

민혁은 아무 말도 하지 않고 나림의 옆에 조용히 서 있었다.

"최악이지?"

나림이 입을 열었다.

"뭐가요?"

"담배 피우는 여자."

"아뇨, 섹시한데요."

"민혁 씨는 정말 기분 좋을 말을 잘하는 것 같아."

"그렇지도 않아요. 과장님한테만 특별이에요."

"또 그런다."

돌아보지 않고도 그가 희미한 미소를 짓고 있음을 알 수 있었다.

후우, 잿빛 연기를 뱉어 내며 눈을 감았다.

있잖아. 참 지긋지긋해.

나는 그냥 열심히 살고 싶을 뿐인데, 조용히 내 할 일만 할 뿐인데. 왜 다들 날 못 잡아먹어서 안달일까?

이번 일도 말이야. 내가 잘못한 게 아니야. 나는 팀장도 아니고, 이 일의 책임자도 아니었어. 그런데 왜 내가 비난을 받아야 하는 거지? 왜 다들 나를 질책하는 거야?

나는 어떻게든 잘해 보려고 노력했고, 그래서 그나마 이 정도 선에서 끝낼 수 있었던 건데. 왜 고마워하기는커녕 비난만 하는 거야?

민혁이 옆에 선 순간, 하고 싶은 말들이 많았다.

그가 옆에 있으면 습관적으로 튀어나오려고 하는 말들을 꿀꺽 삼켰다.

우는 소리를 해서는 안 된다. 민혁은 애인도, 친구도 아닌 회사 후배. 아니, 그보다 더 나쁜 섹스 파트너일 뿐이다.

나의 개인적인 감정을 그에게 토로해서는 안 되고, 그것에 익숙해져서도 안 됐다.

"과장님."

"응?"

"제가 뭐 도울 일은 없어요?"

"도울 일."

가만히 눈을 뜨고 그를 응시했다.

민혁은 진지하게 나림을 내려다보고 있었다. 강아지처럼 선량한 그의 눈동자에는 진심 어린 안타까움과 걱정이 담겨 있었다.

'지금 이게 도와주는 거야.'

라는 말을 해 주고 싶었다.

'네가 지금 내 옆에서, 도울 일은 없느냐고 물어 주는 이거. 이게 내 숨통을 트이게 해.'

그런 말을 해 주는 대신, 나림은 슬며시 손을 들어 민혁의 단단한 가슴 위에 살포시 올려놓았다. 그리고 그와 시선을 맞추고 말했다.

"섹스 하자."

민혁의 눈이 커졌다.

"네?"

"섹스, 하고 싶어. 지금 당장."

그의 눈이 놀람으로 흔들리는 것을 보는 게, 어쩐지 즐거웠다.

항상 민혁에게 휘둘리고 있다고 생각했는데, 민혁이 놀라는 걸 보니 재미있었다.

"지금 당장이요? 여기서?"

"응, 여기서."

왜 이런 말을 했는지 모르겠다.

평소라면 절대로 하지 않았을 제안이었다.

만약 민혁이 '누가 올지도 모르는데.', '다른 데 가서 해요.'라는 말을 했더라면, 그쯤에서 접었을 것이다.

하지만 민혁은 더 이상 묻지 않고, 나림의 허리를 한 팔로 감아 끌어당겼다.

몸이 밀착되었고, 허벅지에 그의 단단한 페니스가 느껴졌다.

"벌써 섰어?"

놀리듯 묻자, 그가 대답 대신 키스를 해 왔다.

뜨거운 입술이 나림의 입술 위에 겹쳐졌다가 강하게 빨아들였다. 허리를 감은 팔에 힘이 들어가고, 다른 쪽 손은 능숙하게 나림의 치마를 걷어 올렸다.

키스를 하며 스타킹과 팬티를 내린 그가, 나림을 돌려세웠다. 나림은 두 손으로 테라스의 난간을 붙잡았다.

난간 너머로 활기찬 오후의 거리가 보였다. 여느 때와 다름없이 거리를 오가는 자동차와 사람들. 그들은 이 위에서 무슨 일이 벌어지고 있는지 모를 것이다.

밀폐되지 않은 공간에서 섹스에 도전하는 것은 처음이었다. 낯선 공간에서, 어쩌면 누군가에게 들킬지도 모르는 위태로운 장소에서 은밀한 행위를 한다는 사실에 몸이 젖어 들어갔다.

"언제나."

라고, 그가 나림의 가슴을 주무르며 속삭였다.

그의 낮은 음성이 귓불에 닿자 척추와 엉덩이가 이어지는 부근에서 전율이 일었다.

"과장님이랑 같이 있으면 언제나 서 있어요."

그가 바지 버클을 내리는 소리가 들렸다.

민혁은 페니스를 나림의 엉덩이에 잠깐 문지르다가 갑작스럽게 그녀의 몸 안으로 쑥 집어넣었다.

"읏!"

나림이 신음을 삼키며 고개를 숙였다.

상체만 기울인 자세에서 안으로 깊이 들어온 페니스의 끝이, 예민한 곳에 닿아 생소한 쾌감을 만들어 냈다.

그는 깊이 들어온 채 움직임을 멈추고, 나림의 상의 안으로 손을 집어넣어 가슴을 애무했다.

"과장님, 야하네요."

그가 나림의 단단한 유두를 문지르며 말했다.

섹스를 할 때 그가 존댓말을 사용하는 건 처음이었고, 그래서 인지 낯선 기분이 들어 근육이 긴장했다.

과장님이라니.

회사에서 이런 짓을 하다니.

야릇한 기분이 전신을 분홍빛 쾌락으로 물들였다.

"이런 데서 이렇게까지 젖다니."

그가 엄지와 검지로 젖꼭지를 살살 돌리며 말했다.

"음란해요."

그의 페니스가 스륵 빠져나갔다가 퍽 소리가 날 만큼 세게 찔러들어왔다.

"윽!"

"쉬잇."

그가 커다란 손으로 나림의 입을 막았다.

"여기 회사예요. 소리 내면 들켜요."

그런 것쯤은 알고 있다.

나림도 신음을 참기 위해 애쓰는 중이었다.

하지만 그는 어디를 애무해야 나림이 좋아하는지를 알고 있었다. 그의 손가락이 스치는 곳마다, 그의 물건이 찔러 들어오는 곳마다 저릿저릿하게 전기가 통하는 느낌이었다.

그가 제대로 움직이기 시작하자, 신음을 참기가 어려워졌다.

그는 나림의 허리를 붙잡고 깊고 빠르게 움직이기 시작했다.

픽— 퍼억— 픽—

몸과 몸이 부딪치며 내는 소리 또한 작지 않았다.

몸 안을 가득 채우고 움직이는 그의 페니스가 질벽을 강하게 자극했다. 난간을 잡은 나림의 손에 힘이 들어갔다.

"훗…… 으으……."

악 문 이 사이로 미처 막지 못한 신음이 흘러나왔다.

머릿속이 새하얗게 비어 이곳이 회사라는 것조차 잊었다. 구름 속에 파묻힌 기분으로 달콤한 전율을 느낀 지 얼마나 지났을까.

문득 민혁이 움직임을 멈추더니, 자신의 물건을 빼내고 황급히 나림의 옷을 입혀주었다.

"왜 그래?"

"누가 오는 소리가 들려서요."

나림은 상기된 얼굴로 옷매무새를 정돈하며, 테라스 문 쪽을 돌아봤다. 민혁의 말대로 사람들이 대화를 하며 복도를 걸어가는 모습이 보였다.

테라스 쪽으로는 아예 관심도 주지 않는 걸로 봐서, 이쪽에서 일어난 일을 전혀 눈치채지 못한 것 같았다.

그들이 지나간 후, 나림과 민혁이 시선을 맞췄고 동시에 빙그레 웃었다.

오르가즘을 느끼지는 못했지만 만족스러웠다.

평소에는 결코 하지 않을 일탈이 오히려 복잡한 마음과 생각을 차분하게 가라앉혀주었다.

윤명호라든가, 최미랑이라든가, 촬영 감독이라든가, 전부 아무래도 좋을 것 같은 기분이었다.

"덕분에 기분이 많이 나아졌어. 고마워, 민혁 씨."

"아직 안 괜찮으신 것 같은데."

민혁이 걱정스럽게 말했다.

"아냐, 정말이야. 괜찮아."

나림의 얼굴에 해사한 미소가 떠오르는 걸, 민혁은 물끄러미 응시하다가 충동적으로 말했다.

"과장님, 이따 우리 집에 올래요? 제가 맛있는 거 해드릴게요."

순간, 나림의 얼굴에 묻어 있던 미소가 깨끗이 사라졌다. 웃은 적 없다는 듯이.

그녀의 굳은 표정을 보자 가슴이 철렁했다.

그녀의 도톰한 입술 사이로 흘러나올 말이 예상되었다.

"민혁 씨. 그런 배려는 해 줄 필요 없어."

역시나 나림의 음성은 서늘한 칼날이 되어 민혁의 심장에 꽂혔다.

"내가 이런 이야기를 여러 번 하게 만들지 말아 줘."

나림이 돌아섰다.

문을 열고 나가는 그녀를 붙잡을 수가 없었다.

탁—

문이 닫힌 후, 민혁은 천천히 심호흡을 했다. 심장 부근에 머무르는 고통을 밀어내기 위해 노력했다.

그러나 아무리 호흡을 해도 아픔은 전혀 가시지 않았다.

*　　*　　*

"벌받는 거지."

민혁의 이야기를 들은 재훈은 무덤덤한 표정으로 그렇게 말했다.

이쪽은 가슴이 아파 죽겠는데, 재미있어 하는 듯한 재훈의 표정을 보니 친구 한번 아주 잘 사귀었다는 생각이 들었다.

"벌이라니…… 나, 장난치는 거 아냐. 진짜로 가슴이 아프다고."

"나도 장난치는 거 아냐. 네가 그동안 어떻게 살아왔는지를 잘 생각해 봐라. 벌받을 만하지 않냐?"

"그래도 이건……."

"널 좋아했던 여자들도 그런 고통을 느꼈을걸."

할 말이 없어서 입을 다물었다.

민혁을 빤히 응시하며 재훈이 말했다.

"사람을 좋아한다는 건 그런 거야. 내가 멈추려고 해도 멈춰지지 않는 거고, 내가 좋아한다고 해서 상대도 날 좋아하라는 법은 없는 거지. 널 좋아했던 여자들도 분명 지금 네가 느끼는 그 기분을 오랫동안 느끼고, 감추고, 그러다가 더는 안 될 것 같아서 고백을 하고 그랬겠지. 그나마 너는 상황이 나은 편이야. 적어도 그 과장님은 둘의 사이에 대해 분명하게 선을 그어 놨잖아. 여지를 주는 너와는 달리."

"그런가. 상황이 나은 건가?"

"뭐, 그렇다고 해서 달라지는 건 없겠지만."

"야, 넌 내 친구 맞냐? 뭐가 그렇게 담백해?"

"그럼 어떡해? 같이 울어 주랴?"

"응!"

"미안하지만 패스. 솔직히 난 지금 꼴좋다는 생각이 들어서 눈물이 안 나올 것 같거든. 연기력이 좋은 편도 아니고."

아무래도 상담할 대상을 잘못 찾은 것 같다.

"차라리 여지를 줬으면 좋겠어."

"안 좋을걸."

"과장님이 따뜻한 말을 해 주는 걸 한 번이라도 듣고 싶어."

"거짓된 다정함은 더 큰 상처를 줄 뿐이야. 그게 진심이 아니었다는 걸 알게 되면, 나중에 더 아플 거다."

"그런가?"

"그래."

"괴로워, 진짜로."

"그렇겠지."

"어떻게 해야 할지 모르겠다. 파고들 틈이 전혀 없어."

"흐음."

"넌 연애 고수잖아. 뭔가 방법 좀 없냐?"

민혁이 매달리듯 던진 말에 재훈의 눈이 커졌다. 멍하니 민혁을 응시하던 재훈이 갑자기 웃음을 터뜨렸다.

"으하하하. 다른 사람도 아니고 정민혁한테 연애 고수라는 말을 듣다니. 연애 한 번밖에 못 해 본 내가! 푸하하하하하. 진짜 세상 살고 볼 일이네."

"야야, 너무 웃는 거 아냐?"

"하하하하. 진짜 웃기잖아. 친구 놈들이 이 모습을 봤으면 다들 인생에서 제일 웃기는 일 5위 안에 포함시킬 거다. 하하하하."

"난 힘들어 죽겠는데 웃기는 일이라니. 심하네, 진짜."

"하하하하하. 아, 미안. 이렇게까지 웃을 일은 아니었는데. 아니, 웃을 일이지. 푸하하하하하."

"……."

민혁이 가만히 쏘아봤지만 재훈은 자기 웃고 싶을 만큼 다 웃은 후에야 웃음을 멈췄다.

아무래도 상담할 대상을 떠나 친구 자체를 잘못 사귄 것 같다는 생각이 들었다.

"뭐, 그래. 갑자기 연애 고수가 돼서 당혹스럽기는 하지만 연애 고수로서 조언을 해 주자면, 조급해하지 마."

"조급해하지 말라고?"

"그래, 인마. 너 지금 너무 급해."

"급한가?"

"어. 네가 그 회사 입사한 지 얼마 되지도 않았고, 과장님이랑 그런 관계가 된 지도 얼마 안 지났어. 너는 과장님에 대해 잘 모르고, 과장님도 너에 대해 잘 모르지. 너야 거의 첫눈에 반하다시피 과장님한테 빠졌다 해도, 상대방이 꼭 그러라는 법은 없잖아."

"그렇지."

"여유를 좀 가져. 그리고 느릿하게 과장님에게 스며들어 가. 과장님이 힘들 때, 즐거울 때 떠올릴 수 있는 사람이 되도록 해."

"내가 그런 사람이 될 수 있겠냐?"

중얼거리듯 묻는 민혁을, 재훈은 물끄러미 응시했다.

여자 문제에 있어서만큼은 항상 거리낌이 없던 친구가 이토록 자신감 없이 구는 걸 보니, 꿈을 꾸는 건가 싶었다. 그런 생각이 들 만큼 민혁은 평소와 달랐고, 그 달라진 모습이 밉지 않았다.

"글쎄. 내가 그런 것까지는 알 수 없지만, 너 여자 문제만 빼면 괜찮은 놈이야."

"그런데 지금 내 고민이 그 여자 문제거든?"

"그러네. 그럼 뭐, 그런 사람이 될 수 없는 거겠지."

"야, 송재훈."

"너무 땅 파고들어 가지 마, 정민혁. 아무리 잘생겼어도 자신감 없는 남자는 매력이 없으니까."

"하아."

민혁은 깊은 한숨을 내쉬었다.

자신감이 없는 남자가 매력이 없다는 건, 민혁도 알고 있었다.

하지만 그녀의 앞에만 서면 자신이 너무도 초라하게 느껴졌다. 근사한 외모도, 멋진 미소도, 좋은 학벌과 성적도 전부 그녀의 앞에서는 쓸모가 없었다.

사랑이라는 게 이렇게 내 자신을 바보처럼 느껴지게 만드는 것인 줄은 처음 알았다.

'당연하지. 첫사랑이니까.'

첫사랑.

민혁은 쓴웃음을 지었다.

나이 28살에 첫사랑이라니. 다른 사람도 아닌 정민혁이.

재훈의 말대로 친구들이 들으면 배를 잡고 웃을 일이었다.

'하지만.'

나림을 떠올렸다.

그녀의 하얀 피부와 고양이 같은 눈, 대화를 할 때는 상대를 똑바로 보는 습관과 심장이 철렁할 정도로 예쁜 미소.

'나림이 누나 같은 여자는 처음인걸.'

*　　　*　　　*

"그런 애는 처음이야."

나림이 나무젓가락으로 컵라면을 휘휘 저으며 말했다.

"처음이라."

태민이 버터구이 오징어를 질겅질겅 씹으며 중얼거렸다.

나림과 태민은 편의점 앞 파라솔에, 맥주 두 병과 간단한 안주를 놓고 앉아 있었다.

"어떤 면에서 처음인데?"

태민의 질문에 나림은 글쎄, 하고 고개를 옆으로 기울였다.

나는 왜 그런 사람을 처음이라고 생각하는 걸까?

사실은 잘 모르겠다.

"그냥 여러 가지 면에서."

"그러니까 그 여러 가지 면이 뭔데? 하나, 하나 말해 봐."

"음. 일단."

오늘 오후 회사에서 충동적으로 섹스를 했다.

평소라면 절대로 하지 않을 일이었다.

"내가 안 하던 행동을 하게 만들어."

"예를 들자면?"

태민이 호기심 어린 시선을 보냈다.

상대가 아무리 태민이라도 '회사에서 섹스를 했어!'라는 말을 할 수는 없었다.

"글쎄. 사귀지도 않는데 그런 관계를 맺는다거나."

"섹파가 되었다, 그거지?"

"응."

"그리고 또?"

"그리고 또?"

"여러 가지라면서."

"아아. 음, 또…… 이야기를 하게 돼."

"이야기?"

"응. 내 이야기."

내가 힘든 것들, 내가 살아온 삶. 정신을 차리고 보면 그런 것들을 이야기하고 있었다.

"네 이야기라…… 하긴. 넌 네 이야기를 잘 안 하지. 나한테도 전부 다 하지는 않으니까."

"너한테는 전부 다 하는 편이야."

"편이지, 그게 전부는 아니잖아."

"너는 뭐 나한테 전부 얘기하니?"

"난 전부 얘기하잖아."

"그건 그러네. 안 듣고 싶은 얘기들까지 해 주지. 네 여자들과의 관계라든가, 그런 거."

"왜 안 듣고 싶은데? 그거 전부 뼈가 되고 살이 되는 말들이야."

"……됐거든. 하여간 정민혁은, 뭐랄까. 개 같아."

"개 같다고?"

"아, 어감이 좀 안 좋았네. 커다란 강아지 같아."

"강아지."

"응. 강아지는 한없이 순수한 눈으로 주인을 바라보잖아. 그러니까 친구한테도 할 수 없는 말들을 털어놓게 되고. 그런 느낌이야."

"좋은 녀석인가 보네."

"뭐, 좋은 애겠지. 하지만 여자 문제에 있어서 신뢰할 만한 애는 아니야."

"그래?"

"응. 모두에게 다정한 타입이거든."

"그래서 선을 긋는 거야? 마음은 가는데도?"

"마음이 가다니."

나림은 쓴웃음을 지었다.

민혁의 마음을 받아 줄 수 없는 건 그런 문제가 아니었다. 물론 민혁의 여자관계도 한 부분을 차지하기는 하지만, 또 다른 여러 문제들이 있었다.

"난 걔한테 마음 없어. 애초에 연애하고 싶다는 생각 자체가 없는걸."

"연애할 생각이 없다, 라고 규정짓지 말고 그 녀석을 지켜보는 건 어때? 평생 혼자 살진 않을 거잖아."

"평생 혼자 살아도 상관은 없지만, 글쎄. 언젠가 연애하고 싶다는 생각이 들더라도, 걔는 아냐. 난 여자 많은 남자는 딱 질색이거든."

"그럼 나도?"

"응, 너도. 친구로는 좋지만 연애 상대로는 아냐."

"와, 매정하네. 나 지금 상처받았어."

태민이 왼손으로 오른쪽 가슴을 부여잡고 말했다.

"심장은 왼쪽에 있어."

"아, 맞다."

태민이 얼른 손을 바꾸며 물었다.

"너, 그 녀석한테도 이런 식으로 말하냐?"

"이런 식?"

"단호하게."

"이게 단호한 건가? 분명하게 말하기는 해. 연애 대상 아니다. 우리 연애하는 거 아니다. 난 연애할 생각 없다, 라고. 당연히 그 래야 하는 거 아냐? 괜히 두루뭉술하게 말해 봐야 희망 고문을 하는 꼴이잖아."

"그거야 그렇지. 그런데도 그 녀석은 계속 너한테 잘해 준다 는 거지?"

"나한테만이 아니야. 걔는 원래 누구에게나 잘하는 타입이거 든."

"하지만 너한테는 다른 것 같은데. 네 이야기에 나오는 정민혁 이라는 남자는, 너한테 상당히 진심인 것 같아."

"진심이 아닐 거라고 말하는 게 아니야. 그저……."

나림은 살짝 인상을 찌푸렸다.

순간 테라스에서 '우리, 연애하는 거 아니잖아.'라고 말했을 때, 민혁이 지었던 표정이 떠올랐기 때문이다.

칼에 찔린 듯 고통스럽게 일그러지던 그 얼굴.

"그래, 현재는 진심이겠지. 지금 당장은 진심일 거라고 생각해. 하지만 그 진심이 얼마나 갈까?"

"……."

"인기가 많은 남자야. 지금은 내가 신선하겠지. 능력 있는 연상의 과장님. 그리고 모두가 좋아하는 자신을 좋아해 주지 않는 과장님. 남자들은 그런 거 있다며? 절대 넘어오지 않을 것 같은 여자를 함락시키고 싶어 하는 거. 정복욕."

"있긴 있지."

"그거일 거야."

"그럴까?"

"응, 그럴 거야. 아마 내가 넘어가면, 그래서 그 애를 좋아하게 되면, 그 마음도 사라지겠지. 다른 여자들이랑 다를 것도 없었다고 생각하게 될 거야."

"결국 넌 여러 가지로 포장하지만, 그게 무서운 거네."

가슴에 뜨끔, 하는 느낌이 드는 건 정곡을 찔렀기 때문일까?

나림은 입으로 가져가던 맥주병을 멈추고 태민을 응시했다.

나림 자신조차 깨닫지 못했던 두려움을 정확하게 지적한 태민은, 얄밉게도 컵라면 국물을 후루룩 마시고 있었다.

"그게 아냐. 나는…… 그런 게 무서운 게 아니라."

"너는 그런 게 무서운 거야."

태민이 컵라면을 내려놓으며 단호하게 말했다.

"냉정하게 말해서, 네 첫 연애는 즐겁지 않게 끝났지. 서로 사랑했지만 맞지 않았고, 그래서 헤어져야만 했어. 그게 네 트라우마가 된 거야, 최나림."

"나는 다 잊었어."

"아니, 잊지 못했어. 너는 하나도 괜찮아지지 않았어. 괜찮아질 리가 없지. 그럴 만한 시간을 갖지 못했으니까."

"……"

"사람은 상처를 받았을 때, 오롯이 그 상처에 집중하고 괜찮아질 시간을 가져야 돼. 울기도 하고 화내기도 하고 체념하기도 하고. 그런 시간은 연고야. 연고를 발라 상처를 치료하는 거지. 하지만 넌 그 연고를 바르지 못했어. 네 상처는 여전히 벌어져 있고, 그 상처는 트라우마가 된 거야."

늘 나사 하나 빠진 것처럼 구는 태민은, 사실 냉철한 사람이었다. 간혹 이렇게 타인의 속마음을 섬뜩하게 찌르고 지적해 올 때가 있었다.

"나는 바쁘다. 나는 연애할 생각이 없다. 나는 결혼하지 않아도 된다. 너는 그렇게 말하지만, 결국 네 걱정은 하나야. 그 녀석의 진심이 정말로 진심일까. 그 녀석의 진심이 정말로 영원할까. 그 녀석의 진심을 걱정하는 거지."

나림은 아랫입술을 잘근 깨물었다.

"세상에 영원한 것은 없어. 모든 것이 변하기에, 사람은 살아 갈 수 있는 거지. 네 상처도, 고민도, 언젠가는 변할 거야. 다른 느낌, 다른 모습으로. 그 녀석의 진심도 변하겠지. 하지만 변화가 꼭 나쁜 쪽으로 일어나는 것은 아니야. 변화가 두려워서 도전을 멈추는 순간, 인생은 재미가 없어져. 정나림."

태민이 나림을 똑바로 응시했다.

"넌 지금 사는 게 재미있냐?"

대답할 수가 없었다.

태민도 대답을 기대한 것은 아닌지, 나무젓가락으로 나림을 가리키며 말했다.

"내가 오랜만에 예언 하나 하지."

오랜만은 개뿔.

지금껏 예언한 적 한 번도 없으면서, 라고 생각하는데 태민이 말했다.

"넌 1년 내에, 그 커다란 강아지랑 사귀게 될 거야."

*　　*　　*

나림은 거래처에 보낼 메일을 쓰다가 문득 손을 멈추고 옆을 돌아봤다.

모니터를 응시하는 민혁의 옆모습이 눈에 들어왔다.

반듯한 이마와 짙은 눈썹, 깎아낸 듯 오뚝한 코와 날카로운 턱 선.

'내가 애랑 사귀게 될 거라고? 말도 안 돼.'

민혁과 사귀는 자신의 모습이 상상이 되질 않았다. 상상을 하고 싶지도 않고.

민혁의 마음을 거절하게 되는 것이 '연애할 생각이 없어서.'인지, '상처를 또 받을까 봐 두려워서.'인지는 중요하지 않았다.

나림은 여자 많은 남자는 딱 질색이었다.

연인에게 이성이 많다는 건 반드시 문제를 불러일으킨다. 나림은 안 그래도 지치는 일상에 또 다른 문제를 끌어들이고 싶지 않았다.

'그러고 보니, 명호 오빠랑 사귈 때는 여자 문제 때문에 고민을 한 적이 한 번도 없었지.'

명호가 인기가 없는 건 아니었다. 오히려 인기가 많은 편이었다.

그러나 명호는 여자를 싫어하는 건가 싶을 정도로 여자관계가 깨끗했다. 그와 함께하는 동안 그런 문제로 가슴앓이를 해 본 기억이 없다.

'아, 그만 생각하자.'

곧 명호가 한국으로 돌아온다는 걸 알았기 때문인지, 최근 윤명호라는 남자를 떠올리는 일이 잦아졌다.

그와의 추억은 아름답고 풋풋했지만, 되새기고 싶은 기억은 아니었다. 이 인생에 아름다운 것이 하나도 남지 않아도 좋으니,

깨끗하게 잊고 싶었다.

사랑할 때의 즐거움도, 이별할 때의 아픔도.

상념에 젖어 민혁에게 시선을 두고 있다는 걸 잊고 있었다. 문득 고개를 돌린 민혁과 눈이 마주쳤을 때에야, 그를 보는 중이었다는 걸 깨달았다.

민혁이 싱긋 웃었다.

"왜 그렇게 보세요?"

"아니, 그냥."

황급히 시선을 옆으로 돌렸다.

그런 나림을 물끄러미 응시하던 민혁이 입을 열었다.

"과장님, 이따 회사 끝나고 우리 집에 가요. 하고 싶어요."

'하고 싶다고? 뭘?'

생각하다가 '아, 나 애랑 섹파였지.'하고 깨달았다.

"응, 그래."

가볍게 고개를 끄덕이고 다시 업무로 돌아갔다.

모니터를 응시하는 중에도, 얼굴 옆에 꽂히는 민혁의 시선이 느껴졌다. 얼마간 시간이 흘러 슬쩍 옆을 봤을 때, 민혁은 다시 모니터에 시선을 두고 있었다.

나림도 민혁에 대한 생각을 거두고 일에 집중하기 시작했는데, 그런 둘의 모습을 지연이 지켜보고 있었다.

'뭐지?'

역시 저 둘의 분위기는 미묘하다고, 지연은 생각했다.

나림이 선임이니, 민혁이 업무 중에 모르는 것이 있을 때 나림에게 말을 거는 것은 당연한 일이다. 사람이 꼭 일만 하라는 법은 없으니, 간혹 사담을 나눌 수도 있을 것이다.

나림과 민혁은 필요 이상으로 접촉하지도 않았고, 긴 대화를 나누지도 않았다.

그런데 왜일까.

아주 짧은 대화를 나눴을 뿐인데도, 아주 잠깐 시선을 주고받았을 뿐인데도, 그것이 무척이나 거슬렸다.

'저 둘, 아무래도 뭔가 있는 것 같아.'

민혁이 저녁 식사 도중에 친구의 연락을 받고 급하게 돌아가 버린 후, 따로 연락을 한 적이 없었다.

아니, 지연은 따로 연락을 했다. 메신저를 보내기도 하고, 전화를 하기도 했는데 전부 씹혔다.

메신저를 보내면 5, 6시간 후에야 짧은 대답이 왔고, 전화는 받지 않았다. 이쯤 되면 아무리 둔한 여자라도,

'이 남자, 나한테 관심이 전혀 없구나.'

라는 걸 깨달을 것이다.

하지만 지연은 남자가 자신에게 관심이 없다는 걸 인정하고 싶지 않았기에,

'민혁이 오빠는 여자를 너무 몰라.'

따위의 생각을 하며, 애써 그 사실을 무시하는 중이었다.

볼 안쪽의 살을 잘근잘근 씹으며 민혁과 나림 쪽을 응시하고

있는데, 또다시 민혁이 나림을 돌아보는 모습이 보였다.

나림은 아는지 모르겠지만, 뒤쪽에 앉아 그들을 지켜볼 수 있는 지연은 알고 있었다. 민혁이 일하는 내내 나림을 얼마나 자주 돌아보는지.

말을 걸지 않는 걸 보면 딱히 볼일이 있어서 나림을 보는 게 아니었다.

'아무래도 민혁이 오빠가 과장님을 좋아하는 것 같은데. 아니, 아니. 그럴 리가 있겠어? 없지, 아무래도.'

하지만 촉을 무시할 수도 없다.

민혁은 짝사랑을 하는 남자처럼, 잠깐 못 봐도 보고 싶어 죽겠다는 듯 나림 쪽을 여러 번 돌아봤다. 그러다가 나림이 슬쩍 움직이기라도 하면 화들짝 놀라, 얼른 고개를 돌리곤 했다.

[우리 휴게실 가자. 힘들힘들.]

여직원 단체 채팅방에서, 김자영 대리가 말했다.

나림은 초대하지 않은 단체 채팅방이었다.

[ㅇㅋ. 가요.]
[나도 갈래.]

여직원 여러 명이 우르르 나가면 모양새가 좋지 않기에, 한두 명씩 사무실을 빠져나갔다. 지연은 가장 마지막으로 사무실에서 나와 휴게실로 향했다.

자영이 지연의 커피를 뽑아 놓고 기다리고 있었다.

업무 강도에 대한 이야기를 하다 보니 자연스럽게 최미랑에 대한 이야기가 화두에 올랐고, 그러다 보니 나림의 이름이 거론되었다.

"사실 이번 일은 거의 최나림 담당이나 마찬가지였잖아. 처음부터 최나림이 다 했으니까. 이번 일 잘 돼도 결국 최나림만 잘했다고 칭찬받는 거 아냐?"

"그러니까요. 그런데 왜 그걸 우리가 덮어 써야 하는 거지? 야근까지 하면서."

"최나림이 성공하고 싶어서 안달이 난 건 알겠는데, 다들 자기 같다고 생각하면 안 되지."

"맞아, 맞아. 회사가 우리한테 해 준 것도 없는데, 우리 시간을 포기하면서까지 일을 할 필요는 없잖아. 그렇다고 월급을 더 주는 것도 아닌데. 야근수당이라 봐야 쬐끔밖에 안 나오는 걸."

마침 잘 됐다고 생각하며, 지연은 입을 열었다.

"저기요, 그런데요. 최나림이랑 민혁 오빠 사이에 뭔가 있는 것 같지 않아요?"

"응?"

"뭐가?"

느닷없는 질문에 다들 어리둥절한 표정이었다.

지연은 최대한 순진한 표정을 지으며 말했다.

"최나림이랑 민혁 오빠, 둘이 분위기가 묘하던데."

"아하하하하. 그게 무슨 소리야?"

자영이 웃음을 터뜨리는 것을 시작으로, 다른 여직원들도 웃었다.

"둘 사이에 뭐가 있다니, 그럴 리가 없잖아."

"최나림이 나이가 몇 갠데. 32살 아냐? 민혁 씨가 28살이고."

"민혁 씨가 뭐가 부족해서 4살이나 많은 노처녀를 좋아하겠어? 최나림이 싹싹하면 모를까, 성격이 부드러운 것도 아니고. 남자들은 까칠한 여자 싫어하지 않나?"

여직원들이 거침없이 나림을 까대는 걸, 지연은 즐거운 기분으로 지켜봤다. 이런 반응을 기대했다.

"그래도요. 아무래도 민혁이 오빠가 남중, 남고 나와서 좀 순진한 면이 있잖아요. 최나림이 작정하고 꼬시면 넘어가지 않을까요? 직장 상사이기도 하고."

"글쎄. 아무리 순진해도 그렇지, 최나림한테 넘어갈까? 직장 상사가 들이대면 거절하기 힘들 것 같긴 하지만."

"그렇죠? 사실 저번에 민혁이 오빠랑 저녁 같이 먹은 적이 있는데, 최나림한테 계속 톡이 오는 것 같더라고요."

그런 사실은 없었다.

하지만 이 사람들이 민혁이나 나림에게 대놓고 사실을 캐내려고 하지는 않을 것이다.

그리고 지연은 민혁의 무심함에 상처받은 자존심을 어떻게든 회복하고 싶었다.

지연에게 상처를 준 건 나림이 아닌 민혁이지만, 지연은 민혁보다 나림이 더 싫었다.

"정말? 최나림이 민혁 씨한테 개인적으로 연락한다고?"

자영이 눈을 동그랗게 뜨고 물었다.

"네, 곤란해하는 것 같던데. 답을 안 해 줄 수도 없고, 그래서."

"그럼 좀 문제인 거 아냐? 요샌 남자들한테 치근거리는 것도 성희롱이라고 하잖아."

"그러니까요. 민혁이 오빠가 걱정이에요. 그러다가 회사 그만두지는 않을지."

"최나림한테 한 마디 해야 하나?"

"아, 그런데…… 그랬다가 최나림이 절 자르면 어떻게 해요."

"널 왜 잘라? 뭘 잘못했다고?"

"최나림이 민혁 오빠한테 관심 있는데, 제가 중간에 끼어들었으니까."

"에이, 그게 뭐야. 관심 있다고 해서 다 가질 수 있는 것도 아니고. 최나림한테 누구 자르고 그럴 힘도 없어. 그래 봐야 과장인데."

휴게실 문을 열려던 나림은 손을 멈추고 작게 한숨을 내쉬었다.

잠깐 쉬려고 나온 건데, 나오지 말 걸 그랬다.

저 여직원들은 휴게실이 방음되지 않는다는 걸 모르고 있나 보다.

'휴게실은 방음이 되지 않으니, 직장 상사 뒷담화를 할 때는 작은 목소리로 해 주십시오.'라는 경고문이라도 써서 붙여 둬야 할까?

나림은 쓴웃음을 지으며 돌아섰다.

'뭐가 문제지?'

여직원들과의 관계가 나쁜 편은 아니라고 생각해 왔다. 특별히 그들을 무시한 적도, 업무적으로 나무란 적도 없었다.

간간이 같이 어울리고 수다를 떨고, 가끔은 함께 쇼핑을 갈 때도 있었다.

'내가 뭔가 잘못했나? 하지 말아야 할 말을 한 적이라도 있나?'

그런 적은 없다고, 나림은 자신할 수 있었다.

나림이 남에게 책잡히는 것이 싫었기에, 누구를 상대하든 긴장을 늦추는 법이 없었다.

인간관계 또한 나림에게는 업무였고, 업무에 있어서만큼은 실수를 하지 않는다고 자부했다.

'내가 틀렸던 걸까?'

아무리 생각해도 이해할 수가 없었다.

가슴이 답답했다.

책상에 앉았지만 도통 집중할 수가 없었다.

잠시 후 들어오는 여직원들이 모두 스스로에게 손가락질을 하는 듯한 느낌이 들었다.

'신경 쓰지 말자. 내가 잘못한 게 없으면 됐지. 신경 쓴다고 해서 저들이 날 욕하지 않는 것도 아니잖아.'

그리 생각하려고 노력했지만, 빤히 보이는 악의를 깨끗이 무시할 수 있을 만큼 마음이 단단하지는 않았다.

나도 아직 멀었구나, 라고 생각하며 달칵, 달칵, 마우스를 움직였다.

일은 많은데 집중을 하지 못하는 바람에, 퇴근 시간이 되었을 때도 오늘 할 일을 끝내지 못했다.

"과장님, 전 퇴근할 건데 퇴근 안 하세요?"

민혁이 컴퓨터를 끄며 물었다.

그제야 오늘 저녁에 민혁과 약속이 있었다는 것을 떠올렸다.

나림은 고개를 돌려 민혁을 빤히 응시했다.

"정말? 최나림이 민혁 씨한테 개인적으로 연락한다고?"

아까 휴게실에서, 여직원들은 나림과 민혁의 사이를 의심하는 대화를 나눴다.

아니, 의심하는 건 지연 한 사람으로, 다른 여직원들은 믿지 않는 눈치였다. 하지만 관계가 언급된다는 건, 언제 그 관계가 수면으로 드러날지 모른다는 뜻이었다.

눈치 빠른 지연은 기회가 생길 때마다 나림과 민혁의 사이에 대해 언급할 것이고, 믿지 않던 여직원들도 언젠가는 믿게 될지도 몰랐다.

"야근을 해야 할 것 같아. 일을 못 끝냈거든."

"아, 제가 도울 일은……."

"없어. 먼저 들어가 봐."

오늘의 만남을 기대했던 건지, 민혁의 눈썹 끝이 아래로 내려갔다.

쓰다듬어 주고 싶을 만큼 귀여웠지만, 나림은 냉정하게 시선을 돌렸다. 여직원들이 전부 이쪽을 보고 있는 것 같은 착각이 들었다.

다행히 민혁은 더 이상 말하지 않고 사무실을 나갔다.

하지만 곧 톡이 왔다.

[과장님, 오늘 많이 늦게 끝나요?]

[응. 오늘은 못 볼 거야. 기다리지 마.]

[네, 그럼 힘내세요.]

나림은 하아, 숨을 내뱉고 모니터를 응시했다.

* * *

[네, 그럼 힘내세요.]

톡을 보낸 후, 민혁은 휴대폰을 주머니에 집어넣었다. 집어넣
자마자 폰이 울려서, 나림에게 답장이 왔나 싶어 얼른 꺼냈다.

나림에게 온 톡이 아니었다.

[오빠, 오늘 불금인데 뭐해?]

지연에게 온 톡을 클릭하지 않고 미리보기로 확인한 후, 주머
니에 넣었다.

이쯤 되면 자신에게 관심이 없다는 걸 알 법도 한데, 지연은
끊임없이 민혁에게 연락을 해 왔다.

같은 회사, 같은 팀이니 아예 무시할 수도 없어서 몇 시간 지
난 후에야 답을 해 주긴 하는데, 이제는 그조차도 귀찮았다.

차라리 고백이라도 해 오면 '내 마음은 아니야. 미안하다.'라
고 거절할 수 있겠지만, 지연은 그러지도 않았다.

지연 같은 여자들을 잘 알고 있다.

본인의 외모를 믿고 설레발치는 여자들. 남자가 고백을 해 주
는 게 당연하다고 생각하는 여자들.

아마 지연은 적당히 민혁의 마음을 달아오르게 한 후, 민혁이
먼저 고백을 해 주기를 바랄 것이다. 만약 민혁이 고백이라도 하
면, 다른 여직원들에게 자랑하듯 말하리라.

'나는 싫다고 했는데 민혁 오빠가 하도 좋다고 해서 어쩔 수가 없었어. 사내 연애는 안 하고 싶었는데.'

민혁은 휴대폰을 다시 주머니에 집어넣은 후 고개를 들었다.

아직도 밝은 불빛이 새어 나오는 빌딩의 창문, 저 안쪽에서 나림이 일을 하고 있을 것이다.

당장이라도 들어가 나림을 보고 싶지만 꾹 참고 돌아섰다. 이 마음을 드러낼수록, 그녀는 점점 멀어질 테니까.

'아아. 내가 임지연을 귀찮아하는 것처럼, 나림이 누나도 날 귀찮아하는 걸까?'

문득 떠오른 생각에 가슴이 쓰렸다.

*　　*　　*

간신히 집중해서 일을 끝냈을 때는 11시를 넘긴 시간이었다.

직원들은 전부 퇴근해서, 사무실에는 나림 혼자 남아 있었다. 막판에는 정신없이 일을 하느라 김 팀장이,

"최 과장, 적당히 하고 퇴근해."

라고 말하는 것도 제대로 듣지 못했다.

'아, 피곤하다.'

시린 눈을 비비며 가방을 챙겼다.

'오늘은 집에 가서 일찍 자야겠어. 그러고 보니, 내일 토요일이구나.'

토요일에는 엄마가 주선한 선을 보러 나가야만 했다.

'아, 싫다.'

조금도 기대가 되지 않았다. 휴일에 또 다른 업무를 해야 하게 생겼다는 생각만 들었다.

'너무 피곤한데 오늘은 택시 타고 갈까?'

그런 생각을 하며 건물을 빠져나왔을 때였다.

건물 화단 앞 벤치에, 익숙한 인영이 눈에 들어왔다.

다리를 꼬고 앉아 있던 검은 그림자가 나림을 발견하고는 스 윽 일어났다. 조금 먼 거리였지만, 나림은 그가 누군지 알 수 있었다.

민혁이었다.

민혁은 주위를 둘러본 후 천천히 걸어와 나림의 앞에 멈췄다.

"이제야 끝난 거예요?"

민혁이 물었다.

"어, 지금 끝났어. 민혁 씨는 왜 여기에 있어?"

"누나 기다렸어요."

왜일까.

순간 심장이 철렁 내려앉는 느낌을 받았다.

아니, 철렁이 아니다.

인정하자.

방금은 두근거렸다.

두근— 두근—

명호와의 이별 이후 멈춘 줄 알았던 심장이 조금 빠른 속도로 움직이고 있었다.

두근— 두근—

"왜 기다렸어?"

목소리가 조금 떨리는 것 같아서, 흠흠, 헛기침을 하고 말을 이었다.

"기다리지 말라니까."

"그냥요."

민혁이 한 손으로 앞머리를 쓸어 넘겼다.

"누나랑 같이 걷고 싶어서."

"……."

그런 말 하지 마.

우리 그런 사이 아니잖아.

적당한 선을 지켜.

말해야 하는데, 말이 나오지 않았다.

밤이라서 그런 걸까. 아니면 오늘따라 유독 힘든 하루라서 그런 걸까.

민혁의 달콤한 말에 기대고 싶었고, 민혁의 다정한 눈빛을 믿고 싶었다.

"우리 집에 가요. 나, 누나랑 하고 싶어."

거절해야 하는데, 내일은 선을 보러 가야 해서 일찍 들어가야 하는데.

거절할 수가 없었다.

"그래, 그럼."

고개를 끄덕이고, 그와 함께 나란히 걸었다.

그의 집을 향해 걷는 내내 대화는 없었다. 대화가 없기에, 그와의 거리가 더욱 신경 쓰였다. 손등에 닿는 그의 손등이 거슬릴 정도로 느껴졌다.

심장은 계속 두근, 두근, 두근. 평소와 다른 속도로 뛰고 있었다.

거리가 유독 조용한 것도 아닌데, 이 소리가 그의 귀에 들릴까 걱정스러웠다.

'좋아하게 된 게 아니야. 그냥 잠깐 설레었을 뿐이야. 누군가 나를 기다려 준 건 오랜만이니까, 아주 조금 당황했을 뿐이야.'

나림은 그렇게 생각하며 뛰는 심장을 진정시키려고 노력했다.

하지만 나란히 앞서가는 둘의 그림자가, 가까이 붙어 길게 늘어진 나림과 민혁의 그림자가 무척이나 다정해 보여서, 심장은 원래의 속도를 되찾지 못했다.

그의 집에 들어갔지만 전처럼 곧바로 키스를 하지는 않았다.

"뭐 마실래요?"

민혁이 물었다.

"아니, 침대로 가자."

선을 그어야 할 것 같아서 단호하게 말했다.

"그래요, 그럼."

민혁이 먼저 그의 방으로 들어갔고, 나림이 따라 들어갔다. 민혁이 침대에 벌렁 드러눕더니, 자기 옆자리를 툭툭 두드렸다.

"누워요, 누나."

"응."

옷을 벗어야 하나 고민하다가 그대로 침대에 누웠다. 가지런히 누워 배 위에 손을 얹고 천장을 응시했다.

민혁은 비스듬히 누워 손에 머리를 괴고 나림을 지켜보고 있었다. 회사에 있을 때처럼, 그의 시선이 옆얼굴에 느껴졌다.

"누나."

"응?"

"오늘 무슨 일 있었어요?"

"아니, 왜?"

"표정이 안 좋아 보여서요."

"내 표정은 원래 이래."

"안 그래요."

"정말이야. 내 기본 표정이야, 이게. 무섭다는 말을 자주 듣지."

"난 안 무서운데."

"그래?"

나림은 민혁 쪽으로 얼굴만 돌렸다가, 또다시 철렁하는 느낌을 받았다.

민혁의 얼굴에 떠오른 희미한 미소가 몹시도 다정했기 때문이다. 그의 눈빛도, 입가의 미소도 무척이나 감미로워서 당혹스러웠다.

명호와 사귈 때도 이런 눈빛과 미소를 받아 본 적은 없었다.

마른침을 꿀꺽 삼키며 간신히 시선을 돌렸다.

'뭐야? 왜 저런 눈으로 봐?'

물론 나를 좋아해서겠지만, 저런 눈빛을 지을 만큼 좋아한단 말이야?

아니, 그럴 리 없다.

만난 지 얼마나 됐다고. 나에 대해 얼마나 안다고.

'연기겠지. 여자가 많은 애니까, 어떤 눈빛을 지어야 여자가 좋아하는지도 알고 있을 거야.'

그리 생각하며 벌렁거리는 심장을 진정시켰다.

"누나는 귀여워요. 예쁘고."

"아아, 그래? 고마워. 너도 그래."

"저도 귀엽고 예뻐요?"

"응. 귀여워. 강아지 같아."

"강아지."

"커다란 강아지."

"좋은 건가?"

"좋은 거지. 강아지는 귀여우니까."

"순수하기도 하고요?"

"넌 순수하진 않잖아."

"순수해요. 누나가 첫사랑인 걸요."

"민혁 씨."

"에이, 내 마음 받아 달라는 것도 아니고, 이 정도 말은 해도 되잖아요."

그런가?

잘 모르겠다.

섹스 파트너 사이의 대화가 어떤 식으로 진행되는지는.

그때, 민혁이 나림의 머리를 쓰다듬었다. 커다란 손이 천천히 움직이는 느낌이 좋았다.

하지 말라고 해야 하는데, 그 말을 하고 싶지 않았다. 애정 어린 손길을 조금 더 느끼고 싶었다.

그래서 깨달았다.

아아, 난 누군가의 애정이 그리웠구나.

아니라고 부정하면서도, 사실은 이런 손길을 느끼고 싶었구나.

"민혁 씨."

"응?"

"혹시 지연 씨한테 우리 관계에 대해 얘기한 적 있어?"

그럴 일 없다고 생각했지만, 확인하기 위해 물었다.

"아뇨. 왜요? 걔가 뭐라고 해요?"

"아니, 그런 건 아니고……."

머리를 쓰다듬던 손이 멈췄다. 아쉬웠다.

"걔가 뭐라고 했군요."

민혁의 음성이 낮아졌다.

"그런 거 아냐. 민혁 씨가 말한 적 없으면 됐어."

"걔가 뭐라고 했는데요?"

"별말 안 했어. 나한테 직접 한 것도 아니고. 음, 내가 엿들은 게 되는 건가?"

"뭐라고 했는데요? 말해 봐요."

나림은 다시 고개를 돌려 민혁의 얼굴을 응시했다.

민혁은 조금 화난 듯, 그리고 조금 걱정스러운 듯 보였다.

어째서인지 그 모습이 귀여웠다.

"아까 휴게실에 갔는데, 내 이야기를 하고 있더라. 사람은 참 이상해. 내 욕 하는구나 싶으면 그냥 돌아서서 안 들으면 되는데, 계속 듣게 되더라고."

원래 이런 이야기는 남에게 잘 하지 않는다.

부모님에게도, 친동생에게도 우는 소리를 한 적이 없었다.

"넌 다른 여자들처럼 징징거리지 않아서 좋아. 씩씩하잖아."

명호도 그렇게 말했었고, 그게 인정을 받는 것 같아서 좋았다.

나는 징징거리지 않아.

나는 씩씩해.

내 문제는 내가 알아서 해결해.

그렇게 생각하는 자신을 자랑스럽게 여겼다.

"힘들어."

그런데 민혁의 앞에서 우는 소리를 하고 있는 자신을 깨닫게 됐다.

"좀 힘든가 봐, 나. 잘하려고 노력하는데, 딱히 못한 것도 없는데, 왜 날 욕하는지 모르겠어. 내가 결혼을 안 한 게, 내가 일을 열심히 하는 게, 그 사람들한테 피해를 주는 것도 아니잖아. 그런데 왜 노처녀 운운하고, 능력 있는 여자는 매력이 없네, 따위의 소리를 하면서 나를 비난하는 건지 모르겠어."

민혁은 가만히 나림의 이야기를 듣고 있었다.

"아니면 내가 잘못하고 있는 걸까? 역시 나한테 문제가 있는 걸까?"

"없어요, 그런 거."

민혁이 말했다.

"누나한테는 아무 문제없어요. 그냥 다들 질투하는 거죠. 누나가 잘나가니까. 원래 사람은 자기한테 없는 걸 가진 사람을 질투하잖아요. 누나는 아주 잘 하고 있어요."

"민혁 씨는 나에 대해 잘 모르잖아."

"네, 몰라요. 그래서 내가 보는 걸로만 누나를 판단하고 있는 중이에요. 내 눈에 보이는 누나는 열심히 일하고, 남을 우습게 여기지도 않고, 자기 일은 확실하게 해내려고 하고, 남한테 상처

주기를 싫어하고, 냉정해 보이지만 사실은 다정하고, 그리고 예뻐요."

부드럽게 들려오는 그의 음성이 가슴 위에 살포시 내려앉았다.

이러면 안 되는데, 듣기 좋은 말에 휘둘리면 안 되는데.

심장이 두근, 두근, 기분 좋은 속도로 뛰었다.

"예쁘고 대단한 사람이에요, 누나는."

"난 대단하지 않아."

"아니요, 대단해요. 처음부터 그랬어요. 누나를 처음 만난 날, 그 회의실에서부터 쭉 그렇게 생각했어요. 그래서 가끔은 생각해요. 누나가 좀 덜 대단한 사람이었으면 좋겠다고."

"……."

"조금 덜 대단해서 나한테 응석을 부리기도 하고, 힘들다고 기대기도 하고, 그런 사람이었으면 좋겠다고. 그런 생각을 해요."

"응석이라니. 내가 그런 걸 부릴 리가 없잖아."

"그러게요. 그런데도 자꾸 바라게 되네. 바보처럼."

나림은 눈을 감았다.

선을 그어야 돼.

아까부터 끊임없이 생각하고 있는데, 그을 수가 없었다.

그의 음성이 무척이나 듣기 좋았다. 계속 듣고 싶다는 생각이 들어서, 멈추라고 하지 못했다.

그렇다면 이런 얘기 관두고 섹스나 하자는 말이라도 해야 하는데, 그 말조차 할 수가 없었다.

왜?

어제까지만 해도 가능했는데, 오늘은 왜?

'이건 다 강태민 때문이야.'

나림은 태민을 원망했다.

태민이 '1년 내에 그 강아지랑 사귀게 될 거야.' 따위의 소리를 하니까, 그 말을 의식해서 자꾸 밀어내지 못하게 되는 것이다.

태민의 예언 따위, 들어맞을 리도 없는데.

'아니면 내가 그 예언이 들어맞기를 기대하는 걸까?'

그럴 리 없다.

여자 많은 남자는 질색이다.

여자관계 복잡한 남자를 만나서 마음고생을 할 만큼, 내 삶에 여유가 있지는 않았다.

나림은 마음을 다잡고 입을 열었다.

"민혁 씨."

"누나."

"응?"

"민혁아, 라고 불러 줘요."

"……그래. 민혁아."

"좋네요. 누나가 이름 불러 주는 거. 나도 누나 이름 불러도 돼요?"

"안 돼."

"매정해."

"섹스할 땐 부르게 해 주잖아."

"그야 그렇지만⋯⋯."

"아무튼 안 돼. 누나라고 부르게 해 준 것만으로도 감사한 줄 알아."

민혁이 작게 웃었다.

듣기 좋은 웃음소리였다.

자꾸만 마음이 약해진다.

"섹스나 하자. 그러려고 만난 거잖아."

"알겠어요. 이리 와요."

민혁이 팔을 들어 올려, 자기 품으로 안기라는 제스처를 취했다. 나림은 잠시 망설이다가 그의 품으로 파고들어 갔다.

곧장 애무를 할 줄 알았는데, 민혁은 그러는 대신에 나림을 보듬어 안고 등을 쓰다듬었다. 천천히 어루만지는 손길에 나른해졌다.

지끈지끈 아플 정도로 긴장하고 있던 어깨에서 힘이 빠졌다. 오늘 하루 종일 진득거리는 늪에 빠져 있는 느낌이었는데, 그 무거움도 사라졌다.

이윽고 민혁이 조심스럽게 나림의 옷을 벗겼다. 그리고 자신의 옷도 벗었다.

나체가 되어, 둘은 서로를 끌어안았다.

민혁은 나림의 머리를 자신의 가슴에 끌어안고 쓰다듬었다.

다정한 손길이 좋아서, 나림은 밀어내지 않았다.

머리를 어루만지던 손이 귓불을, 목덜미를, 어깨를 만지다가 가슴으로 향했다. 평소와 달리 부드럽게 주무르며, 그는 나림에게 입을 맞췄다.

처음에는 쪽, 쪽, 쪽, 베이비 키스.

그러다가 조금씩 농밀하게 변해 갔다. 부드러운 입술이 맞닿아 서로를 빨아들이고 맛보았다. 뜨거운 혀가 밀려 들어와 나림의 입 안을 더듬었다.

그의 타액이 달콤하게 입 안을 적시고 들어왔고, 나림은 두 팔로 그의 목을 끌어안았다.

한참 키스를 한 후, 민혁은 나림을 눕히고 위로 올라왔다. 민혁은 나림을 가만히 내려다보다가 이마에 쪽 소리가 나게 입을 맞춘 다음에 나림의 가슴을 애무했다.

뜨거운 입술이 단단해진 유두를 감싸고 빨아들였다. 저릿하게 퍼지는 달콤함에, 나림은 두 팔로 그의 머리를 끌어안았다. 그는 강하지만 아프지 않게 나림의 젖꼭지를 애무했다.

그의 혀가 스치고 지나갈 때마다 나림은 움찔거렸고, 민혁은 작게 웃었다.

"나림아."

그가 나림의 가슴에 입술을 댄 채로 이름을 불렀다.

낮고 부드러운 음성이 만들어 내는 이름은 깜짝 놀랄 정도로 예뻐서, 나림은 침을 꿀꺽 삼켰다.

"응?"

"내가 애무할 때마다 네가 몸을 움찔거리는 게 귀여워."

"……그래?"

"응, 귀여워."

그가 다시 나림의 젖꼭지를 빨았다.

나림은 가늘게 신음을 내뱉었다.

그의 애무가 너무 다정해서, 착각을 하게 된다. 섹스 파트너가 아닌 연인과 섹스를 하고 있다는, 감미롭고도 슬픈 착각.

지금 나를 부드럽게 애무하는 이 남자는 연인이 아니다. 지금 이 달콤한 행위는 사랑에서 비롯된 행위가 아니다.

그렇게 생각하려고 했지만 잘 되지 않았다.

그의 손이 나림의 허벅지 안쪽의 살을 어루만졌다. 간지러우면서도 기분이 좋았다.

그는 자연스럽게 나림의 다리 사이에 무릎을 굽히고 앉아, 나림의 한쪽 다리를 잡아 옆으로 벌렸다.

고개를 숙이자, 단단하게 일어선 그의 페니스가 보였다.

그는 허리를 굽히고 조심스럽게 나림의 안으로 자신의 것을 밀어 넣었다. 느릿한 움직임 때문에 그의 것이 분명하게 느껴져 평소보다 야한 기분이 들었다.

뿌리 끝까지 꾸욱 눌러 집어넣은 그는, 상체를 기울여 나림의 머리를 보듬어 안고 천천히 움직였다. 나림은 그의 어깨에 이마를 대고 그의 느릿한 움직임에 맞춰 엉덩이를 움직였다.

편안하고 느긋한 섹스가 이렇게나 기분 좋은 것인 줄은 몰랐다. 안에서 움직이는 그의 페니스가 제대로 느껴졌고, 서서히 뜨겁게 달궈지는 육체의 변화 또한 확실하게 알 수 있었다.

그의 호흡이 점점 가빠지는 것도, 그의 움직임이 조금씩 빨라지는 것도 전부 좋았다.

비슷한 시기에 절정을 느꼈다.

"웃……."

낮고 짧은 신음을 내뱉은 민혁이 몸을 빼냈다.

희고 뜨거운 액체가 나림의 허벅지를 적셨다. 그는 그대로 몸을 기울여 나림을 보듬어 안았다.

땀에 젖은 그의 가슴에 얼굴을 묻고 있는 게 싫지 않았다. 그에게서 나는 옅은 스킨 향기가 좋았다.

좋다.

아, 이러면 안 되는데. 좋으면 안 되는데. 계속 안겨 있고 싶으면 안 되는데.

하지만 좋다.

나림은 두 팔로 그의 넓고 단단한 몸을 끌어안았다.

그의 등은 부드럽고 따뜻했다.

"넌 체온이 높은 편인가 봐."

"누나가 너무 낮은 거 아니고요?"

"응, 내가 몸이 차다는 말을 자주 들어."

"그래서 누나를 안고 있으면 좋아요. 시원해."

"여름에 좋아들 하더라. 몸이 차갑다고. 손도 차갑거든."

"겨울엔 많이 시리겠네요."

"응, 그래서 장갑이랑 손난로가 필수야. 일회용 손난로 말고 석유 넣어서 쓰는 손난로 있잖아. 그거 써."

"요새는 충전기로 충전해서 쓸 수 있는 손난로도 있더라고요."

"아, 그래? 한 번 알아봐야겠다."

"우리 집에도 있어요. 다음에 찾아서 보여 드릴게요. 한 번 써 보시고 괜찮으면 사세요."

"별게 다 있네."

"네, 만물상 같죠."

꼭 끌어안은 채로 그런 대화를 나눴다.

큰 의미도, 주제도 없는 대화가 즐거웠다. 계속 이렇게 끌어안고 이야기를 하며 밤을 지새울 수도 있겠다고 생각될 만큼.

'이제 그만해야 돼. 이 체온에 중독되면 안 돼.'

나림은 아쉬운 마음으로, 그를 안았던 팔에서 힘을 풀었다.

"이제 그만 일어나야겠어."

"내일 토요일인데 자고 가요."

"안 돼, 내일 선약이 있거든."

"선약이요?"

"응, 나."

거기까지 말하고 나림은 잠시 망설였다.

말하는 게 낫겠지. 선을 그어야 하니까.

"나, 내일 선봐."

*　　　*　　　*

선을 본다니.

나림이 떠난 후, 민혁은 멍하니 침대에 앉아 있었다.

선을 본다니!

"나, 내일 선봐."

나림은 '나, 내일 영화 봐.'라는 말을 하는 것처럼, 아주 담담하게 말했다.

그래서 처음에는 그 의미를 이해하지 못했다. 나림이 옷을 챙겨 입고 떠난 후에야 '선'이라는 게, 그 '선'을 말한다는 걸 깨달았다.

뒤통수를 맞은 기분이었다.

'아니, 그런 기분을 느낄 이유는 없지. 누나랑 나는 아무 사이도 아니니까.'

지끈—

자신이 한 생각에 가슴이 아파 왔다.

'그래, 아무 사이도 아니지.'

민혁은 손바닥을 물끄러미 내려다봤다.

이 손이 그녀를 아무리 다정하게 쓰다듬어도, 그녀의 육체를 만질 수 있어도, 그녀는 이 손 안에 있지 않았다.

'아무 사이도 아니구나, 우리.'

새삼스럽게 실감했다.

'그래도 오늘은 좀 달라진 줄 알았는데.'

이런 식으로 부드럽게, 서로의 체온을 느끼며 섹스를 한 건 처음이었다. 격렬하게 하는 것보다 훨씬 좋고 사랑스러웠다.

사실은 섹스를 하는 것보다 그녀와 대화를 나누고, 어루만질 수 있는 시간이 더 좋았다.

이 밤이 끝나지 않았으면 좋겠다고 생각될 만큼. 그녀가 잠시 우리의 관계에 대해 잊어 주었으면 좋겠다고 소망할 만큼.

민혁은 샤워를 하고 와서 재훈에게 전화를 걸었다.

—너, 시계 못 보냐?

자다 깼는지, 재훈이 잠긴 목소리로 툴툴거렸다.

"나림이 누나가 선본대."

—오오, 그래? 어떤 사람이랑?

"몰라. 못 물어봤어. 그래, 그걸 물어봤어야 했던 거구나!"

—물어봤어야 하긴 뭘 물어봐? 그 누나랑 아무 사이도 아니면서.

재훈이 정곡을 찔렀다.

"아, 그런가? 물어보면 안 되는 거였나?"

―바보냐? 왜 이렇게 연애 한 번 못 해 본 놈처럼 굴어?

"못 해 봤지."

―하긴. 넌 섹스만 했지.

"그렇게까지 섹스만 해대진 않았거든. 나도 사람 가려서 한다고."

―그러시겠지. 하여간 왜 전화했는데? 그 누나 선본다는 정보를 제공하려고 전화한 거라면, 앞으로는 그럴 필요 없다. 난 그 누나가 주말에 뭘 하는지 전혀 궁금하지 않고, 이 시간에는 잠을 좀 자고 싶으니까.

"어쩌지?"

―뭘?

"나림이 누나 선본다잖아. 난 어떻게 해야 하는 거지?"

―하아.

재훈이 들으라는 듯 큰 한숨을 쉬었지만, 민혁은 모르는 척했다.

―어쩌고 싶은데, 넌?

"모르겠어. 사랑을 하는 것도 처음인데, 내가 사랑하는 여자가 선을 본대. 그럴 땐 대체 어떻게 해야 하는 거야? 난 배운 적이 없어!"

―사랑에 빠진 정민혁은 진짜 가관이구만. 널 좋아했던 여자들이 보면 한탄을 하겠다, 진짜.

"그렇게 가관이야?"

—어. 엄청 찌질하고 멍청해 보여. 있던 정도 떨어지겠다. 너, 그 누나 앞에서도 이렇게 행동하냐?

"모르겠어, 그걸!"

—……아아, 그러서.

"나림이 누나랑 있으면 그냥 좋아서, 아무 생각이 안 들어. 내가 뭘 했는지도 모르겠어. 말실수나 안 했으면 다행이지. 아, 나 누나 앞에서도 찌질한가? 너무 찌질해 보였으면 어쩌지?"

—중증이네, 진짜.

"아, 어려워. 사랑, 진짜 어렵다."

—난 네놈이 더 어렵다. 스스로 좀 생각을 해 보라고, 일일이 나한테 묻지 말고.

"그러다가 실수하면 어떻게 해? 나, 진짜로 나림이 누나를 놓치고 싶지 않단 말이야."

—하아.

"말해 봐, 나의 연애 스승이여. 내가 사랑하는 여자가 선을 보러 간다고 하면, 난 어떤 행동을 해야 하는 거지?"

—네가 할 수 있는 일은 두 개가 있어.

"응. 뭔데?"

—첫 번째. 신당수 떠 놓고 그 선 자리가 파토 나기를 기도한다. 두 번째. 세상에서 제일 유치한 남자가 돼서, 그 누나 선 자리를 찾아가 훼방을 놓는다.

"훼방……."

—첫 번째 방법의 단점은, 신이 꼭 네 기도를 들어주지는 않으리라는 거고. 두 번째 방법의 단점은, 그 방법을 쓰면 이 세상 최고의 찌질한 남자로 등극할 거라는 거야. 아주 정이 뚝 떨어지겠지, 그 누나 입장에선.

"그럼 결국 방법이 없다는 소리잖아."

—응, 없어. 그러니까 이 시간에 전화하지 말고 잠이나 자.

띠롱—

휴대폰이 매정하게 끊겼다.

민혁은 끊긴 휴대폰을 물끄러미 내려다보며 생각에 잠겼다.

* * *

창문으로 희미한 새벽빛이 비춰 들어올 때쯤, 나림은 잠자는 것을 포기했다.

피곤한데 잠을 이룰 수가 없었다.

어젯밤 민혁과 함께한 시간이 자꾸만 떠올라 마음을 술렁이게 만들었다.

"누나 기다렸어요."

"그냥요. 누나랑 같이 걷고 싶어서."

"그런데도 자꾸 바라게 되네요. 바보처럼."

그가 했던 말들이 자꾸만 떠올랐다.

여자를 꼬시기 위해하는 말일 게 뻔한데, 누구에게나 그런 말을 할 텐데, 그걸 알면서도 왜 자꾸 그 말들을 떠올리게 되는 걸까?

그와 나누었던 느긋한 섹스도 좋았지만, 그보다는 나누었던 대화와 다정하게 쓰다듬는 손길들이 더 많이 생각났다. 그래서 잠을 이룰 수가 없었다.

'아, 미치겠네.'

나림은 창문을 열었다.

낮에는 덥지만 이 시간에는 아직 시원하다. 새벽 공기가 창문으로 흘러들어왔다.

'그만 생각하자, 그만.'

민혁에 대한 생각을 거두기 위해, 오늘의 선 자리로 생각을 옮겨갔다.

'어떤 사람이 나올까?'

억지로라도 오늘의 선을 기대해 보려고 했지만 잘 되지 않았다. 생각은 다시 민혁에게로 흘러갔다.

"누나를 안고 있으면 좋아요."

"애무할 때마다 네가 몸을 움찔거리는 게 귀여워."

"자고 가요."

그가 뱉은 한마디, 한마디를 되새기는 자신을 깨달았다.

처음 사랑에 빠져 그 상대가 하는 행동 하나하나에 의미를 부여하는 어린 소녀처럼, 나림은 오늘 그가 했던 행동들을 하나하나 곱씹고 있었다.

얼마나 그렇게 창문 앞에 서 있었을까.

벌컥―

문이 열리는 바람에 화들짝 놀라 뒤를 돌아봤다.

엄마가 방문을 열고 들어오고 있었다.

"최나림, 얼른 일어…… 어머, 일어나 있었니?"

"엄마……."

벽걸이 시계를 확인해 보니, 아직 8시밖에 안 됐다.

"거기 서서 뭐해? 얼른 선보러 갈 준비해야지."

"엄마, 아직 8시야."

"아직은 무슨. 벌써 8시인 거지. 나가서 머리도 좀 하고 화장도 받고 그래야지. 미용실 예약해 뒀어."

"미용실을?"

기가 막혔다.

보통 선이라는 게 미용실에 가서 머리를 하고 화장을 받아야 할 만큼 중대한 사건인 걸까?

"그래, 화장 예쁘게 하는 데 있다고 주희 네 엄마가 소개시켜 줬거든. 주희 엄마가 아는 사람이라서 10프로 할인도 받았어."

"아니, 할인은 아무래도 좋고. 무슨 선을 보는데 머리까지

해?"

"어머, 어머. 얘 좀 봐. 그럼 당연히 해야지. 네가 대충하고 나갈 생각이었니? 얼른 나와."

엄마의 등쌀에 떠밀려 이른 아침부터 미용실로 향했다.

미용실에서 머리를 하고 화장을 받느라 오전 시간을 다 보냈다.

확실히 전문가가 관리해 준 머리는 근사했다. 살짝 웨이브를 넣어서 반 묶음을 했을 뿐인데도 생기가 흘렀다.

예뻐져서 좋긴 하지만 선을 보러 가는 데 왜 이렇게까지 해야 하는지 모르겠다.

다시 집에 들렀을 때는 더 가관이었다.

엄마가 백화점에서 나림의 원피스까지 사 둔 것이다.

연분홍색 스커트 투피스는 산뜻하고 예뻤지만 나림의 취향은 아니었다. 나림은 이렇게 달콤한 느낌의 옷을 좋아하지 않았다.

"엄마. 꼭 이렇게까지 오버해야 할 필요가 있을까? 너무 기대하는 것처럼 하고 나가면 오히려 상대가 날 우습게 보지 않겠어?"

나림이 투덜거리자 엄마가 호호 웃었다.

"얘는, 얘는. 그럴 일 없으니까 걱정하지 마."

"대체 어떤 사람이기에 이렇게 호들갑이야? 집안이 대단해? 판검사 집안, 뭐, 그래?"

"사실은 말이야…… 아니지, 아니지. 내가 말해 주면 안 되지.

아무튼 네가 가서 만나 봐. 너도 마음에 들 테니까. 다녀와서 이 엄마한테 꼭 감사 인사하고."

남들이 보면 엄마가 선을 보러 나가는 줄 알 정도로, 엄마의 볼은 발갛게 상기되어 있었다.

'뭐지?'

뭔가 있구나, 싶었다.

아무래도 평범한 선 자리가 아닌 것 같다.

"엄마, 설마 막, 그 사람 만나자마자 결혼 진행시키고 그러려는 건 아니지? 난 그냥 나가는 거야. 나가서 만나기만 하고 들어올 거야."

"그래, 누가 뭐래니? 너야말로 나가서 만나자마자 결혼하겠다는 소리 하지 마."

엄마는 나림을 큰길 택시 타는 곳까지 배웅해 줬다.

"괜히 가서 성질머리 다 드러내지 말고, 차분하고 곱상하게 행동하다가 와. 알겠지?"

택시를 탄 후에도 엄마의 잔소리는 이어졌다.

"알겠어, 알겠어."

건성으로 대답하고 차 문을 닫았다.

약속 장소는 고급 호텔의 커피숍이었다. 거래처와 미팅을 할 때 몇 번 가 본 적이 있는 곳이었다.

'선이라는 게 원래 이런 건가? 보통 엄마들도 같이 만나지 않나?'

여러 가지로 미심쩍기는 했지만 계속 고민을 해 봐야 달라질 것도 없기에, 나림은 택시에 등을 기대고 눈을 감았다.

'얼른 가서 적당히 시간 때우다가 헤어져야겠다. 2시간 정도면 무례하게 보이진 않겠지.'

그런 생각을 하고 있는데 백에 넣어 둔 휴대폰이 울렸다. 꺼내서 액정을 확인한 나림은 반짝거리는 이름에 심장이 덜컥 내려앉았다.

[정민혁]

그저 이름 세 글자 보았을 뿐인데, 심장이 나풀거렸다.

"응, 민혁아."

―누나, 뭐해요?

그의 음성을 듣자 조금 더 심장이 빨리 뛰었다.

"어디 좀 가고 있어."

―어디요? 선보러?

"응."

―선, 어디서 보는데요?

"어디서 보긴. 신라…… 뭐야, 정민혁. 그건 알아서 뭐하게?"

―네? 아뇨, 그냥 좀…… 궁금해서요.

"흐응."

―왜, 왜요?

"민혁이, 너. 설마 호텔로 찾아와서 훼방을 놓는다거나, 그런 짓을 하려는 건 아니겠지?"

민혁은 대답하지 않았다.

나림은 작게 한숨을 쉬었다.

사실은 웃음이 나왔다. 그런 바보 같은 생각을 하고 있는 민혁이 귀여웠다.

하지만 여기서 웃어서는 안 된다는 것쯤은 알고 있었다.

"그럴 셈이었구나?"

―그럼 안 돼요?

"안 되지, 당연히. 말했잖아, 우리 그럴 사이 아니라고."

민혁은 아무 말도 하지 않았다.

그가 앞에 없는데도 어떤 표정을 짓고 있을지 상상이 됐다. 축 늘어진 눈썹, 비쭉거리는 입술. 주인에게 혼나는 강아지 같은 표정을 짓고 있겠지.

"쓸데없는 짓은 관둬. 그런 치기 어린 짓, 우리 나이에 안 어울리니까."

―그럼 우리 나이에 어울리는 게 어떤 건데요? 사람이 사람을 좋아하고 사랑하고. 그 방식이나 감정의 크기가 나이에 따라 달라져요? 나이라는 게 그렇게 중요해요? 나이는 숫자에…….

"나이는 숫자에 불과하다, 라는 말. 나는 싫어해. 사람은 나이에 따라서 하는 행동과 생각이 달라져야 한다고, 나는 생각해. 나이에 맞는 행동을 하면서 살고 싶어, 난."

—누나.

"네가 어떤 방식으로 삶을 살아가든 상관없어. 이건 내 삶에 대한 이야기를 하는 거니까. 나는 지금껏 그렇게 살아왔어. 그러니까 네 감정을 밀어붙이면서, 내 삶의 방식을 부수려고 하지 마."

                    *   *   *

전화가 끊겼다.

민혁은 까맣게 변해 가는 액정을 물끄러미 응시하다가 하늘을 우러러 외쳤다.

"아, 내가 사랑하는 여자는 왜 이렇게 냉정한 거야!"

편하게 쉬고 싶은 토요일.

이른 아침부터 민혁의 방문을 받은 재훈은 불퉁한 표정으로 민혁을 노려보다가 말했다.

"그러게. 그런데 나도 네놈한테 냉정해지고 싶다."

"아, 젠장. 이렇게 냉정한데 왜 자꾸 좋은 거지? 냉정한 것까지도 좋아. 어쩌지?"

"그러게, 어쩔까."

"아, 미치겠네. 진짜."

"하아. 나도 미치겠다, 너 때문에. 주말쯤은 좀 편하게 쉬게 해 주면 안 되냐? 엉? 내 여친도 못 만나는 판에, 내가 왜 너랑 이러고 앉아 있어야 하는데?"

"왜냐하면. 지금 내 가슴이. 바싹바싹 타들어 가니까!"

"나도 네놈 때문에 바싹바싹 타들어 간다. 분노가."

재훈은 고개를 절레절레 저었다.

민혁은 여자에 있어서만큼은 '쏘쿨'한 녀석이었기 때문에, 이런 모습을 보게 될 줄은 몰랐다.

사랑에 빠진 민혁은 상상한 것보다(물론 상상한 적도 없지만) 훨씬 더 바보 같고, 훨씬 더 귀찮았다.

"동창 놈들은 네놈이 이러고 있다고 말해 줘도 안 믿을 거야."

"왜? 사랑에 빠진 나는 뜨거워. 아주 열렬한 남자지."

"아니, 열렬하다기보다는, 진짜 바보 같거든. 그냥 바보. 그 누나가 평강공주가 아닌 이상, 너 같은 바보랑 사귀지는 않을 거다. 나도 지금 네놈과의 만남에 대해 진지하게 다시 생각해 보는 중이니까."

"너와의 만남은 아무래도 좋아. 나림이 누나만 있으면 돼, 나는."

"사랑을 받아 주지도 않는 냉정한 여자 때문에, 소중한 휴일을 바쳐서 상담을 해 주는 친구를 버리시겠다?"

"응."

"그래, 솔직해서 좋네. 내 집에서 나가, 이 자식아!"

재훈이 민혁의 허벅지를 발로 밀어냈다.

"어느 호텔에서 선을 보는지는 알 것 같아. 역시 가 볼까?"

"대체 우리 대화의 어디에서 '역시'라는 결론을 도출해 낸 거냐?"

"나가라며?"

"……민혁아. 그냥 앉아 있어라."

아무래도 사랑에 빠진 이 친구놈은 정상이 아니다.

재훈은 일어서려는 민혁의 팔을 붙들어 앉혔다.

일단 이 친구를 진정시켜야겠다.

"자, 진지하게 생각을 해 보자. 너, 어쩌면 그거 사랑이 아니라 그냥 집착일 수도 있어."

"집착?"

"그래. 지금까지 네 사랑을 안 받아 준 여자는 없었어. 아니지, 네 사랑이 아니라 애초에 대부분의 여자가 널 좋아했지. 그런데 그 누나는 네가 좋아한다고 하는데도 거절을 하는 거잖아. 그런 여자는 처음이라서, 네가 이러는 걸지도 몰라."

"그런가?"

"응. 그러니까 한 번 되짚어 봐 봐. 왜 그 누나를 사랑한다고 생각하는지."

"사랑의 이유……."

"그래, 사랑한다고 생각하는 이유."

"입사 첫날."

민혁은 그녀와 처음 만난 순간을 떠올렸다.

첫 입사한 회사의 회의실에서 긴장해 앉아 있을 때, 문을 열고 들어온 그녀의 모습이 떠올랐다.

"우리 팀장님 뒤에서 누나가 들어왔거든."

"응."

"예뻤어."

"……아, 그러셔."

"그냥 수수하게 입고 있었거든. 머리도 뒤로 질끈 묶고. 그런데 예뻤어."

"흐응."

"나한테 일을 알려 주는데 조곤조곤하게 얘기를 하는 거야. 빠르지도 느리지도 않고, 강압적이지도 않은데 너무 상냥하지도 않아. 그 목소리가 진짜 예뻤어."

"……."

"어느 날 도시락을 싸왔거든. 같이 점심 먹을 때 날 혼냈어. 너무 모든 여자들한테 추파를 던지는 것 같다고. 단호하게 혼내는데, 그게 정말 예뻤어."

"그러시겠지."

"누나는 일에 집중하면 입술을 살짝 내밀거든? 그러다가 인상을 살짝살짝 찌푸려. 그 모습이 진짜로, 으아, 정말 예뻐."

"그래, 그러실 거야."

"아침에 출근할 때, 사무실 문 열고 들어오면서 '좋은 아침입니다.'하고 중얼거리고 머리를 뒤로 쓸어 넘겨. 그런데 그게 진짜 죽여주게 예뻐. 가끔 나랑 같이 엘리베이터 탔을 때, 고개를 바짝 들어서 층 바뀌는 숫자를 지켜보는데, 그것도 예뻐. 되게 귀엽거든."

"스톱!"

더는 안 되겠다 싶어서, 재훈은 민혁의 말을 끊었다.

나림을 회상하던 민혁이 멍한 표정으로 재훈을 돌아봤다.

"너, 결국 그 누나가 예뻐서 좋다는 거냐?"

재훈의 질문에 민혁이 고개를 끄덕였다.

"어. 나림이 누나, 진짜 예뻐. 뭘 하든 정말…… 예뻐 죽겠어."

홀린 듯 중얼거리는 민혁을 보며, 재훈은 고개를 저었다.

'이 녀석, 진짜 중증이구만.'

4장
지난사랑

　호텔 커피숍에 들어간 나림은 주위를 둘러봤다.

　조용하고 우아한 분위기의 커피숍은 자리가 거의 다 차 있었다. 남녀가 마주 보고 어색하게 대화를 하는 테이블도 몇 개 있었다.

　'저 사람들도 선보러 온 건가?'

　그런 생각을 하며 둘러보던 나림은, 생각지도 못한 인물과 눈이 마주치는 바람에 그대로 굳어 버렸다.

　'뭐지?'

　잘못 본 거라고 생각했다.

　햇빛이 잘 들어오는 창가 자리에 혼자 앉아 있는 남자.

　슈트가 몹시도 잘 어울리는, 어깨가 넓은 남자.

짙은 눈썹 아래에 위치한 갸름하고 긴 눈매, 그 안에 담긴 강인한 눈빛. 오뚝한 코와 고집스러워 보일 정도로 굳게 다문 입술.

그 인물이 이런 곳에 있을 리 없기에, 비슷한 다른 인물을 착각했을 뿐이라고, 나림은 생각했다.

그 남자가 천천히 일어나 나림의 앞까지 걸어와 멈추기 전까지는, 착각이다, 환각이다, 그렇게 생각했다.

나림의 앞에 멈춘 그에게서는 시원한 향기가 풍겼다. 나림의 기억에도 있는 향기였다.

잊을 수 없는 향기, 간혹 화장품 가게에 들어가 향수 코너에서 발견할 때마다, 심장이 뚝 떨어지는 기분을 느끼게 하는 향기.

그 향기를 맡자, 오래전 그때로 돌아간 느낌이 들었다.

풋풋하고 사랑스러웠던 그때. 행복하지만 숨이 막혔던 그때. 도망치고 싶지만 잃을 것이 두려웠던 그때.

고개를 바짝 들어 그의 얼굴을 물끄러미 응시하다가, 뒤늦게 이것이 착각이 아니라는 것을 깨달았다.

"명호 오빠……."

명호였다.

나림에게 사랑의 즐거움을 알려 주고, 사랑의 아픔 또한 알려 줬던 남자.

"오랜만이네."

그의 음성도 옛날과 전혀 달라지지 않았다.

낮고 굵은 그 목소리를, 나림은 무척이나 사랑했었다.

그래, 했었다.

이제는 아니다.

사랑했었지만, 이제는 사랑하지 않는다.

그립기는 했지만 사랑하기에 그리운 것은 아니었다. 그때의 그 풋풋하고 설레는 감정이 그리웠을 뿐.

나림은 정신을 차렸다.

명호가 이곳에 있는 건 이상한 일이 아니었다. 다음 주부터 명호가 출근한다는 이야기를 들었다. 이미 한국에 돌아와 있는 것이 당연했다.

"그러게, 오랜만이네."

나림은 황급히 표정을 갈무리하고 차갑게 말했다.

명호는 그런 나림을 귀엽다는 듯 내려다봤고, 나림은 그의 그런 눈빛을 견디기가 힘들었다.

명호는 항상 저런 눈빛으로 나림을 보곤 했다.

귀여워서 어쩔 줄 모르겠다는 눈빛.

"잘 지냈어?"

그가 물었다.

"응, 잘 지냈지."

"그래, 다행이다. 나는⋯⋯."

"오빠, 미안하지만."

얘기가 길어질 것 같기에, 나림은 그의 말을 끊었다.

옛사랑과 만나 추억을 나눌 생각은 없었다.

"난 여기 선보러 왔어. 지난 얘기는⋯⋯."

"나야."

명호도 나림의 말을 끊었다.

"응?"

무슨 뜻인지 몰라 멍하니 응시하는 나림을 보며, 그가 빙그레
웃었다.

"내가 네 선 상대야."

*　　*　　*

도대체 무슨 일이 벌어지고 있는 걸까.

나림은 어리둥절한 기분으로 명호의 맞은편에 앉아 있었다.

창문으로는 초여름 오후의 햇살이 따사롭게 비춰 들어오고
있었고, 둘의 앞에는 향 좋은 커피가 한 잔씩 놓여 있었다. 주위
에서는 두런두런 대화를 하는 소리와 잔잔한 클래식이 흐르고
있었다.

하지만 나림은 그 어떤 것도 느끼지 못한 채, 멍하니 명호의
얼굴만 응시하고 있었다.

"내가 네 선 상대야."

그 말에 어떻게 대처를 했는지 모르겠다.

언제 자리에 와서 앉았는지도 모르겠다.

정신을 차려보니 이 상태였다.

명호는 나림을 물끄러미 응시하고 있었다. 그의 검은 눈동자 안에는 가슴이 애틋해지는 무언가가 담겨 있었다.

예전, 사랑할 때와 조금도 달라지지 않은 그의 모습에 가슴이 술렁거렸다.

그때로 돌아간 것만 같았다.

그를 사랑할 때의 그 시간으로.

"이게 뭐 하는 짓이야?"

동요를 드러내지 않으려고 애쓰며, 나림은 차갑게 물었다.

"어머님께 도움을 요청했어."

그제야 엄마의 행동들을 이해할 수가 있었다.

엄마는 명호를 사윗감으로 무척 마음에 들어 했었다. 명호와의 이별을 알렸을 때, 가장 비난하고 몰아붙였던 사람도 엄마였다.

"엄마가 한통속이었다니."

"어머님께 뭐라고 하지는 마. 내가 제발 도와 달라고 조른 거니까."

"엄마와의 일까지 일일이 지적할 거 없어. 그건 내가 알아서 할 테니까. 우린 지금 이 문제에 대해 얘기해야 할 것 같네."

"좋다."

"뭐가?"

"그 '우리'라는 말. 오랜만에 듣네."

"……."

"보고 싶었어."

"난 별로."

"그래. 하지만 난 보고 싶었어. 거기 나가 있는 동안, 얼른 일을 끝내고 한국에 돌아올 생각뿐이었어."

"아하. 그래? 대단하네. 일을 빨리 끝내고 싶어 한다고 그게 가능하다니."

이런 식으로 말하려던 게 아닌데, 비아냥거리고 말았다.

'진정해. 좀 더 차분해져도 돼.'

상대는 느긋한데 나 혼자 날이 서 있는 건 바보 같다.

"네가 그리워서 가능한 일이었지. 너와 그렇게 헤어지고 나서, 우리 관계에 대해 많은 생각을 했어. 네가 왜 이별을 고했는지도."

명호가 부드럽게 말했다.

"네가 날 사랑하지 않아서 헤어지자고 말했다고는 생각하지 않아. 나는 널 사랑했고, 너 역시 날 사랑했을 거야."

명호는 늘 확신에 차 있었고, 나림은 그런 명호를 사랑했었다. 하지만 지금은 그의 확신 어린 어조가 부담스럽기만 했다.

"내가 네 커리어를 인정해 주지 못했던 것 같아."

"……."

"네게 회사를 관두고 날 따라오라는 말은 하는 게 아니었는데. 차라리 기다려 달라고 했으면 좋았을 텐데."

그의 말이 옳았다.

기다려 달라고, 이곳에서 일 열심히 하며 조금만 기다려 달라고 했더라면, 그들의 관계가 조금은 달라졌을지도 모른다.

하지만 나림은 고개를 끄덕이지 않고, 가만히 그의 입술만 응시했다.

한때는 나림의 입술을 머금고, 온몸을 애무해 주었던 그의 얇고 붉은 입술.

이제는 그것을 봐도 아무런 감흥이 일어나지 않았다.

"너를 무시한 게 아니었어, 나림아. 나는, 항상 네가 대단하다고 생각했어. 넌 멋진 여자야. 능력도 있고, 뭐든 스스로 해내려고 하고. 최고의 여자지. 그저 나는……."

그는 말을 고르려는 듯 잠시 입을 다물었다.

그가 고민할 때마다 짓는 저 표정을, 나림은 사랑했었다.

"그래, 그저 나는 불안하고 초조했어. 너와 떨어지게 될지도 모른다는 사실에. 그래서 그랬던 거야."

어린아이를 어르는 듯한 그의 말투 또한, 나림은 사랑했었다.

그를 사랑해서, 이별하는 순간까지도 그의 표정에, 목소리에, 손짓에, 행동에 가슴이 두근거렸었다.

나림은 작게 한숨을 내뱉었다.

'과거야.'

전부 과거일 뿐이었다.

했었고, 그랬고. 과거형으로만 표현되는, 오래전의 일일 뿐.

그 감정이 현재로 이어지지 않는다는 사실에 안도했다.

명호가 한국에 돌아온다는 이야기를 들은 후부터, 그와 마주하는 순간을 상상해 본 적이 있었다. 상상했을 때보다 훨씬 더 마음이 차분한 이유는, 아마도.

'민혁이 때문이겠지.'

이제 인정할 수밖에 없다.

민혁과 연애하고 싶지 않고, 여자 많은 남자는 여전히 질색이지만, 사실은 그에게 끌리고 있다는 것을.

끌리기에 섹스를 했고, 끌리기에 파트너로 남았고, 끌리기에 늦은 시간 그의 부름에 응답했다는 것을.

끌리기에 그와 함께한 모든 것을 곱씹고, 끌리기에 첫사랑을 앞에 둔 지금도 그를 떠올린다는 것을.

이제는 인정할 수밖에 없었다.

"나림아. 다시 한 번 기회를 줘."

명호가 말했다.

"우리 한 번 더 해 보자. 사랑. 처음인 것처럼, 다시 한 번 해 보자."

민혁이 없었더라면 저 말에 흔들렸을지도 모르겠다.

"오빠."

하지만 나림의 마음은 이제 술렁이지 않았고 혼란스럽지도 않았다.

"그 당시에 오빠가 어떤 생각이었는지 감정이었는지는 이제 중요하지 않아. 알고 싶지도 않고."

"나림아."

"내 말 들어."

나림은 서늘한 눈으로 명호를 응시했다.

"오빠의 마음이 현재로 이어진다고 해서 나까지 그럴 거라고 생각하는 건 오만이야. 나한테 오빠와 관계된 모든 것들은 과거야. 사랑했어. 좋아했고 설레었어. 그래서 아팠어. 하지만 그건 전부 과거일 뿐이야. 오빠랑 다시 연애를 할 생각, 없어."

"생기게 해 줄게."

"아니, 안 그럴 거야. 나, 만나는 사람이 있어."

"뭐? 하지만 어머님은……."

"엄마한테는 아직 말 안 했어. 알잖아, 나 그런 얘기 시시콜콜 다 하지 않는 거."

명호의 눈동자가 흔들렸다.

나림은 담담히 명호를 응시하며 말했다.

"엄마랑 싸우기 싫어서 선을 보러 나왔을 뿐이야. 그 사람한테도 오늘 선본다는 거 말해 뒀고. 이 이상 오빠랑 시간을 보내는 건 그 사람한테 예의가 아닌 것 같아. 그만 일어날게."

"나림아. 너, 거짓말하는 거지? 나랑 만나기 싫어서."

"왜? 내 깜냥에 오빠 말고 다른 사람이랑 연애 못 할 것 같았어? 까칠하고 냉정한 여자를 좋아해 줄 남자 한 명 없을 것 같았어?"

"그런 뜻이 아닌 거 알잖아. 넌 매력적인 여자야. 그러니까 내가 푹 빠졌지. 다만…… 널 감당할 만한 남자가 있을 리……."

"있더라."

사실은 없었다.

민혁이 나를 좋아한다고는 하지만, 그 마음이 언제 변할지는 모를 일이었다.

민혁에게 나는 그저 신선하고 새로운 여자일 뿐, 잘 넘어가지 않아서 공략하고 싶어지는 여자 정도일지도 몰랐다.

하지만 명호는 그 사실을 모른다.

"이런 날 감당해 줄 남자."

"그럼요. 있지요."

이곳에서 들리지 말아야 할 목소리가, 나림의 뒤쪽에서 들려왔다.

'설마! 진짜야?'

나림은 뒤를 돌아보지도 못하고 뻣뻣하게 굳었다.

아까 선보는 장소를 묻기에 설마, 싶었는데, 결국 실행에 옮긴 모양이다.

익숙한 손길이 나림의 허리를 감아 자기 쪽으로 끌어당겼다.

"여기 있어요. 나림이 감당할 남자."

그제야 나림은 고개를 돌려 민혁을 볼 수 있었다.

평소보다 근사하게 차려입은 민혁은, 나림의 허리를 끌어안고 여유로운 미소를 짓고 있었다.

'얘가 이런 미소도 지을 줄 아는구나.'

어린 소년 같은 미소만 짓는 줄 알았는데, 지금 민혁은 무척이나 어른스러워 보였다. 나림의 앞에서 보여 주는 어린애 같은 모습은 조금도 찾아볼 수가 없었다.

"여긴 어떻게 알고 왔어?"

나림이 간신히 던진 질문에 민혁이 씩 웃었다.

"신라, 까지는 말해 줬잖아. 서울에 신라 붙는 호텔이 몇 개나 있을 것 같아?"

"진짜로 올 줄 몰랐는데."

"와야지. 내 여자가 선본다는데. 훼방 놓으러."

"……나이에 맞게……."

"60살이 돼도, 네가 딴 남자 만나러 간다고 하면 훼방 놓으러 찾아갈 거야. 100살이 되어 봐. 그런다고 내가 안 찾아갈 것 같아?"

민혁의 장난스러운 말이 가슴 위에 따뜻하게 내려앉았다.

이 상황을 맞춰 주기 위해 하는 말이라는 걸 알면서도 가슴이 설레었다.

그래, 나는 지금 이 남자에게 끌린다.

이 커다란 강아지 같은 남자에게.

명호가 천천히 일어나 다가왔다.

"이 사람이 네……?"

"응. 내가 만나는 사람."

거짓말은 아니다. 만나고 있기는 하니까.

명호의 맹수 같은 눈동자가 민혁을 향했다. 명호가 굳은 표정으로 응시할 땐 다들 몸을 움츠릴 만큼 무서운데, 민혁은 여전히 싱글싱글 웃고 있었다.

"처음 뵙겠습니다. 나림이…… 옛 남자, 맞죠?"

"……윤명호입니다."

"아아, 윤명호 씨. 궁금했는데 이렇게 뵙게 됐네요."

"나림이가 제 이야기를 했습니까?"

"아니요. 전혀요. 다른 데서 들었습니다."

"다른 데서?"

민혁이 같은 회사에 다닌다는 걸 모르는 명호는 어리둥절한 표정이었다.

그제야 나림은 이 상황이 무척이나 엉망진창이라는 걸 깨달았다.

사내 연애는 하고 싶지 않은데, 지금 얽혀 있는 두 남자가 전부 같은 회사다.

이걸 어쩐다.

"아무튼 오빠."

나림은 이야기가 더 진행되기 전에 끼어들었다.

"앞으로는 이런 행동 안 해 줬으면 좋겠어. 이거, 너무 무례한

짓인 것 같아. 나한테."

명호의 표정이 어두워졌다.

순간 가슴이 쓰렸지만, 나림은 애써 무시하고 말을 이었다.

"그만 가 볼게. 승진, 축하해."

"나림아."

명호가 간절하게 불렀지만 나림은 민혁의 팔짱을 끼고 휙 돌아섰다.

도망치는 것처럼 보이고 싶지 않았지만 발걸음이 빨라지는 건 어쩔 수 없었다. 민혁이 나림에게 붙잡힌 팔을 빼내더니, 나림의 어깨를 감쌌다.

"천천히 걸어도 돼요, 누나. 잡으러 오지 않을 것 같으니까."

"아, 응. 그래."

민혁에게 부끄러운 모습을 보이고 말았다.

나림은 천천히 숨을 몰아쉬며 커피숍에서 빠져나왔다.

민혁은 나림을 데리고 호텔 주차장으로 향했다. 주차장에는 전에 보았던 차가 세워져 있었다.

"타요, 누나."

"응."

"어디 가고 싶은 데 있어요?"

"……아니."

"집에 데려다 드릴까요?"

응, 이라고 대답해야 한다는 걸 알고 있었다.

"아니."

하지만 입술이 제멋대로 움직였다.

"그럼 내가 가고 싶은 데로 가도 돼요?"

"응."

"알겠어요, 그럼."

시동이 걸리고 차가 출발했다.

가는 내내 민혁은 아무것도 묻지 않았고, 그래서 고마웠다.

나림은 시선을 창밖에 둔 채로 가만히 앉아 있었다. 흘러가는 거리의 정경이 눈에 들어오지 않았다.

명호와 함께 있을 때는 냉정할 수 있었는데, 헤어지고 나니 오히려 기분이 수선스러웠다.

명호가 했던 말들과 행동들, 그 표정의 변화가 생생하게 떠올랐다.

차가 멈추는 느낌에 정신을 차려 보니, 낯선 주차장에 와 있었다.

"여기가 어디야?"

"보라매공원이요. 와본 적 없어요?"

"응, 없어."

"그럼 나랑 첫 경험이네요."

민혁이 해사하게 웃으며 말했다.

"미안해, 민혁 씨."

"민혁아, 라고 부르라니까요. 그리고 아까의 일 때문이라면 미안할 거 없어요. 우리 내려서 좀 걸어요. 이 공원, 안쪽으로 들어가면 호수가 있거든요. 거기 좋아요."

"그래."

차에서 내렸다.

이번에는 걷는 동안 접촉이 없었다.

말로만 들었던 보라매공원은 날씨 좋은 주말이라 그런지 가족 단위의 사람들이 많이 있었다.

까르르, 까르르, 아이들의 웃음소리가 울려 퍼졌고, 누구야, 뛰지 마, 아이들의 이름을 부르는 어른들의 목소리도 간간이 들려왔다.

행복해 보이는 그들을 지나, 민혁이 말한 호수에 도착했다. 호수라기보다는 넓은 연못처럼 보였다.

자판기에서 음료수를 하나씩 뽑아 들고 벤치에 나란히 앉았다.

"덥네요."

"그러게."

"이제 곧 장마겠죠?"

"응."

"난 비 오는 거 좋아해요."

"난 별로 안 좋아해. 몸이 축축 늘어져서."

"빗소리 들으면 좋지 않아요?"

"출근 안 하는 날에는 좋겠지. 출근 하는 날엔 정말 힘들어."

"장마 오면 힘들겠네요."

"응. 1년 중 제일 싫은 기간이야."

역시 민혁과는 아무 의미 없는 대화를 나눠도 즐겁다.

끌리기 때문이겠지.

"누나."

"응?"

"난 괜찮아요. 날 이용하는 거."

"……민혁아."

"정말로요. 그 사람 때문에 곤란한 거죠? 그럼 내가 연인인 척해 줄게요."

"그러지 마. 그러다가 정민혁이 품절남이다, 라는 소문이라도 나면 어떻게 해?"

"뭘 어떻게 해요? 품절남인 척하면 되지."

"그럼 회사에 마음에 드는 여자 생겨도 못 꼬시잖아."

"마음에 드는 여자, 지금도 못 꼬시고 있어요."

"……."

"회사에서 마음에 드는 여자, 딱 한 명이고, 앞으로도 그 사람 한 명일 거예요. 다른 여자들에게 품절남으로 보이든, 쓰레기로 보이든, 바람둥이로 보이든, 상관없어요."

"민혁아."

"좋아해요. 진심이에요. 그래서 아까 남자 친구인 척하는 그 순간도, 좋았어요. 누나가 그런 상황에서 나를 떠올려 준 게 기뺐어요."

"널 이용하고 싶지 않아."

"이용해요. 난 정말 괜찮다니까요? 나, 사실. 아, 그래요. 뭐, 누나도 대충 눈치는 챘겠죠. 나, 몹쓸 놈이에요. 여자들한테 상처를 준 적도 많아요. 아무도 좋아해 본 적이 없어서, 상처받는 게 얼마나 아픈 건지도 몰랐거든요. 그래서, 괜찮아요. 그 벌을 받는 거겠죠."

"……벌이라니."

"나 같은 놈은 상처 좀 받아도 돼요. 아파도 되고. 그러니까 걱정하지 말고 날 이용해요, 누나."

민혁의 시선이 느껴졌다.

하지만 나림은 그를 돌아볼 수가 없었다.

그의 말을 신뢰하게 될 것 같아서 두려웠다.

그의 마음을 믿게 될 것만 같아서, 그리하여 이 가슴에 품은 끌림이 호감으로, 호감이 애정으로, 애정이 사랑으로 변하게 될까 두려웠다.

"넌 서리 같은 여자야."

이별의 순간을, 그때의 아픔을, 나림은 똑똑히 기억하고 있었다.

그 고통을 다시 경험하고 싶지 않았다.

"이용 안 할 거야."

그러나.

"난 너 이용 안 해, 민혁아."

나림은 고개를 돌려 민혁과 눈을 맞췄다.

고통은 싫다. 이별도 두렵다.

그러나.

알고 있다.

피하고 도망쳐서는 아무것도 변하지 않는다는 걸.

두려움에 시작도 하지 않고 현재에 머물기만 해서는, 인생이 즐겁지 않으리라는 걸.

"하자, 연애."

"네?"

민혁의 눈이 커졌다.

자기 귀를 의심하듯 눈을 동그랗게 뜬 민혁이 귀여워서, 나림은 웃음이 나왔다.

그래, 이 남자는 귀엽고, 그 귀여움이 항상 내게 웃음을 준다. 이 남자와 함께하면서 울적했던 적은 단 한 번도 없었다.

이 남자의 여자관계가 어떠하든, 과거가 어땠든, 그거면 된 거 아닐까? 함께 있는 것이 즐거우면, 지금 당장 괜찮으면 되는 거 아닐까?

언젠가는 깨어질지도 모르지만. 영원히 유지될지도 모른다.

확률은 반반.

어느 누구를 만나도 그럴 것이다.

확률은 반반.

모든 면에서 완벽하고 여자관계가 복잡하지 않았던 명호와의 연애조차도 아프게 끝이 났다.

민혁과의 연애가 꼭 나쁘게 끝나리라는 법은 없다.

"널 이용하지 않을 거야. 그냥 우리, 진짜로 연애하자."

진짜로 연애하자는 말의 의미를 깨닫는 순간, 민혁이 보인 행동은 조금도 멋지지 않았다.

두 손을 번쩍 들고.

"아싸!"

외쳤던 것이다.

하지만 그 모습조차 귀여워서, 나림은 웃음을 터뜨리고 말았다.

"아하하하하."

처음으로 소리 내서 웃는 나림을, 민혁은 꽉 끌어안았다.

"우와, 누나! 좋아해요. 진짜 좋아해요. 고마워요."

"뭘 그렇게까지……."

"진짜로요. 우와. 상상도 못 했는데, 계속 아플 줄 알았는데. 고마워요, 누나. 내가 진짜 잘할게요."

"응."

"정말 잘할 거예요. 누나, 정말 소중히 할게요."

"응."

민혁이 두 손으로 나림의 뺨을 감싸고 시선을 맞췄다.

"와, 정말 상상도 못했는데. 꿈 아니죠, 이거?"

"응, 아니야."

"그럼 이제…… 이름 불러도 돼요?"

"왜 여자가 연상이면 이름을 부르려고들 하는 거야? 남자가 연상일 때는 계속 오빠라고 부르게……."

"나림아."

"……."

"나림아, 좋아해."

뭐, 이름을 불리는 것도 나쁘지 않다.

아니, 좋다.

"그래, 네 멋대로 해."

"응, 그럴게."

민혁이 웃으며 다시 나림을 끌어안았다.

기뻐하는 그의 모습을 보니, 나림의 가슴도 간질거렸다. 연애하자는 말에, 민혁이 이렇게까지 반응할 줄은 몰랐기 때문이다.

남들이 보면 한 10년 짝사랑한 줄 알겠다.

오랜만에 산책 나온 강아지처럼 신나서 날뛰던 민혁은, 한참이 지난 후에야 진정했다.

"네가 이렇게까지 좋아할 줄은 몰랐어."

"그러게. 나도 내가 이렇게 좋아할 줄은 몰랐어. 몇 번 시뮬레

이선 하긴 했는데."

"시뮬레이션도 했어?"

"응, 했지."

민혁이 얼굴을 붉혔다.

"만약에 네가 내 마음을 받아 주면 멋지게 이렇게 해야지, 저렇게 해야지. 하고."

"멋졌어."

"거짓말."

"응, 거짓말이야."

"나 웃겼지?"

"응, 웃기더라. 귀엽기도 했고."

"하아. 멋져 보여야 하는데."

"귀여운 게 어때서. 난 귀여운 것도 좋아해."

"하지만 남자라면 응당 멋진 게 최고지."

"괜찮아. 귀여워도. 그리고…… 아까 호텔에선 멋졌어."

"정말? 진상이지 않았어?"

"좀 진상이긴 했는데, 그래도 멋있는 진상?"

"손잡아도 돼?"

"우리 대화의 어느 부분에서 손을 잡고 싶어진 거야?"

"대화가 아니라 매일매일 손잡고 싶었어."

"그랬어?"

"응, 그랬어."

민혁이 진지하게 말했다.

연애를 하겠다고 결심했기 때문일까.

그런 그가 사랑스러웠다.

"이제 그런 거 허락 안 받아도 돼. 연인이잖아."

민혁의 입가에 미소가 번졌다.

"연인이라니. 그 말, 진짜 듣기 좋다."

민혁의 커다란 손이 나림의 손 위에 겹쳐졌다.

"역시 손이 차갑네."

"응."

"기분 좋다. 여름에 안고 있으면 진짜 시원하겠다."

"나는 고통스럽지만."

"그럼 시원한 데서 안고 있어야겠네. 너도 고통스럽지 않게."

신기하다.

무의미한 대화가 이렇게 즐겁다니.

"나한테 뭐 바라는 거 없어?"

민혁이 물었다.

"글쎄. 나는…… 여자관계 복잡한 남자, 싫어."

"안 복잡할 거야, 이젠."

"그래. 그거면 됐어."

"다른 건?"

"없어. 그냥 나한테 서운한 게 있거나 내가 서운한 게 있을 때, 서로 대화를 잘해서 해결했으면 좋겠어. 꾹꾹 누르고 있다가 한

번에 터뜨리지 말고."

"그래, 알겠어."

"아, 맞다. 회사에선 비밀이야."

"응. 그런데 그, 뭐라고 불러야 하지?"

"명호 오빠?"

"응. 그분이 얘기하면 어떻게 해?"

"얘기 안 할 거야."

"……그래?"

"응. 그런 거 여기저기 떠벌릴 사람 아니야. 우리만 조심하면
돼."

"알겠어."

"표정이 왜 그래?"

"응? 내 표정이 왜?"

"좀 어두워진 것 같아서."

민혁이 피식 웃었다.

"어두워졌을 리가 없지. 너랑 사귀게 됐는데."

"나, 너보다 4살이나 많거든? 너무 너, 너 하지는 말아줄래?"

"알겠어. 그럼 가끔은 누나라고 할게."

대화를 나누다 보니 어느새 해가 저물기 시작했다.

민혁의 차를 타고 그의 집으로 향했다.

그의 집에 처음 가는 것도 아닌데 어째서인지 첫 방문인 듯 설

레었다.

문을 여는 그는 무척이나 즐거워 보였고, 그런 그의 모습을 보는 것이 좋았다.

"우리 집 비밀번호……."

"1301이라고?"

"응, 기억하고 있었어?"

"4자리 숫자 정도는 안 잊어버려."

"오고 싶을 때 언제든 와."

"원래 여자한테 이렇게 번호 막 알려 주고 그래? 너, 그러다가 큰일 나."

"여자한테 알려 주는 게 아니라 누나라서 알려 준 거야. 난 우리 집 번호 어머니한테도 안 알려 줘."

"정말?"

"응, 정말."

"내가 갑자기 찾아왔을 때, 집안에 딴 여자가 있고 그러면 충격 받을 것 같은데."

나림의 말에 민혁이 웃었다.

"그런 일 없어. 우리 집 아는 여자도 없으니까."

상당히 의외였다.

사귀지 않을 때 집 비밀번호를 알려 주기에, 아무 여자한테나 다 알려 주는 줄 알았는데.

혹시나 싶은 마음에 물었다.

"저기, 민혁아. 저번에 너, 나랑 너네 집 처음 왔을 때 집 비밀 번호 알려 줬잖아. 혹시…… 그때부터 날……."

"좋아했어."

"아."

"깨닫지는 못했는데, 좋아했어. 누나한테 하는 내 행동들이 나답지 않아서 당황했었는데, 좋아했던 거더라."

"아, 그랬구나."

"첫눈에 반했나 봐. 회의실에 들어오는 모습을 보고서."

"대체 왜?"

"예뻐서."

라고 말하며, 민혁이 나림을 돌아봤다.

두 손으로 나림의 양쪽 손을 잡아 천천히 집안으로 이끌며 말했다.

"깜짝 놀랄 만큼 예뻐서 반했어."

예쁘다는 말은 종종 들어왔다. 못생긴 얼굴이라고 생각한 적 없었고, 상당히 예쁘장한 외모라서 다행이라고 생각한 적도 있었다.

하지만 객관적으로 봤을 때, 한 남자를 첫눈에 반하게 만들 만큼, '깜짝 놀랐다.'는 표현이 어울릴 만큼 예쁜 얼굴은 아니었다.

그런데도 나림을 보는 민혁의 눈동자는, 세상에서 제일 예쁜 여자를 보는 것처럼 빛나고 있었다.

그의 눈빛에 가슴이 간질거렸다.

"그렇게 예쁘게 봐 주다니, 고맙네."

"고맙긴. 예뻐서 예쁘게 보는 건데."

"너도, 음. 잘생긴 것 같아."

"같아가 아니라, 잘생긴 거라고 하는 거야, 이런 얼굴은."

민혁이 장난스럽게 말하며 나림의 이마에 입을 맞췄다.

"배고프지?"

"아니, 별로. 넌 배고파?"

"나도 별로 배고프진 않아. 누나랑 같이 있으니까 좋아서 배고프다는 생각이 안 들어."

그가 나림의 머리를 뒤로 쓸어 넘겼다.

조심스럽게 쓰다듬는 손길이 무척이나 좋았다. 그의 손은 따뜻했고, 그의 손가락 끝이 두피에 닿으면 분홍빛 온기가 전신으로 퍼져 나가, 나림을 나른하게 만들었다.

아, 좋다.

나림은 아주 오랜만에 그런 생각을 했다.

'정말 좋다, 이 기분.'

*　　*　　*

민혁은 자고 가라고 했지만, 사귄 첫날부터 그러면 안 될 것 같아 집으로 돌아왔다.

늦은 시간이라 다들 자고 있는지 집은 어두웠다.

조용히 안으로 들어간 나림은 잠시 거실에 멈춰 서 안방 쪽을 응시했다.

엄마는 아마도 명호와 좋은 시간을 보내고 있다고 생각하고 나림이 늦는데도 연락을 하지 않았을 것이다.

'명호 오빠가 엄마한테 이르진 않았구나.'

명호가 그런 짓을 할 리 없다고 생각하면서도 혹시나 하는 마음에 불안했던 것은 사실이었다.

'그래, 그런 사람이 아니지.'

명호가 엄마에게 전화를 걸어 미주알고주알 일러바치는 모습은 상상이 되지 않았다.

명호는 과묵하고 성숙한 남자였다.

'민혁이는 성숙…… 이랑은 거리가 먼가?'

연애하자는 말에 '아싸!'를 외치던 민혁의 모습을 떠올리자, 의식하지 못한 미소가 나림의 입가에 번졌다.

그렇게 좋아하는 모습을 보니, 사귀기로 하길 잘했다는 생각이 들었다.

그의 여자 편력이 마음에 걸리긴 하지만, 아직 벌어지지도 않은 일을 벌써부터 걱정할 필요는 없었다.

'그래, 의심하지 말고 생각하지 말자. 그냥 이 순간을 즐기는 거야.'

나림은 방에 들어와 옷을 벗고 누웠다.

샤워는 민혁의 집에서 하고 왔다.

민혁의 집에서 배달 음식을 시켜 저녁을 먹은 후, 자연스럽게 섹스가 시작되었다.

누가 먼저랄 거 없이 키스를 했고, 옷을 벗겼다. 소파에 누운 나림의 머리를 쓰다듬으며, 그가 말했다.

"난 섹스할 때 기본 베이스가 거칠어."

"응, 알아."

"혹시라도 그게 싫고 다른 분위기로 섹스를 하고 싶으면, 나한테 미리 말해 줘."

"응."

그가 내 기분과 취향을 신경 써 준다는 것이 좋았다.

격렬한 섹스를 한 번, 그다음에는 조금 느긋한 섹스를 한 번하고, 샤워를 한 후 집으로 돌아온 것이다.

보통은 집에 돌아오면 일할 거리를 찾는다. 아무것도 안 하고 시간을 흘려보내는 것은 항상 두려운 일이었다.

하지만 오늘 나림은 가만히 침대에 누워, 민혁을 생각하며 시간을 흘려보냈다.

* * *

민혁은 침대에 누워 옆을 돌아봤다.

몇 시간 전까지만 해도 이곳에 나림이 누워 있었다.

그녀의 아름다운 나체를 떠올렸다. 잡티 하나 없는 고운 피부와 부드러운 살결, 향긋한 살내음.

베개에 흐트러진 머리칼도, 자그마한 얼굴에 떠오르던 옅은 미소도.

하나, 하나 남김없이 되새겼다.

꿈만 같았다.

'꿈일 거야.'

라고 생각해 본다.

'그래, 꿈일 거야. 누나가 나한테 그렇게 달콤하게 웃어 줄 리 없지.'

하지만 베개에 떨어진 긴 머리카락 한 올이, 그것이 꿈이 아니라는 것을 알려 주었다.

나림이 남기고 간 흔적들이 좋았다.

침구에 남아 있는 그녀의 향기라든가, 머리카락 같은 것이 마음을 따스하게 감싸 주었다. 그녀와 함께 있는 기분이었다.

'계속 같이 있을 수 있으면 좋을 텐데.'

내 공간에 누군가 침범하는 것을 끔찍이도 싫어했다.

일찌감치 독립을 한 이유도 그래서였다.

하지만 지금, 민혁은 이것이 정말 내가 맞나 싶을 정도로 이 공간에 나림이 함께하기를 바라고 있었다.

함께 잠들고, 함께 깨어나고, 함께 밥을 먹고, 함께 하루를 보내고.

그렇게 모든 것을 나림과 함께하고 싶었다.

'진짜 보내기 싫었는데.'

민혁은 방금 전 그녀가 누워 있던 자리에 손을 대고 눈을 감았다.

*   *   *

일찍 잠이 드는 바람에 일찍 잠에서 깨어났다.

눈을 뜨자마자 민혁이 떠올랐다.

'아아, 나 애인이 생겼구나.'

연애를 하는 게 오랜만이라 그런지, 아직은 현실로 다가오지 않았다. 그래도 민혁을 떠올리면 가슴이 달근달근, 기분 좋게 뛰었다.

침대에 누워 책을 좀 읽다 보니, 거실에서 달그락달그락 소리가 들려왔다. 엄마가 아침을 차리는 모양이다.

이윽고 맛있는 냄새가 방문을 넘어 흘러들어왔다. 냄새를 맡으니 허기가 느껴져, 나림은 책을 덮고 침대에서 내려왔다.

식탁에는 이미 반찬이 꺼내져 있고, 나현도 어쩐 일로 일찍 일어나 아침 차리는 것을 돕고 있었다.

"어쩐 일이야, 이렇게 일찍?"

나림의 질문에 나현이 입술을 삐죽거렸다.

"난 뭐 허구한 날 늦게 일어나는 줄 알아?"

"허구한 날 늦게 일어나잖아."

"어제 일찍 잤거든. 이제 일찍 자고 일찍 일어나려고."

"웃기네. 그러다가 내일 되면 또 늦잠 잘 거면서."

"아냐, 이번엔 정말로 규칙적으로 살 거거든."

나현이 이런 결심을 하는 게 한두 번은 아니기에, 나림은 흘려 들었다.

콩나물국과 흰쌀밥, 생선 조림과 밑반찬들이 오늘의 아침이었다.

"아빠는?"

"새벽부터 나가셨다."

"요새 아빠, 주말마다 나가시더라. 또 일 벌이시는 거 아냐?"

나현이 말했다.

"에이, 설마. 이제 네 아빠도 마음잡았어. 어디서 보증 서고 그런 짓은 절대 안 할 거야."

"안 해야지. 바보도 아니고. 가족 사이에도 안 서는 게 보증이라는데. 아빠 너무 마음이 약해서 탈이야."

"그건 그렇고, 나림이 넌 어제 어땠니?"

엄마가 나림을 향해 의미심장한 눈빛을 보냈다.

"아, 그리고 보니 언니 어제 선봤지? 어땠어? 어땠어? 남자 괜찮아?"

나현이 호들갑스럽게 물었다.

어제 선을 보고 명호를 만난 게 오래전의 일처럼 느껴졌다. 새까맣고 잊고 있던 나림은 젓가락을 멈추고 엄마와 나현을 돌아봤다.

"선, 그래, 선을 봤지."

"얘기 잘한 거지? 응?"

엄마가 채근했다.

"엄마."

나림은 젓가락을 내려놨다.

"앞으로는 절대 그런 거 하지 마."

"왜, 왜? 어제 나온 남자가 별로였어?"

나현은 아무것도 듣지 못한 모양이다.

다행이었다. 온 가족이 한통속이 되어 명호를 응원해 주면 곤란했을 것이다.

"엄마가 어제⋯⋯."

"윤 서방이었어."

엄마가 나림의 말을 끊었다.

"명호 형부?"

헤어진 지 오래인데도, 나현은 예전에 부르던 호칭을 사용했다. '형부'라는 호칭에 나림의 심장이 덜그럭거렸다.

그때로 돌아간 것만 같았다.

"며칠 전에 윤 서방한테 잠깐 만나자고 연락이 온 거 있지? 한국에 돌아왔다면서. 그래서 윤 서방이랑 차 한잔했지."

엄마도 그때 쓰던 호칭을 사용하고 있었다.

나림과 명호가 헤어진 적 없다는 듯 행동하는 가족들의 모습에 짜증이 치밀었다.

"엄마. 그 사람, 이제 서방 아니야. 헤어진 지가 언젠데."

"언니는 좀 가만히 있어 봐. 그래서? 그래서?"

"나림이랑 다시 잘해 보고 싶다고 자리 좀 마련해 달라고 하더라. 그래서 그 선 자리를 만든 거야, 내가."

엄마가 우쭐하며 말했다.

"우와, 대박. 역시 명호 형부. 그래, 난 명호 형부랑 언니랑 안 헤어질 줄 알았어. 형부가 언니 진짜 좋아했잖아. 언니도 형부 좋아했고."

"헤어졌어."

나림이 딱 잘라 말했다.

"이별했어, 우리는. 다시 만날 생각 없고."

"얘가, 얘가. 또 그렇게 뺀댄다."

"뺀대는 게 아니라……."

"윤 서방만한 남자가 어디 있을 것 같니? 능력 좋지, 사람 좋지, 외모도 좋지. 윤 서방이랑 너랑 사귈 때, 동네 사람들이 날 얼마나 부러워했는지 알아?"

"맞아. 이모들도 되게 부러워했잖아. 언니 남친 멋있다고. 명호 형부는 내 친구들한테도 통했어. 잘생겼잖아, 명호 형부. 남자답고, 돈도 잘 쓰고. 그러고 보니까 예전에 내 친구들이랑 놀 때 연락했더니 와서 술값 내주고 갔었는데."

그런 일이 있었는지는 몰랐다.

"너, 그런 짓까지 했었어?"

"형부가 친구들이랑 밥 먹을 때 부르라고 했단 말이야. 어깨 으쓱하게 해 주겠다고."

"최나현, 너…… 엄마, 엄마도 그런 일 있는 건 아니지?"

나림이 엄마를 돌아봤다.

슬그머니 시선을 피하는 걸 보니 그런 적이 있는 모양이다.

"다들 정말 왜 그래? 그거 민폐인 거 몰라? 진짜 사위한테 해도 미안할 짓을, 사귀는 사람한테 하면 안 되는 거잖아."

"친하니까 그런 거지, 친하니까. 게다가 우리도 윤 서방한테는 잘해 줬잖니. 집에 오면 맛있는 것도 잔뜩 해 주고."

"그거야 손님이니까 당연한 거고. 아, 진짜."

이제 와서 알게 된 진실에, 명호 얼굴을 보기 더 힘들어졌다.

사귈 당시 명호는 그런 내색을 한 번도 한 적이 없었다.

"하여간 나림아. 너 벌써 서른둘이야. 네 친구들도 거의 다 결혼했잖아. 네 나이에 윤 서방 같은 사람 만나기 힘든 거 알지? 슬슬 마음잡고 윤 서방이랑 얼른 결혼 날짜 잡아. 나도 손주 좀 보자."

"아, 됐어. 나 그 사람이랑 다시 만날 생각 없으니까, 얘기 꺼내지 마."

입맛이 뚝 떨어졌다.

나림은 일어나서 방으로 들어와 문을 잠갔다.

가장 편해야 할 집이 언제부터인가 가장 숨 막히는 공간으로 변했다. 가족들과 사이가 나쁜 건 아니었다.

이른 아침부터 일어나 아침을 차리는 엄마의, 가족들을 부양하기 위해 하루도 쉬지 않고 일을 나가는 아빠의 마음을 알고 있었다. 동생인 나현이 철딱서니가 없긴 하지만, 그래도 나림이 이별로 아파할 땐 옆에서 저도 같이 울며 위로를 해 주었었다.

그런데도 왜 이렇게 숨이 막힐까.

나림은 휴대폰으로 은행 어플을 켜고 적금을 확인했다. 월급과 보너스를 받을 때마다 아끼고 아껴서 모든 돈. 집안의 빚을 다 갚은 후부터 모은 터라, 일한 기간에 비해 많지는 않았다.

'나가서 살까? 대출 좀 끼고 전세를 얻어 볼까? 아니, 관리비며, 식비며…… 돈이 어마어마하게 들 거야. 아직은 돈을 모아야할 때야.'

나가서 살고 싶은 욕망은 돈을 저축해야 한다는 이성을 이기지 못했다.

평생 혼자 살든, 나중에 결혼을 하든 돈이 필요했다.

'가족들만 아니었으면 지금쯤 작은 빌라 하나쯤은 살 수 있었을 텐데.'

문득 든 생각을 황급히 털어 냈다.

이런 생각은 좋지 않다.

'하지만…….'

역시 힘들다.

가족들을 모두 책임져야 하는 것은.

휴대폰 화면이 바뀌었다.

[정민혁]

그의 이름이 화면 위에 떠올랐다.

찌푸리고 있던 나림의 얼굴이 부드럽게 펴졌다.

"응, 민혁아."

―뭐하고 있어?

"그냥. 아침 먹고 방에 들어와 있어."

―오늘 선약 있어?

"아니."

―그럼 데이트할까?

나림은 시간을 확인했다.

오전 10시였다.

사실은 오늘 번역 쪽에 새로운 일이 들어왔는지 알아볼 예정
이었다.

'나갔다가 와서 해도 되겠지.'

2시간 후에 만나기로 약속을 잡았다.

씻고 나와서 화장대 앞에 앉아, 평소보다 공들여 화장하는 자
신을 깨달았다. 지금 좀 설레나 보다.

30대의 연애는 20대일 때와 다를 거라고 생각했다. 좀 더 담
담하고 큰 감흥이 없을 줄 알았는데, 꼭 그렇지도 않은 모양이

다.

*"60살이 돼도, 네가 딴 남자 만나러 간다고 하면 훼방 놓으러
찾아갈 거야. 100살이 되어 봐. 그런다고 내가 안 찾아갈 것 같
아?"*

어제 호텔 커피숍에서 민혁이 했던 말이 떠올라 웃음이 나왔
다.

즐거운 기분으로 준비를 끝내고 집에서 나왔다.

약속 시간보다 이르게 도착할 것 같지만, 그를 기다리는 시간
조차 즐거울 것 같았다.

*   *   *

한참 기다릴 각오를 했는데, 민혁은 약속 장소인 종각역 앞에
서 있었다.

무표정하게 서 있던 민혁은 나림을 발견하자 만면에 미소를
지었다. 저벅저벅 걸어온 민혁이 손을 내밀었다. 눈앞에 펼쳐진
커다란 손 위에 나림의 손이 겹쳐졌다.

민혁은 믿을 수 없다는 표정으로 겹쳐진 손을 내려다보다가
해사하게 웃었다.

"내가 손을 내미니까 손을 잡아 주다니! 강아지들한테 '손!'을

가르치다가 성공시키면 이런 기분일까?"

"강아지는 내가 아니라 너지. 난 그런 귀여운 생물체가 아냐."

"아니긴. 얼마나 귀여운데."

민혁이 나림의 손을 �꽉 잡았다.

"종로는 오랜만이야."

새삼스럽게 거리를 둘러보며 말했다.

"그래?"

"응. 어릴 때는 이쪽에도 자주 왔던 것 같은데, 대학 졸업하고
부터는 잘 안 왔던 것 같아."

"그쯤해서 홍대 쪽이 뜨기 시작했으니까."

"넌 종로 자주 와?"

"아니, 나도 오랜만."

"그런데 왜 종로에서 만나자고 했어?"

"항상 회사 근처에서 봤으니까, 이번에는 좀 색다른 곳에서 만
나고 싶었어."

"색다르긴 하다. 종로도 정말 많이 변했네."

그의 손을 잡고 그가 이끄는 대로 걸어갔다.

영화관에 도착해 팝콘과 음료를 샀다. 표는 이미 예매해 두었
다고 했다.

꽤 유명한 영화관이기는 한데 시설이 낙후해서인지 사람이 많
지는 않았다.

"이런 영화가 다 있었네."

게다가 영화 제목도 처음 들어보는 제목이었다.

쾌락은 분홍빛으로

묘하게 1차원적이고 재미없을 것 같은 제목이었다.

"얼마 전에 개봉한 로맨스 영화야. 못 들어 봤어?"

"응, 처음 듣는데. 배우가 누구야?"

"글쎄. 나도 연예인들은 관심이 없어서. 저번에 어떤 드라마에 나오는 걸 본 적 있기는 한데."

"뭐야, 아무 영화나 선택한 거야?"

"아무 영화라니, 고심해서 선택한 거야."

영화가 시작되고 20분쯤 지나서야 민혁이 왜 고심해서 이 영화를 선택했는지 알 수 있었다.

유명하지 않은 배우와 촌스러운 제목, 진부한 도입부와 지루하게 늘어지는 스토리.

그래서인지 상영관 내에는 사람이 많지 않았다. 나림과 민혁을 제외하고 4명. 넓고 어두운 상영관에 제각각 떨어져 앉아 있었고, 나림과 민혁은 가장 뒷자리였다.

팔걸이를 올리고 커플 좌석을 만들어 손을 잡고 영화를 보는 게 얼마만인지 모르겠다. 혼자 볼 때보다 조금 불편하기는 하지만, 꼭 잡은 손에서 전해지는 온기가 좋았다.

처음에는 나림의 허벅지 위에서 손을 꼭 잡고만 있던 그의 손이 언뜻 풀리는가 싶더니, 나림의 어깨를 감싸 자기 쪽으로 끌어당겼다.

민혁은 나림의 머리를 쓰다듬다가 그녀가 얼굴을 올리게 만들어 가볍게 입을 맞췄다. 특별히 영화에 집중하고 있던 것도 아니었기에, 나림은 즐거운 마음으로 그의 키스를 받아들였다.

입술만 대고 있던 가벼운 키스가 농밀하게 변하기까지는 오랜 시간이 걸리지 않았다.

그와 입술을 맞대고, 넘어오는 그의 달콤한 타액을 맛보는 동안 영화에 나오는 배우들의 발랄한 목소리가 귀를 울렸다.

그는 나림의 입 안을 혀로 훑으며, 나림이 입은 블라우스 안으로 손을 집어넣었다.

브래지어 위에서 나림의 봉긋한 가슴을 주무르던 그의 손이, 거추장스럽다는 듯 순식간에 브래지어의 후크를 풀었다. 고정할 것이 없어진 브래지어가 가슴 위로 올라갔다.

단단해진 유두 위에 블라우스가 스쳐서 묘한 기분이 들었다.

나림은 얼른 그의 손목을 잡고 작은 목소리로 속삭였다.

"여기 영화관이야."

"응, 그러니까."

그가 웅얼거리듯 대답하며 나림의 목덜미에 입을 맞췄다.

"이러려고 이 영화 선택했구나?"

"응, 똑똑하네."

대답하는 그의 음성에 짓궂은 장난기가 담겨 있었다.

그는 검지와 엄지를 이용해 나림의 젖꼭지를 애무하며, 나림의 귓불을 살짝 깨물었다. 그의 뜨거운 숨결이 귓불을 타고 들어왔다.

신음이 나올 것 같아서, 나림은 얼른 입을 다물었다.

나림이 조용해지자, 그는 만족스러운 듯 계속해서 가슴을 애무했다. 그의 손가락 사이에서 단단한 유두가 이리저리 굴러다니며 알싸한 쾌감을 불러일으켰다.

나림은 다리에 힘을 주며 그의 손목을 꽉 잡았다.

"그만해. 우리만 있는 거 아냐."

"응, 그러니까."

이번에도 아까와 같은 대답이 돌아왔다.

그의 손을 떼어 내려 했지만 그의 힘을 이길 수가 없었다. 그는 성가시다는 듯 나림의 블라우스를 위로 올렸다.

하마터면 비명을 지를 뻔했다.

둘만 있는 공간도 아닌데 나림의 부푼 가슴이 고스란히 모습을 드러냈다. 사람들이 있는 곳에서 은밀한 부위를 드러냈다는 배덕감에, 지금껏 느껴 보지 못한 신선한 쾌감이 전신을 감쌌다.

그렇게 가슴을 드러내게 한 채로, 민혁은 아무 행동도 하지 않았다. 블라우스를 내리려고 할 때만 못 하게 막을 뿐이었다.

애원하는 눈빛으로 민혁을 돌아보자, 민혁이 눈을 가늘게 뜨고 말했다.

"가만히 있어. 조용히 있으면 아무도 몰라."

물론 조용히 있으면 아무도 모르겠지.

하지만 나림의 몇 줄 앞좌석에 두 명이 앉아 있었고, 그들이 뒤를 돌아보기라도 하면 이 가슴을 들킬 터였다.

초조함과 불안감이 도리어 몸을 달게 했다.

나림은 아랫입술을 잘근잘근 깨물며 몇 번이나 민혁을 돌아봤다. 민혁은 재미있다는 듯 그런 나림을 지켜보다가, 나림 쪽으로 상체를 기울였다.

그의 입술이 젖꼭지에 닿는가 싶더니, 일순간 세게 빨아들였다.

터져 나올 뻔한 비명을, 나림은 두 손으로 입을 틀어막아 견뎌냈다.

그러든 말든, 그는 나림의 가슴을 여느 때보다도 세게 빨아들이며 다른 쪽 가슴을 손으로 애무했다.

민혁은 나림의 유두를 혀로 굴리고 혀를 빳빳하게 세워 유륜을 따라 몇 번이나 움직이다가, 다시 유두를 빨아들였다. 그의 이가 유두 끝을 아프지 않지만 자극적일 정도로 잘근잘근 깨물었다.

나림은 이를 악물고 신음을 삼켰다.

앞좌석에 있던 사람이 몸을 뒤척거렸고, 그 사람이 뒤를 돌아볼까 봐 두려웠다.

'어떡해.'

나림은 고개를 숙였다.

"민혁아, 제발."

작은 목소리로 애원했지만 그는 들어주지 않았다. 오히려 그
에 대한 대답이라는 듯 더 세게 그녀의 가슴을 빨아들였다.

"훗……."

저도 모르게 작은 신음을 내뱉었다.

그러고 곧바로 입을 막았다.

앞사람이 다시 뒤척거렸다.

숨을 멈추고 그 사람의 움직임을 주시했다. 그러는 중에도 양
쪽 가슴 끝에서는 강렬한 자극이 느껴져서, 정신을 차리기 힘들
었다.

민혁은 입으로 나림의 가슴을 애무하면서, 다른 가슴을 애무
하던 손을 천천히 아래로 내렸다. 그의 커다란 손이 나림의 날씬
한 배를 지나, 바지 쪽으로 향했다.

바지 단추를 푼 그는 나림이 막을 새도 없이 그 안으로 손을
밀어 넣었다.

소복한 검은 수풀을 헤치고 들어간 그의 손가락은, 순식간에
가장 예민한 부위를 찾아냈다. 손가락 끝이 클리토리스를 스쳤
고, 나림은 고개를 뒤로 젖혔다.

"하아……."

미처 삼키지 못한 신음이 입술 사이로 흘러나왔다.

나림은 황급히 입술을 여미며, 두 팔로 그의 머리를 끌어안았
다.

계속되는 자극에 호흡이 가빠지는 것을 막을 수가 없었다.

영화 속의 대화들이 웅웅거리듯 귓가에 울리고, 그의 손길이 예리하게 몸 안으로 파고들어 왔다.

아, 이제 못 참겠어.

더는 견딜 수 없다고 생각하는 순간, 절정을 느꼈다. 눈앞에 어른거리는 분홍빛 쾌감을 따라 허리가 움찔, 움찔 움직였다.

나림은 터져 나오려는 신음을 간신히 삼키고, 고개를 숙여 그의 머리카락에 얼굴을 묻었다.

절정을 느낀 후에도 그의 애무는 계속되어, 온몸이 자신의 것이 아닌 듯 느껴졌다. 강렬하게 지속되는 자극에 나림의 눈가에 눈물이 맺혔다.

영화가 끝날 때까지 1시간 30분.

나림은 정신을 차리기 힘들 정도로 집요하고 강한 쾌락 속에서 영화의 엔딩 크레딧을 맞이했다.

*　　*　　*

지하 주차장으로 가는 내내 다리에 힘이 들어가지 않았다. 민혁이 팔짱을 끼지 않았더라면 주저앉았을지도 모르겠다.

민혁에게 여러 가지로 잔소리를 늘어놓고 싶지만, 엘리베이터에 함께 탄 사람들이 있어서 그럴 수도 없었다.

지하 1층에서 나림과 민혁이 내렸다.

"차, 가지고 왔었어?"

"응. 먼저 와서 세워 뒀지."

"너무했어, 너."

"왜?"

"상영관에 우리만 있는 거 아니었잖아."

"응, 그래서 더 짜릿하지 않았어? 엄청 젖었던데."

말문이 막혔다.

사실은 그랬다.

사람들과 한 공간에서 은밀한 행위를 한다는 배덕감. 그것이 지금껏 느끼지 못한 쾌락을 불러일으켰다.

"내 여자 친구는 정말 음탕해."

그가 나림의 어깨를 감싸 안으며 말했다.

"애무만으로 세 번이나 가다니."

"그건 네가……."

"쉿."

그가 나림의 머리에 입을 맞췄다.

"이젠 이걸 해결해 줘야 돼."

민혁이 나림의 손을 끌어와, 자신의 바지 위에 얹었다. 그의 페니스가 단단하게 부풀어 있었다.

나림이 깜짝 놀라 손을 떼어 내자 그가 웃으며 나림을 차 뒷좌석으로 잡아끌었다.

나림을 뒷좌석에 눕힌 그는 조금 성급하게 나림의 바지로 손을 뻗었다.

"자, 잠깐만. 민혁아."

"많이 참았어, 나."

그가 낮은 음성으로 속삭이며 나림의 바지를 벗겼다. 순식간에 하체가 드러난 나림은 부끄러움에 다리를 꼬았다. 하지만 그는 나림이 몸을 움츠리게 내버려 두지 않았다.

나림의 종아리를 잡아 옆으로 벌린 그가 나림의 다리 사이로 들어오더니 자신의 바지를 벗었다. 아까부터 잔뜩 성나 있던 그의 페니스가 모습을 드러냈다.

그는 나림의 양쪽 종아리를 자신의 어깨에 걸치게 만들고, 예고도 없이 자신의 물건을 깊이 찔러 넣었다.

아까의 행위로 여전히 젖어 있던 나림의 몸은 그의 거대한 물건을 무리 없이 받아들였다.

"읏!"

애무를 받을 때와는 또 다른 느낌에, 나림은 작게 신음을 내뱉었다.

민혁은 나림의 몸을 느끼려는 듯 깊이 찔러 넣은 채 한동안 움직이지 않았다.

"여기, 주차장이야."

나림이 그를 자극하지 않기 위해 조심스럽게 말했다.

"차에 선팅 했어."

"움직이면…… 차도 움직이잖아. 누가 눈치챌 거야."

"괜찮아."

"뭐가 괜찮아."

나림이 칭얼거리듯 말하자, 그가 씩 웃으며 자신의 물건을 끝까지 뺐냈다가 퍽, 깊이 넣었다.

"훗!"

"보라고 하지, 뭐."

"안 돼, 그러면…… 아아…… 웃……!"

"네가 소리를 안 내면 돼."

"차가…… 흔들리면…… 어떻게…… 앗! 으웃…….."

나림이 말하는 중에도, 그는 페니스를 끝까지 뺐냈다가 깊이 넣는 행위를 반복했다.

몇 번이나 절정을 느낀 탓에 나림의 몸은 예민해질 대로 예민해진 상태였다. 그의 페니스와 질벽이 부딪쳐 만들어 내는 쾌감이 아플 정도였다.

좁고 밀폐된 공간에 살과 살이 부딪치는 소리가 가득 찼다. 좁고 조용해서 그의 숨소리와 체취가 강하게 느껴졌고, 그래서인지 모든 것이 평소보다 야하게 느껴졌다.

소리를 죽이려고 했지만 어느 순간 차 안이라는 것을 잊었다. 헐떡거리며 시트를 붙잡았다. 그러지 않으면 몸이 붕 떠오를 것만 같았다.

그의 움직임이 점점 빨라지고, 그의 물건이 안에서 부풀었다.

깊은 곳을 자극하는 그의 페니스 때문에, 나림은 정신을 차릴 수가 없었다.

뜨거운 호흡이 차창을 우윳빛으로 물들였다.

나림이 바르르 떨며 또다시 절정을 느낀 직후, 민혁이 물건을 깊이 넣었다가 빼냈다.

그의 흰 액체가 나림의 아랫배를 적셨다.

"하아. 하아."

그가 숨을 몰아쉬며 상체를 기울였다.

민혁은 나림의 머리를 소중히 보듬어 안았다.

나림은 절정의 여운이 가시지 않은 몸을 움찔거리며 그의 목을 끌어안았다.

"사랑해."

그가 속삭였다.

"사랑해, 나림아."

절정 직후 남자답게 쉰 음성이 만들어 내는 사랑한다는 말은 무척이나 매혹적이었다. 하지만 정신이 없는 중에도 나림은, "나도."라고 대답하지 못했다.

사랑하는 걸까? 내가 이 남자를?

민혁이 귀엽고 멋있고, 그와 함께하는 시간이 편하기는 하다. 하지만 그것이 사랑인지는 아직 모르겠다.

사귄 지 하루밖에 안 됐는데 그가 내뱉는 사랑한다는 표현이, 조금은 가볍게 느껴지기까지 했다.

이것저것 재 보고 따지지 않으려고 했지만, 마음이 멋대로 그런 생각을 만들어 내는 것까지 막을 수는 없었다.

나림의 대답을 기대한 건 아니었는지, 그는 한동안 나림의 머리를 쓰다듬어 주다가 상체를 일으켰다.

둘의 숨결 때문에 차 안의 공기는 후텁지근했다.

"잠깐만."

그가 시트 뒤의 주머니를 뒤져 티슈를 꺼내 나림의 배를 닦아 주었다.

신중하게 꼼꼼히 닦아 주는 그의 모습이 귀여워서, 나림은 손을 뻗어 그의 머리를 쓰다듬었다.

"넌 정말 시도 때도 없구나."

나림의 말에 그가 웃었다.

"네가 너무 섹시하니까."

"섹시하다니. 그런 말은 한 번도 못 들어 봤어."

"그래? 세상에서 제일 섹시한데. 세상에서 제일 예쁘고."

"콩깍지가 단단히 씌었네. 언제 벗겨지려나."

"평생 안 벗겨질걸. 어렵게 쓴 콩깍지라서."

"별로 그렇지도 않은 것 같은데. 쉽게 쓴 거 아냐?"

"아냐, 어려웠어. 28년 만에 처음이니까."

그가 바닥에 떨어진 나림의 바지를 집어 들었다.

민혁은 벗기기는 잘하지만 입히는 건 잘 하지 못했다. 그래서 그렇게 말했더니, 민혁은,

"앞으로는 입히는 연습도 해야겠네."

라고 중얼거렸다.

"누굴 가지고 연습하게?"

"누구겠어?"

민혁이 나림의 입가에 살짝 입을 맞췄다.

민혁이 옷을 입혀 주기를 기다렸다가는 이대로 주차장에서 밤을 새야 할 것만 같아, 나림이 스스로 옷을 입었다.

옷매무새를 가다듬은 후 민혁은 운전석에, 나림은 조수석에 앉았다.

민혁이 차량용 휴대폰 거치대에 휴대폰을 붙이고, 네비를 조작하며 물었다.

"어디로 갈까?"

그때 나림은 노곤함을 느끼며 멍하니 민혁의 휴대폰을 응시하고 있었다.

막 대답을 하려는데, 민혁의 휴대폰 화면이 바뀌더니 익숙한 이름이 떠올랐다.

[회사—임지연]

지연에게 걸려온 전화였다.

민혁은 손을 멈추고 액정을 물끄러미 응시했고, 나림도 가만히 앉아서 그것을 지켜봤다.

진동이 멈췄고, 화면이 다시 내비로 바뀌었지만 그건 아주 잠깐. 또다시 지연에게 전화가 걸려왔다.

민혁이 난처한 표정을 짓기에, 나림이 말했다.

"받아 봐."

"어, 그래도 돼?"

"안 될 건 뭐야?"

"그럼 실례."

민혁이 전화를 받았다.

─오빠.

민혁이 무어라 말하기도 전에, 지연의 음성이 울렸다.

나림은 대화 내용을 듣지 않으려고 애쓰며 눈을 감았다.

"어."

─지금 뭐해?

"잠깐 나와 있어."

─누구 만나?

"응, 친구."

이 상황에서 민혁이 '친구'라고 대답하는 건 옳았다. 회사에
나림과의 관계를 밝힐 수는 없으니까.

하지만 나림은 기분이 나빴다.

'애인이라고 해도 되잖아.'

곧 그런 생각을 하는 자신을 비웃었다.

'아니, 사귄 지 고작 하루인데, 여기저기 연인이 있다고 떠벌리
는 게 더 웃긴 거지. 나만 해도 아무한테도 말을 안 했잖아.'

그런데 왜 이렇게 기분이 나쁜 걸까?

금방 끝날 줄 알았던 통화는 계속 이어지고 있었다.

지연 쪽에서 전화를 끊기 싫어 계속 말을 이어 가고 있었는데도, 괜히 민혁이 원망스러웠다.

'아, 뭐야. 나 질투하고 있잖아.'

자신의 감정에 당황했다.

'왜 이런 걸로 질투를 하는 거야?'

질투할 일이 아니었다.

회사의 여직원이 멋대로 전화를 걸어왔을 뿐이다.

'하지만…… 민혁이는 오는 여자 안 막고 가는 여자 안 붙잡을 타입이니까.'

걱정이 될 수밖에 없다.

'나랑도 사귀지도 않는데 자기 집에 데리고 가서 섹스를 했잖아.'

파트너 관계가 익숙해 보였다.

'하지만 그건 나도 마찬가지잖아. 물론 난 민혁이가 처음이긴 했지만, 그래도…… 민혁이 눈엔 내가 파트너 여럿 둔 여자처럼 보였을 거야. 그렇게 보이려고 노력했으니까.'

기분 나쁠 것은 전혀 없었다.

민혁이 지연에게서 전화가 걸려온 걸 감추거나 당황스러워 했다면 기분 나쁠 수도 있다. 하지만 민혁은 나림에게 아무것도 숨기지 않았다.

'그런데 난 왜 이런 기분을 느끼는 거지?'

명호와 사귈 때도 이런 식으로 질투를 한 적은 없었다.

명호도 인기가 꽤 많은 편이라, 나림과 함께 있을 때 회사 여직원들에게 전화나 톡이 오는 일이 종종 있었다. 하지만 나림은 한 번도 불쾌한 적이 없었다.

'아, 그래. 명호 오빠는…… 끊어 냈구나.'

"애인이랑 같이 있는데. 업무 얘기라면 회사에서 하죠."
"애인이 있습니다. 사적인 연락은 곤란합니다."

명호는 끊어 냄이 분명했다.

전화를 받기는 하지만 필요 이상으로 긴 시간 통화를 하지는 않았다.

민혁은 10분이 지나가는 아직까지도 통화를 하는 중이었다. 적당한 이유를 붙여서라도 전화를 끊었으면 이런 기분을 느끼지는 않았을 텐데.

이 남자는 여자의 마음을 잘 아는 건지, 잘 모르는 건지 판단하기가 힘들다.

이윽고 민혁이 전화를 끊었을 때는, 거의 20분이 지난 후였다.

"미안해. 지연이가 전화를 안 끊으려고 해서."

"아, 그래. 어쩔 수 없지."

아니, 어쩔 수 없는 일이 아니다.

전화야 끊으려고 마음만 먹으면 얼마든 끊을 수 있는 거니까.

"어디로 갈까?"

나림이 기분 상했다는 걸 눈치채지 못한 민혁이 물었다.

"집."

"우리 집?"

"아니, 우리 집."

"아, 누나네 집? 벌써 들어가게?"

"응. 피곤해. 할 일도 있고."

"아, 그래."

"좀 잘게."

잘 생각은 없지만 눈을 감았다.

민혁이 일찍 헤어지는 걸 아쉬워하는 게 느껴졌지만 모르는 척했다.

차에 시동이 걸리고 천천히 움직이기 시작했다.

나림은 민혁이 눈치채지 못하도록 한숨을 삼켰다.

'나, 진짜 유치하구나.'

*　　*　　*

태민은 술집 안을 쭉 둘러본 후, 만나기로 한 사람을 발견했다.

태민은 성큼성큼 안으로 들어가 그의 맞은편에 앉았다.

"오랜만이네요, 형."

휴대폰으로 뭔가를 확인하던 명호가 고개를 들었다.

"그러게, 잘 지냈어?"

"저야 뭐, 항상 잘 지내죠. 형도 좋아 보이십니다."

"내가 좋아 보이나?"

명호가 태민의 잔에 소주를 따랐다.

"나쁠 건 없죠. 일단 짠이나 할까요?"

"그래."

술잔을 살짝 맞대고 한 잔씩 마셨다.

"한국에는 언제 들어오셨어요?"

"한 달 전에."

"아아, 이제 한국에서 근무하시는 거예요?"

"응. 그렇게 됐어. 나림이랑 같은 팀은 아니지만 같은 부서야. 나림이한테 못 들었어?"

"네, 못 들었어요. 걘 원래 자기 얘기 잘 안 하니까요."

"내가 아직 나림이의 얘기가 되는구나. 그거 기쁜걸."

"흐음. 어쩌 미련이 뚝뚝 떨어지는 말투네요."

"응, 미련이 뚝뚝 떨어지고 있지."

솔직하게 말하는 명호를, 태민은 물끄러미 응시했다.

오래전 나림이 애인이 생겼다며 소개를 시켜 줬을 때, 단숨에 괜찮은 사람이라고 생각했다.

말이 많지 않지만 상냥하고 배려가 깊은 명호는 남녀노소 할 것 없이 사랑을 받을 타입이었고, 태민도 명호가 마음에 들었다.

명호와 함께 있을 때의 나림은 행복해 보였고, 나림을 응시하는 명호의 눈동자에는 항상 애정이 가득했다.

그래서 태민은 두 사람이 왜 이별을 하게 되었던 건지, 아직도 잘 알지 못했다.

이별의 이유에 대해 나림은 '장거리 연애는 자신이 없어서.'라고 말하지 않았다. 명호가 해외로 가게 되어 이별을 했다고 한다면 '아아, 그렇구나.' 했을 텐데, 나림은 다른 소리를 했다.

"숨이 막혀서. 또 다른 짐을 지고 걷는 기분이 들었어."

자기 이야기를 잘 하지 않는 나림은 딱 거기까지만 말하고 더 이상은 말해 주지 않았다.

'이 형의 어느 부분이 나림이를 숨 막히게 했던 거지?'

아직도 이해가 되지 않는다.

명호는 집착이 심하지도 않았고, 나림이 남사친인 태민을 만나는 것을 가지고 뭐라고 하지도 않았다.

명호와 태민은 근황에 대해 짧게 대화를 나누었다.

"그런데 어쩐 일로 보자고 하셨어요?"

안주로 시킨 부대찌개가 나온 후, 태민이 물었다.

명호는 손가락으로 소주 잔 둘레를 살며시 문질렀다. 고개를 반쯤 숙이고 묵묵히 생각에 잠긴 모습은, 같은 남자가 보기에도 매력적이었다.

'진짜 이해가 안 되네. 나림이는 대체 이 형이랑 왜 헤어진 거야?'

"나림이랑 다시 시작하고 싶어."

이윽고 명호가 말했다.

"그렇다면 나림이를 만나서 얘기해야 하지 않을까요?"

"만나서 얘기했지."

"뭐래요?"

답은 안 들어도 뻔했다.

나림은 한 번 결정한 것을 돌이키지 않는 성격이었다.

"알잖아, 나림이 성격."

명호가 쓰게 웃으며 말했다.

"알죠, 나림이 성격."

"단호하더라. 두 번 말할 기회도 주지 않더군."

"안 됐네요. 하지만 형. 저한테 말해 봐야 제가 도울 수 있는 건 없어요. 제가 말한다고 들을 녀석도 아니고."

"그래, 그렇겠지. 그저 나는."

명호가 한 손으로 얼굴을 쓸었다.

"조언을 좀 구하고 싶었어. 나는 모르는 나림이의 모습이 있을 수도 있으니까."

명호는 절박해 보였다.

"사실 나는 아직도 그때 왜 우리가 이별해야 했는지를 모르겠어."

"엥? 형도 몰라요?"

"어? 너도 들은 거 없어?"

"네, 아시잖아요. 나림이, 자기 얘기 잘 안 하는 거."

"하지만 나랑 헤어진 건…… 아아, 그런가? 너한테 얘기할 만한 가치도 없는 일이었나?"

"에이, 형. 왜 갑자기 자신감 상실이세요? 그런 거 아닌 거 아시면서."

"글쎄. 알았다고 생각했는데, 이제는 정말 모르겠다."

태민은 무어라 할 말을 찾을 수가 없었다.

명호는 나림의 연인이었기에 친해졌던 사람이었다. 하지만 함께 어울리는 시간이 많아지면서 인간적으로 호감을 느꼈고, 좋은 형 동생으로 지내고 싶기도 했다.

나림과 명호가 사귈 당시에는, 명호와 단둘이 만나서 술을 마시는 경우도 종종 있었다.

"우리가 헤어졌다고 해서 너까지 명호 오빠랑 연락을 끊을 건 없어. 지금까지처럼 친하게 지내도 돼."

나림은 그렇게 말했지만, 둘이 이별한 후 태민과 명호가 따로 연락하는 일은 없었다. 이번이 처음이었다.

둘이 헤어진 지 3년이 지났고, 당연히 명호에게 새로운 애인이 생겼고, 어쩌면 결혼을 했을지도 모른다고 생각했다. 3년은 새로운 사랑을 하고 결혼까지 하기에 충분한 시간이었다.

하지만 3년 만에 마주한 명호는, 이별한 직후의 모습을 그대로 간직하고 있었다. 그때의 아픔에서 조금도 헤어 나오지 못한 것처럼 보였다.

"우리는 왜 헤어져야 했을까?"

명호가 가라앉은 음성으로 중얼거렸다.

"만약 그때 내가 매달렸더라면 상황이 달라졌을까?"

"글쎄요. 그렇지는 않았을걸요. 이별할 때 대체 어떤 대화를 주고받은 거예요? 형이 해외 발령 받았다고 해서, 나림이가 갑자기 만나서 헤어지자고 하진 않았을 거 아니에요."

"그게……."

명호는 잠시 인상을 찌푸리고 기억을 더듬었다.

"같이 가자고 했어."

"같이 가자고요?"

"응. 함께 가 달라고. 그랬더니 싫다고 하면서 헤어지자더군."

"……."

"나는 나림이를 위해 전부 해 줄 생각이었어. 나림이가 일하지 않아도 되도록 준비되어 있었고."

"전업주부를 해라, 라고 제안했다는 거군요."

"아니, 그런 건 아니고."

"그런 뜻이죠, 뭐. 나림이도 이쪽에서 커리어가 있는데."

"······그런 의미로 들리나?"

"네. 아시잖아요, 나림이 자기 일 열심히 하고 좋아하는 거. 걔, 정말 열심히 노력하는데, 형이 그걸 다 무시한 거네요. 다 내려놓고 같이 가자고 하면서."

"하아. 그런 얘기가 되나? 그런 뜻은 아니었는데."

명호가 깊은 한숨을 내쉬었다.

과연 그런 뜻이 아니었을까?

태민은 그 부분에 대해서는 명호의 말에 공감할 수가 없었다. 명호가 나림의 커리어를 인정했다면, 함께 가자는 제안을 쉽게 하지는 못했을 것이다. 이곳에서 열심히 일하며 기다려 달라고 했겠지.

이제야 둘의 이별 이유를 알게 되었다.

'하지만 숨이 막힌다는 건 무슨 뜻이지? 이 형이 강압적으로 대할 것 같진 않은데. 또 다른 문제가 있었나?'

하지만 그 부분에 대해서는 물어볼 수가 없었다. 그래서 명호가 생각을 정리하기를 기다리며 묵묵히 술잔을 기울였다.

한참 후, 명호가 입을 열었다.

"어떻게 해야 나림이 마음을 돌릴 수 있을까?"

"형은 인기 많잖아요. 왜 나림이를 그렇게 고집해요? 이별을 받아들이는 게 낫지 않겠어요?"

태민은 조금 냉정하게 말했다.

그런 태민을 물끄러미 응시하던 명호가 쓴웃음을 지으며 차분하게 말했다.

"타지에 나가면 나림이를 잊을 수 있을 줄 알았지. 그런데 태민아. 하루, 하루가 지옥이더라."

"······."

"그 먼 곳에서도 매일, 매일, 나림이한테 이별의 말을 들었던 시간이 되풀이되더라. 나는······ 못 놓겠다, 나림이."

5장
흔들림

"봤어? 온라인팀 새 팀장?"

"네, 봤어요. 생각보다 훨씬 멋있던데요? 뭔가 우수에 차 있는 느낌이고."

"남자구나, 하는 느낌이더라. 키도 크고 어깨도 넓고."

"33살이라고 들었는데 훨씬 어려 보여요."

"33살에 부장을 달다니. 능력도 좋아."

"명문대 졸업했다던데? 애인 있는 거 아냐?"

"손가락 보니까 반지는 없던데."

"요새는 커플링이 필수는 아니니까. 애인 있겠지. 원래 멋있는 남자는 다 임자가 있는 법이야."

명호의 첫 출근 날, 회사 여직원들은 떠들썩했다.

민혁은 자리에 앉아 즐겁지 않은 기분으로 그 이야기를 듣고 있었다.

어제 나림은 영화만 보고 집에 가 버렸다.

"조심해서 가. 오늘 재미있었어."

그렇게 말하는 그녀는 딱히 기분이 나빠 보이지는 않았다. 나림이 서둘러 집에 간 이유도, 할 일이 있기 때문이었다.

그런데 왜일까.

자꾸 마음에 걸렸다.

'아, 미치겠네.'

나림과 헤어진 순간부터 최나림이라는 존재가 머릿속을 꽉 채우고 있었다. 집에 돌아가 TV를 볼 때도, 샤워를 할 때도, 저녁을 먹을 때도. 잠시라도 그녀의 생각을 하지 않는 순간이 없었다.

내 삶이 그녀를 중심으로 돌아가는 것만 같다.

'이런 남자는 매력이 없을 텐데.'

여자에게 매력적인 남자가 되고 싶다는 생각을 해 본 적은 단 한 번도 없었다.

아무것도 하지 않아도, 그 어떤 짓을 해도, 여자들은 항상 민혁의 주위를 맴돌았다. 민혁은 늘 자신감에 차 있었다.

그런데 이상하게도 사랑을 하게 된 이후로, 자꾸만 자신감이 사라지는 것 같다. 매력적이지 않을 것 같아서, 어린애처럼 보일 것 같아서, 능력이 충분하지 않은 것 같아서, 늘 걱정이다.

'보고 싶다.'

나림은 거래처와의 미팅 때문에 출근 도장만 찍은 후 외근을 나갔다.

그녀의 빈자리를 돌아보며 작게 한숨을 내쉬었다.

항상 빠르게 흘러가는 오전 근무 시간이 유독 길게 늘어진 것만 같았다. 간신히 오전 근무를 끝내고 점심시간이 되었다.

"오빠, 점심 먹으러 가자."

12시가 되자마자 지연이 다가왔다.

"난 별로 생각 없어."

점심보다는 한숨 잘 생각이었다.

밤새도록 나림을 생각하느라 제대로 못 잤기 때문이다.

"아이, 그러지 말고."

지연이 애교스럽게 말하며 민혁의 팔짱을 끼었다.

이런 건 곤란하다.

민혁은 팔을 빼내며 지연을 올려다봤다. 지연은 아무것도 모른다는 듯 생글생글 미소를 짓고 있었다.

"왜 그렇게 봐? 나 좀 부끄러운데?"

"지연아. 나는……."

"민혁 씨. 점심 먹으러 가자."

"그래, 지하 식당에서 먹을 거야. 찜닭 어때?"

한 소리를 하려는데, 다른 직원들이 다가왔다.

오늘은 팀 전체가 같이 점심을 먹기로 했나 보다. 민혁은 한숨을 삼키며 일어났다.

나림도 나림이지만, 사회생활도 무시할 수는 없었다. 얘기하기 싫다고, 그럴 기분이 아니라고 빠져도 되는 게 아니라는 것쯤은 알고 있었다.

"네, 좋아요."

속마음을 감추고 싱긋 웃으며 일어났다.

지하 식당으로 가는 내내 지연은 민혁의 옆에 붙어 있었다. 이제는 다른 사람들을 의식하지 않기로 한 모양이다.

어쩌면 팀원들 사이에서 '정민혁은 임지연 거.'라는 공식이 성립되었을지도 모른다. 입사 초기에 민혁에게 관심을 보이던 여직원들이 이제는 예전처럼 다가오지 않으니까.

'타고 났군.'

지연 같은 여자들이 있다.

자기가 원하는 것을 자연스럽게 손에 넣으면서도, 여자들에게 딱히 미움을 받지 않는 스타일. 아마 지연은 사적으로도 여직원들과 자주 연락하고 시간을 보낼 것이다. 원하는 남자를 손에 넣어도 미움받지 않기 위해.

'나림이는 그런 타입은 아니지.'

나림은 처세술에 능하기는 하지만, 불필요한 것이라고 생각하면 아예 등을 돌리는 타입이었다. 남자 때문에 여자들과 더 친하게 지내는 행동을, 나림은 절대 이해하지 못할 것이다.

'그래서 좋아.'

자기 일에 집중하는 그 모습이 좋은 한편, 걱정도 됐다.

나림이 없는 곳에서 여직원들이 나림에 대해 뭐라고 떠들어대는지 알고 있었다. 간혹 민혁의 앞에서도 나림에 대한 이야기들을 해 대니까.

'속상하겠지. 딱히 잘못한 것도 없는데, 질투 때문에 그런 소리들을 듣는 건.'

지하 식당가에 있는 찜닭집에는 사람이 많지 않았다.

길게 이어 붙인 테이블에 팀원들이 전부 앉을 수 있었고, 이번에도 지연은 민혁의 옆에 앉았다.

찜닭을 시키고 이런저런 대화를 나누고 있을 때, 남자 세 명이 안으로 들어오는 모습이 보였다. 그중 한 명은 민혁도 아는 사람이었다.

"오오, 윤 팀장."

김 팀장이 아는 체를 했다.

명호가 빙그레 웃으며 김 팀장을 향해 걸어오다가 민혁을 발견하고는 멈칫했다. 하지만 그건 아주 짧은 순간이라서 민혁만 눈치를 챘다.

"김 팀장님, 오랜만에 뵙습니다."

"그러게. 어이구, 윤 팀장은 어째 변함이 없어?"

"변함이 없긴요. 저도 이제 많이 늙었죠."

"하하하하. 윤 팀이 늙었다고 하면 나는 어째?"

"오랜만이야, 명호."

주 과장이 손을 흔들었다.

"네, 오랜만입니다, 형님."

명호가 싹싹하게 웃으며 인사했다.

'인기인이구나.'

명호가 이쪽 사람들과 대화를 나눈 건 잠깐이었는데도, 그가 사람들에게 신뢰를 받고 있다는 걸 알 수 있었다.

명호가 함께 온 사람들과 자리로 돌아간 후, 지연이 민혁 쪽으로 몸을 기울이고 속삭였다.

"저분, 멋지다."

민혁의 질투를 이끌어내기 위해 한 이야기일 게 분명하지만, 그런 건 아무래도 좋았다.

명호는 정말로 멋졌으니까.

*　　*　　*

점심을 다 먹은 후 직원들은 커피숍으로 향했지만, 민혁은 눈치를 보다가 슬그머니 빠져나왔다.

엘리베이터에 올라 사무실이 있는 층을 눌렀다가 취소하고, 테라스가 있는 층을 눌렀다.

테라스에는 아무도 없었다.

난간에 기대어 거리를 내려다봤다.

오가는 사람들을 응시하며, 아까 봤던 명호를 떠올렸다.

주말에 호텔에서는 제대로 보지 못했던 데다가, 나림과 사귀게 되었기에 명호에 대해 제대로 생각해 볼 시간이 없었다.

명호는 같은 남자가 보기에도 멋진 남자였다.

훤칠한 키와 넓은 어깨, 단정한 생김새도 그렇지만 함부로 범접할 수 없는 아우라가 있었다.

'33살에 부장이라.'

민혁의 나이 28살. 이제 막 신입으로 입사했으니, 과장 직함을 달려고 해도 한참의 시간이 남았다. 맛나다 주식회사는 대기업이라, 대리를 달려고 해도 승급 시험을 봐야 했다.

시간만 보낸다고 해서 대리, 과장으로 승진할 수 있는 게 아니었다.

'나림이는 왜 그 사람이랑 헤어진 거지?'

해외 발령을 받아서 나갔다가 돌아왔다고 들었다.

'해외로 나가게 돼서 헤어진 건가? 하지만 꼭 헤어져야 하는 건 아니잖아. 장거리 연애를 할 수도 있는 거고. 아니면 다른 문제가 있었나?'

짐작조차 할 수 없었다.

단지 거리가 멀어졌기에, 사랑하는 마음이 있음에도 헤어진 거라면 문제다.

'그러고 보니, 나림이는 연애할 생각이 없다고 했었지.'

차갑게 느껴질 정도로, 나림은 민혁을 거부했었다.

만약 그게 명호와의 이별을 극복하지 못해서였다면 어떻게 해야 하는 걸까?

'날 이용해도 된다고 했지만…….'

그때는 정말 그렇게 생각했다.

나림의 마음을 얻을 수 없다면, 그런 이유를 붙여서라도 그녀와 가까이에 있고 싶었다.

하지만 그녀는 이용하지 않을 거라고, 사귀자고 했다. 그것이 꿈만 같아서 깊이 생각할 겨를이 없었다.

'나림이는 날 좋아해서 사귀자고 한 게 아니었어.'

사랑해, 라고 말했을 때, 나림의 표정을 기억하고 있다. 그녀에게 티를 내지는 않았지만, 그녀의 난처한 표정을 보고 상처를 받았다.

'그래, 나림이는 날 사랑하는 게 아냐. 어쩌면…….'

명호에게 남은 그 마음을, 민혁을 통해 자제하려고 하는 걸지도 모른다.

'상관없어. 날 이용해도 돼. 지금은 윤명호에 대한 마음이 남아 있더라도, 내가 잘하면 나에게 마음을 줄 거야. 맞지?'

정말 맞을까?

아니라고 생각한다. 마음은 그렇게 쉽게 움직이는 게 아니니까.

가슴이 지끈지끈 아파 왔다.

'아, 난 욕심이 많구나.'

그녀와 사귈 수만 있다면 세상을 다 가진 기분이 들 거라고 생각했다. 그런데 사귄 지 며칠이나 됐다고 또 다른 욕심을 부리게 된다.

그녀가 나만 보아 주었으면 좋겠다.

그녀의 머릿속에 나만 존재했으면 좋겠다.

그녀의 옛 연인 따위, 멀리 사라졌으면 좋겠다.

그녀의 사랑이 오롯이 나 한 명에게로만 향했으면 좋겠다.

그런 욕심들이 아플 정도로 가슴 안에 들어찼다.

'전남친이 하필이면 같은 회사 사람이라니.'

눈에서 멀어지면 마음도 멀어진다는 말이 있다.

그건 반대로 생각하면, 눈에 띄기 시작하면 마음도 가까워진다는 말일 것이다.

만약 그 두 사람이 서로 사랑하는데도 상황이 여의치 않아 헤어진 거라면, 부딪치는 일이 많아질수록 서로를 원하게 될지도 몰랐다.

'아, 이런 생각하면 안 되는데.'

안 좋은 생각은 하면 할수록 더 커져, 결국 자신을 잠식하게 된다는 것을 알고 있었다. 하지만 부정적인 생각을 완전히 털어 내기가 힘들었다.

사랑이라는 게, 사람을 이토록 초라한 바보처럼 만드는 줄은 몰랐다.

그때, 저 멀리 나림이 걸어오는 모습이 보였다.

아무리 멀리 있어도 그녀를 알아볼 수 있었다. 아무리 많은 사람들 사이에 섞여 있어도 그녀를 찾아낼 수 있었다.

그만큼이나 나림을 사랑했다.

참을 수 없는 기분이 되어, 민혁은 엘리베이터를 향해 달렸다. 엘리베이터가 도착할 때까지 초조한 기분으로 기다렸다.

1층에 내려서자마자 입구를 향해 달려갔고, 막 들어오려던 나림과 마주쳤다.

무표정하던 그녀가 민혁을 발견하고는 눈을 동그랗게 떴다. 그것이 몹시도 사랑스러워 끌어안고 싶었지만, 민혁은 이곳이 회사라는 걸 잊지 않았다.

"민혁 씨. 어디 가는 길이야?"

"아뇨, 그냥……."

민혁은 주위를 둘러봤다.

아는 얼굴은 없었다.

"과장님이 보여서요."

"아, 그래."

나림이 옅은 미소를 지었다.

"점심은 드셨어요?"

"응, 먹었어. 민혁 씨는?"

"저도요. 찜닭 먹었어요."

"난 된장찌개 백반 먹었어. 거기 맛있더라. 다음에 같이 가자."

"네, 그래요."

나란히 걸어가 엘리베이터를 탔다.

나림은 사무실이 있는 층을 누르고 흘끗 민혁을 돌아봤다. 민혁은 마침 이쪽을 보고 있었다.

아니, 마침이 아니다. 민혁은 항상 그녀를 보고 있다.

무심코 시선을 돌리면 언제나 민혁과 눈이 마주쳤다. 그의 눈에 담긴 애정을, 예상치 못한 순간에 발견하곤 했다.

'날 보고 뛰어 내려온 거겠지.'

나림과 마주쳤을 때 민혁은 티를 내지 않으려고 했지만, 그의 숨이 가쁘다는 것을 알 수 있었다.

'어디서 날 발견한 거지? 혹시 테라스에 있었나? 거기서부터 뛰어 내려온 거야?'

민혁다우면서도 민혁답지 않은 일이라는 생각이 들었다. 여자 문제에 있어서는 무척이나 여유로울 것 같은데, 때로 나림의 앞에서 보이는 그의 초조함이 무척이나 사랑스러웠다.

그래, 사랑스럽다.

나는 이 남자가 굉장히 사랑스럽다.

나림은 눌렀던 층을 취소하고 그보다 한 층 아래를 눌렀다. 민혁이 왜 그러냐는 듯 돌아봤고, 나림은 손목시계를 가리키며 말했다.

"아직 점심시간 조금 남았잖아."

아래층에서 내려 복도에 보는 사람이 없다는 걸 확인하고 비상계단으로 향했다.

비상계단은 어둡고 조용했다.

둘은 위로 올라가는 계단 중간에 나란히 앉았다.

"지금 이건 회사, 아니면 사적인 만남?"

민혁이 물었다.

나림은 작게 웃으며 대답했다.

"어쩔까? 회사로 할까?"

"과장님도 은근히 존댓말 듣는 거 좋아하시네요."

"응, 존댓말 쓸 때의 민혁 씨는 좀 순수해 보이거든."

"반말 쓸 때는 닳고 닳아 보이고요?"

나림이 키득거렸다.

"거기까진 아니고."

"과장님이 뭔가 오해하시는 것 같은데, 저 순수해요. 여자를
잘 몰라."

"흐응, 그래?"

"네. 정말 모르겠어요. 과장님은 어때요? 남자를 잘 알아요?"

나림이 고개를 돌려 도발적으로 민혁을 응시했다.

"글쎄. 어떨 것 같아?"

"잘 아는 것 같아요."

민혁이 나림의 볼에 손바닥을 살며시 얹었다.

그녀의 보드라운 볼이 손바닥에 느껴졌다.

"그러니까 제가 이렇게 과장님한테 휘둘리죠."

"나한테 휘둘리고 있어?"

"네, 엄청요."

대답하며, 민혁은 나림에게 입을 맞췄다.

그녀의 도톰하고 보드라운 입술은 언제 맛봐도 달콤했다.

나림이 두 팔을 민혁의 목에 둘렀다.

"그럼 좀 더 휘둘려 줘."

약간 낮은 듯한 그녀의 음성이 듣기 좋았다.

이 여자는 정말로 매력적이다.

긴 키스를 끝내고, 민혁은 나림의 작은 손을 잡았다. 손을 잡는 걸 그다지 좋아하지 않는데도, 나림의 손을 잡는 건 언제나 즐거웠다.

그녀의 손은 언제나 그렇듯 조금 차가웠다.

"오늘 일은 어땠어요? 잘하고 오셨어요?"

"응, 잘했지."

"기분 나쁜 일은 없었고?"

"음. 오늘은 괜찮았어. 가끔 꼰대짓 하는 사람들이 있긴 한데, 오늘 만난 분은 그나마 괜찮은 분이었어."

"다행이네요."

"난 어지간한 일로 기분 나쁘진 않아. 민혁 씨는 날 너무 섬세한 유리 다루듯이 다룰 때가 있더라."

"어지간한 일로 기분 나쁘지 않은 사람이 어디 있어요. 애써 참고 견디는 거지."

"……."

"그리고 저한테는 과장님 기분이 제일 중요해요. 그러니까 섬세하게 다룰 수밖에 없죠. 제일 소중한걸."

나림은 입을 다물고 민혁과 맞잡은 손을 응시했다.

이 남자는 알고 있을까?

지금 그가 하는 말이 얼마나 위로가 되는지.

사실 오늘 미팅은 엉망이었다.

업계에서 유명한 카피라이터를 만났는데, 여자 혐오에 빠졌는지 사사건건 나림을 무시하고 지적했고, 결국은 다른 책임자와 일하고 싶다는 얘기까지 했다.

그를 어르고 달랜 끝에야 간신히 계약서에 도장을 찍을 수 있었다.

"고마워, 그렇게 생각해 줘서."

"고맙긴요. 과장님이 제가 그렇게 생각할 만큼 매력적인 사람이니까 그런 건데요."

"아하하. 날 그렇게까지 생각해 주는 사람은 민혁 씨밖에 없을 거야."

그렇다면 다행이라고, 민혁은 생각했다.

나림의 매력을 아는 남자가 나 하나뿐이었으면 좋겠다는 유치한 독점욕이 생겼다.

"슬슬 일어나자."

"네, 그래요."

둘은 손을 잡고 계단을 올라가, 비상구 문을 열기 전에 손을 놓았다.

계속 잡고 있을 수 있는 관계였으면 좋겠다고 생각하며, 민혁은 비상구의 문을 열고 나가다가 멈춰 섰다.

아무 생각 없이 민혁의 뒤를 따라 나오던 나림은, 민혁이 우뚝 멈춰 서자 의아하게 생각하며 물었다.

"민혁 씨, 왜……."

대답을 들을 것도 없었다.

나림의 눈에도 비상구 맞은편에 있는 명호의 모습이 보였기 때문이었다.

'아, 이런.'

왜 하필이면 이런 순간에 명호가 지나가고 있었던 것일까.

생각이 짧았다.

민혁과 따로따로 나갔어야 했는데, 대화하는 시간이 즐거워 이곳이 회사라는 걸 잠시 잊었다.

명호는 뭘 생각하는지 알 수 없는 눈으로 두 사람을 응시하고 있었다.

"아, 이건……."

변명이라도 해야 할 것 같아서 앞으로 나서며 입을 여는데, 민혁이 나림의 앞을 가로막았다.

민혁의 넓은 등이, 나림을 다른 남자에게 보여 주기 싫다는 듯 단단히 그 앞을 지키고 있었다. 이런 상황에서도 웬일인지 설레어, 나림은 얼굴을 붉혔다.

"또 뵙네요."

민혁이 말했다.

묵묵히 지켜보던 명호는 대답을 하는 대신 피식 웃고는 다시 걸음을 옮겼다.

그리고 화장실에서 나오다가 그 장면을 목격한 지연은, 아랫입술을 잘근잘근 깨물었다.

'저게 뭔 상황이지?'

*　　*　　*

"이게 뭔 상황이라고 생각해?"

지연은 잘 구워진 노가리를 잘근잘근 씹으며 물었다.

"그러니까…… 너네 노처녀 과장이랑 회사 훈남이랑 같이 비상구에서 나왔고, 또 다른 회사 훈남 부장이 그 모습을 지켜봤다는 거지? 훈남 오빠가 노처녀 과장 앞을 가로막았고?"

"응, 그렇게 보였어."

지연은 아까의 일을 다시 떠올렸다.

돌이켜 생각을 해 봐도 묘한 분위기였다.

그 이후 사무실에서 나림과 민혁은 따로 대화를 하지 않았는데, 그런 장면을 봐서인지 그 모습조차도 수상해 보였다. 마치 비밀 연애를 하고 있는 사람들 같았다.

그래서 친구들을 만난 김에 그 일에 대해 상의를 하고 있는 중이었다.

"그 훈남 오빠가 28살이고, 노처녀 과장이 30대 중반이라고? 35살?"

"뭐, 그 정도?"

32살이라는 걸 알고 있지만, 친구들이 오해하게 내버려 두었다.

어차피 만날 일도 없을 텐데.

"엘리베이터 고장 났거나 사람이 많아서 그냥 계단으로 같이 올라간 거 아냐?"

"아냐, 엘리베이터는 정상이었을 거야. 고장 났으면 다른 직원들이 얘기했을 텐데, 아무 말도 없었거든. 우리 층 높아서 걸어 올라오기 힘들어."

"그 과장, 어떻게 생겼는데? 예뻐?"

"그냥, 뭐. 나쁘지 않아. 그렇다고 되게 예쁜 것도 아니고. 화장을 잘하는 것 같아."

이건 거짓말이다.

나림은 연예인처럼 예쁘지는 않아도 예쁘장한 축에 속했다. 화장발은 아닌 게 분명했다.

"몸매는?"

"평범해. 아, 좀 말랐나?"

"가슴 크고?"

"아니, 가슴은 내가 더 크지."

지연이 자랑하듯 D컵 가슴을 내밀자, 친구들이 까르르 웃었다.

"그래, 임지는 가슴만큼은 최고지."

"아, 뭘 가슴만큼은이야. 난 얼굴도 예쁘거든?"

"그래, 그래. 얼굴도 예쁘지. 그런데 뭐가 문제야? 그 훈남 오빠가 널 놔두고 그런 노처녀를 좋아할 리가 없잖아. 성격도 까탈스럽다며?"

"그래도…… 분위기가 진짜 묘했단 말이야. 둘이 비밀 연애를 하는 건 아닐까?"

"에이, 그건 아니겠지. 키 크고 잘생긴 남자가 뭐가 부족해서 자기보다 한참 나이 많은 여자랑 만나겠어?"

"연상 취향인 남자들도 있잖아."

"그것도 연상 나름이지. 너네 과장 별 볼일 없다며?"

별 볼일 없지 않다고, 지연은 생각했다.

능력도 있고 성격도 좋고 예쁘다. 팀원들 중에 나림에게 마음이 있는 남직원이 몇 명 있다는 것도 눈치로 알고 있었다.

하지만 친구들에게 그 사실을 말하고 싶지는 않았다.

"너네 과장이 자기 위치 내세워서 그 오빠한테 들이대는 거 아냐? 아무래도 상대가 과장이니까 그 오빠도 어쩔 수 없이 받아주는 거고."

지연도 그런 거라고 생각하고 싶었다.

하지만 그런 분위기가 아니었다. 오히려 민혁 쪽에서 나림을 더 좋아하는 것처럼 보였다.

일하다가 민혁을 봤을 때, 민혁이 나림을 보고 있는 것만 여러 번 목격했다.

하지만 그 사실 역시 친구들에게는 말하지 않았다. 내가 마음에 둔 남자가 다른 여자를 좋아한다는 건 자존심 상하는 일이니까.

'그래, 좋아하는 게 분명해. 둘이 사귀고 있든 아니든, 민혁이 오빠가 과장님을 좋아하긴 좋아하는 거야.'

인정하고 싶지 않지만 어쩔 수 없었다.

지연은 그런 쪽으로 촉이 발달해 있었다.

"하여간 그런 여자들이 여자 망신 다 시킨다니까. 제일 싫어."

"맞아. 나이 많은데 주제 모르고 어린 남자들한테 덤비는 여자들이 꼭 있어. 우리 회사에도 있다? 그래서 어떤 사람은 그만뒀어."

"저번에 인터넷에서 봤는데 남자인데 상사한테 성추행 당했다고, 회사 그만둘 수도 없고 누구한테 말할 수도 없고, 어떻게 해야 하는지 모르겠다고 올렸더라."

"으아, 그러면 진짜 곤란하겠다. 하긴, 남자는 자기가 성추행 당한 거 말하기도 어렵겠지. 쪽팔려서."

"나림이네 회사 과장도 그러는 거 아냐? 술 취한 척하고 그 오빠 데리고 모텔 갈 수도 있어. 그 오빠한테 조심하라고 해."

친구들이 나림을 욕할수록 기분이 나아졌다.

나림이 정말로 친구들이 말하는 그런 여자가 된 것 같은 기분이 들었다.

"응, 조심하라고 말 좀 해 둬야겠어. 저번에 보니까 회식 자리에서 엄청 치근거리더라고."

"아니면 네가 그 과장한테 단도직입적으로 물어보는 건 어때? 둘이 무슨 사이냐고."

"안 돼. 나 회사에서 이미지 관리 잘하고 있단 말이야. 순수하고 귀여운 막내 여동생이라고."

"야, 야. 생각해 봐. 과장도 자기 이미지 관리는 어느 정도 하고 있을 거 아냐. 네가 대놓고 물어보면 쪽팔려 그걸 어디 가서 말하기나 하겠냐? 여직원들도 다 네 편이라며?"

"그야 그렇지만……."

"지금 그 오빠 부르면 안 돼?"

친구 한 명이 눈을 빛내며 물었다.

"아니, 그건……."

"왜? 불러. 그 오빠도 너한테 관심 있는 것 같다면서?"

"아, 그건 그런데…… 오빠가 좀…… 회사 사람이랑은 엮이지 않으려는 게 있어서……."

"아, 자기 관리가 철저한 편인가? 그럼 우리가 도와줄게."

　　　　＊　　　＊　　　＊

[회사—임지연]

　액정이 깜빡거렸다.

　민혁은 흘끗 확인한 후 다시 읽고 있던 책으로 시선을 돌렸다.

　'얘는 진짜 지치지도 않는군.'

　사실 이런 여자가 한둘이 아니기는 했다.

　나림과 사귀게 되면서 대부분 차단하기는 했는데, 지연은 같은 회사이니 그럴 수도 없었다.

　불현듯 나림의 음성이 듣고 싶어져서, 지연의 전화 수신이 끊기자마자 나림에게 전화를 걸었다.

　—응, 민혁아.

　나른하게 들려오는 음성이 듣기 좋았다.

　"뭐하고 있었어?"

　—번역 일이 새로 들어와서 그것 좀 훑어보고 있었어.

　"오, 이번엔 어떤 거야?"

　—독일 동화책인데, 어떤 꼬마애가 풍선을 하나 선물로 받거든.

　나림이 동화의 내용에 대해 조곤조곤 설명을 해 주었다. 그녀가 어떤 표정으로 이야기를 하고 있을지 그려졌다.

　—아, 재미없었지? 동화책은 관심 없을 텐데.

"아냐, 좋아. 재미있어."

—그래?

"응. 누나가 얘기하는 건 다 좋아해."

—······응, 그래.

나도, 라고 덧붙여주면 좋을 텐데.

나림은 그러지 않았다.

그럴 때마다 느껴지는 묘한 거리감을, 민혁은 애써 무시했다.

초조해하지 말자. 사귄 지 얼마 되지 않았잖아. 서서히 마음을 열어 주면 돼. 내가 좀 더 노력하면 돼.

"누나 일하는데 내가 방해했네. 그만 끊을게."

—방해 아니야. 좀 더 통화해도 돼.

그 말에 서운함을 느낀 적 없다는 듯 기분이 좋아졌다.

나림의 행동 하나, 말 하나가 민혁을 일희일비하게 만들었다.

누군가 내 감정을 이렇게 뒤흔들 수 있다는 것이, 민혁은 신기했다.

조금 더 통화를 하다가 전화를 끊고 다시 책을 펼쳤다. 몇 줄 채 읽지도 않았을 때 휴대폰이 진동했다.

나림이 다시 전화를 했나 싶어 얼른 확인했는데, 등록되지 않은 번호였다.

'이런 시간에 누구지?'

밤 11시가 넘어가는 시간이었다.

"네."

휴대폰 너머에서 시끌시끌한 음악소리와 사람들의 목소리가 들려왔다.

—아, 혹시 민혁이 오빠 핸드폰 맞나요?

낯선 음성이었다.

"네, 그런데요."

—아, 받았다. 받았다.

—받았어? 그 오빠 맞대?

여자들의 목소리.

이게 어떤 상황인지, 민혁은 여러 번 경험해서 알고 있었다. 민혁을 마음에 둔 어느 여자가 친구들을 시켜 전화를 건 것이리라.

민혁은 전화를 끊고 싶어졌다.

—저기요. 저, 지연이 아시죠? 임지연.

전화를 끊으려던 민혁은 지연의 이름을 듣고 손을 멈췄다.

"네, 압니다."

—저, 지연이 친구거든요.

"아아. 그런데요?"

—지연이가 지금 너무 심하게 취해 가지고…… 계속 오빠만 찾네요. 잠깐 와서 얘 좀 집에 데려다주면 안 돼요?

"친구분들은 지연이네 집을 모르나요?"

—아뇨, 그건 아닌데…… 얘가 계속 오빠를 찾아서요. 오빠 안 오면 집에 안 들어갈 거라고 버티고 있어요. 아우, 진짜 늦은 시

간인데 죄송해요.

죄송하면 하질 말 것이지.

민혁은 혀를 차며 인상을 찌푸렸다.

다른 여자였다면 깨끗하게 무시했겠지만, 지연은 회사 동료였다.

민혁은 사회생활이 처음이었기에, 회사 동료가 술 취해서 주정을 부릴 때, 어디까지 받아 주어야 하는 건지 알 수 없었다.

'잠깐 가서 얼굴 들여다보고 택시 태워 보내는 정도면 괜찮으려나?'

그 정도라면 남자 동료에게도 해 줄 수 있는 일이니, 괜찮을 것 같다는 생각이 들었다.

'그래, 내가 벌써부터 임지연이랑 척을 지면, 나림이가 더 힘들어질 수도 있어.'

지연은 눈치가 빨라 보였다.

만약 민혁과 나림의 사이를 눈치채면, 그 화살을 나림에게 돌릴 것이 뻔했다. 지연 같은 여자들은 항상 그러니까.

어떤 말을 덧붙여서든 여직원들과 작당해, 나림을 나쁜 사람으로 만들 것이 틀림없었다.

'그렇게 놔둘 수는 없지.'

민혁은 침대에서 내려오며 물었다.

"거기, 어딥니까?"

"꺄아, 안녕하세요."

"말씀 많이 들었어요."

"웬일, 진짜 잘생기셨다."

"우리 지연이 좀 잘 부탁드려요."

"애가 속상한 일이 있는지 술을 너무 마셔 가지고. 죄송해요.
저희 먼저 가 볼게요."

지연 친구들의 인사를 건성으로 받아넘기고 지연의 상태를
확인했다. 지연은 반쯤 눈이 풀린 상태로 민혁을 보며 배시시 웃
었다.

"우와, 오빠다. 오빠. 우리 오빠 왔다아."

혀 꼬인 말투로 애교스럽게 말하며, 지연이 두 팔을 뻗었다.
안아 달라는 표시겠지만, 민혁은 무시했다.

'많이 취한 건 아니군.'

여자의 취한 척을 못 알아볼 만큼 바보는 아니었다.

"일어나."

"오빠아, 나 못 일어나게떠어."

"일어나, 어서."

"오빠아. 안아 줘. 응?"

지연이 앉은 채로 고집을 부렸다.

작정을 한 모양이다.

제 딴에는 대단한 묘수라고 생각했겠지만, 사실 민혁에게 있어서 이런 일은 한두 번 있었던 일이 아니었다. 가끔 민혁에게 안달이 난 여자들은 마지막 수단으로 이런 행동을 하곤 했다.

'그때는 못 이기는 척 받아 줬었지. 나, 진짜 형편없는 놈이었구나.'

멋대로 살아온 과거를 후회하는 날이 올 줄은 몰랐다.

"안 안아 줄 거야. 난 술에 취한 여자가 안겨 오는 거 안 좋아해. 안 일어나면 간다."

민혁은 냉정하게 말하고 돌아섰다.

하나. 둘. 셋.

걸음을 옮기며 숫자를 셌다.

딱 다섯을 셌을 때, 예상대로 지연이 흐느적거리며 일어나 다가왔다. 팔짱을 끼려고 하기에 슬쩍 옆으로 피했다.

"집, 여기서 멀어? 아직 전철 안 끊겼던데."

"머얼지. 아주 머얼지."

아직 포기하지 않았나 보다. 지연은 비틀비틀 민혁을 따라오며 말했다.

"오빠야. 오빠네 집으로 가자아. 나 오빠네 집 구경하고 시퍼어."

"안 돼."

"오빠아. 응? 비밀로 할게. 오빠랑 나랑 비밀."

"그래도 안 돼. 우리 집엔 여자 안 들여."

"아, 뭐야아. 오빠, 너무 치사해."

"응, 난 치사해."

큰길로 나간 민혁은 택시를 잡느라 지연에게 신경 쓰지 못했다. 그 틈을 노려, 지연이 매달리듯 민혁의 팔에 팔짱을 끼었다.

지연의 풍만한 가슴이 민혁의 팔을 지그시 눌러왔다.

"오빠아. 정말 안 돼? 나 오빠네 구경하고 싶은데에. 응? 구경만 할게."

지연이 노골적으로 가슴을 누르며 민혁을 올려다봤다. 마침 택시가 앞에 멈췄다.

민혁은 택시 뒷문을 열고 지연을 태웠다. 지연은 싫다고 버텼지만 민혁의 힘을 이길 수는 없었다.

문을 닫기 전, 민혁은 택시 안을 들여다보며 말했다.

"나, 이러는 거 별로 안 좋아해. 같은 회사 동료니까 오늘까지만 해 주는 거야. 다음부터는 사적으로 연락하지 말아 줘."

탁—

지연의 대답을 듣지 않고 문을 닫았다.

택시가 출발하는 것을 확인하지도 않고 돌아섰다. 계속 그 자리에 머물면 지연이 내려서 또 달라붙을 것만 같았다.

'아, 진짜. 인기 많은 것도 골치 아파.'

다른 남자들이 들으면 분노할 법한 생각을 하며, 민혁은 전철역을 향해 걸었다.

*　　*　　*

지연은 아랫입술을 지그시 베어 물고, 차창밖으로 보이는 민혁의 뒷모습을 응시했다.

"이봐요, 아가씨. 어디로 가냐니까?"

택시 기사의 채근에 정신을 차리고 주소를 불렀다.

택시가 출발했다.

'내가 자존심 다 버리고 매달렸는데.'

이런 방법까지 사용해서 갖으려고 했던 남자는 처음이고, 이런 방법까지 사용했는데 거부하는 남자 또한 처음이었다.

'말도 안 돼, 진짜. 왜 안 넘어오는 거야? 한 번 잔다고 큰일 나는 것도 아니잖아!'

100프로 먹힐 줄 알았는데.

자존심이 상해서 견딜 수가 없었다.

그때 주머니에 넣어 둔 휴대폰이 울렸다.

오늘 만난 친구들과 함께 있는 단체 채팅방이었다.

[어떻게 됨? 그 오빠네로 가는 중?]

[성공함?]

[성공했겠지. 임지를 누가 거부해?]

[근데 그 오빠 진짜 잘생겼더라.]

[쩔어, 쩔어. 키도 엄청 크던데. 얼굴도 완전 귀엽.]

[동안이더라. 엄청. 교복 입으면 고딩 같아 보일 듯.]

[순진해 보이던데 여자랑 한 번도 못 해 본 거 아냐?]

[에이, 설마. 그 나이에 못 해 본 남자가 어딨음?]

[임지, 완전 부럽. 나도 그런 남자랑 하고 싶다.]

[난 하는 건 바라지도 않으니, 그런 남자랑 알고 지내기라도 했음 좋겠다.]

친구들은 당연히 지연의 계획이 성공했을 거라고 여기고 있었다. 자존심이 상해서 실패했다는 말을 할 수도 없어, 미리보기로 톡 내용만 확인하고 있었다.

[아, 맞다. 나 아까 사진 찍음요.]

[사진]

미리보기로 [사진]이 떴다.

사진을 확인하고 싶은데 그러려면 메신저 창에 들어가야만 했다.

'어쩌지?'

고민을 하던 지연은 에라, 모르겠다는 심정으로 톡방을 클릭했다.

[어? 1 사라졌다.]

[임지, 뭐야? 실패야?]

아니나 다를까 친구들이 떠들어댔다.

지연은 대답하기 전에 사진을 먼저 확인했다. 4장의 사진이
올라와 있었다.

지연과 민혁을 멀리서 찍은 사진이었다.

나란히 걸어가는 사진. 팔짱을 끼고 있는 사진. 민혁이 택시
앞에서 안 타겠다고 하는 지연의 팔을 잡아 끌어당기는 사진. 민
혁이 택시에 지연을 태워 주는 사진.

모르는 사람의 눈에는 이 사진들이 상황과 전혀 다르게 보일
것이다.

민혁이 취한 지연을 억지로 택시에 태우고, 자기도 뒤따라 탔
다고 생각할 것이다.

여차하면 이용할 수 있겠다.

지연은 씩 웃으며 톡방에 글을 남겼다.

[오빠네 집 앞. 오빠 청소하려고 먼저 들어가서 밖에
서 대기 중.]

*   *   *

지연이 잘 알아들은 건지 어쩐 건지, 그날 이후 지연에게서는

별다른 연락이 없었다. 회사에서의 태도 또한 딱히 나빠지지도 않아서, 평소와 똑같이 시간이 흘러갔다.

민혁과 나림은 평일에 한 번, 주말에 한 번 만나서 데이트를 했다. 섹스를 할 때도 하지 않을 때도 있었는데, 어느 때이건 좋았다.

같은 부서이기는 하지만 팀별로 사무실이 달라서, 명호와 마주치는 일도 없었다.

비상구에서 나오다가 명호와 마주친 후 2주가 지나갔고, 영상팀과 온라인팀이 함께하는 프로젝트가 시작되었다.

화요일 오후부터 회의실에서 회의를 하기로 했다.

팀장이 있기는 하지만 일을 거의 도맡아 하는 나림은 회의 자료를 준비하느라 정신이 없었다.

마지막으로 자료를 검토하는 나림의 옆모습을, 민혁은 물끄러미 응시했다.

어떤 기분일까. 옛 애인과 함께 일을 하는 건.

상상조차 할 수 없었다.

그동안 '애인'이라고 부를 만한 존재를 가져본 적이 없으니까.

만약 나림과 헤어졌는데 계속 한 회사에서 일하고 얼굴을 봐야만 한다면.

'아아, 상상만 해도 끔찍해.'

심장이 자근자근, 잘게 저미는 고통을 느낄 것이다.

그녀를 발견할까, 그녀와 마주칠까, 전전긍긍하며 회사를 다니게 되겠지.

'상상하지 말자. 우린 헤어지지 않을 거니까.'

민혁은 황급히 머릿속에 드는 생각을 지워 버렸다.

문득 나림이 고개를 돌려 민혁과 눈을 맞췄다.

"민혁 씨, 나한테 할 얘기 있어?"

회사라서 그런지, 목소리가 냉랭했다.

"아니요, 그냥. 준비 잘 되나 해서요."

"응, 잘 하고 있어."

"저는 뭐 할 거 없어요?"

"이따 회의할 때 졸지나 마."

"에이, 절대 안 졸죠."

"안 졸긴. 지난 주 팀 회의 때 조는 거 다 봤는데."

"어, 그건 절 지켜보고 있었다는 말씀?"

나림의 입가에 희미한 미소가 맺혔다가 금방 사라졌다.

자료를 다 확인한 나림은 김자영 대리의 메일로 자료를 보냈다. 자영의 승급 시험을 위해, 이번 프로젝트 때는 자영을 밀어주기로, 팀내에서 얘기가 되어 있었기 때문이다.

오전에 할 일을 다 끝낸 나림은 잠시 사무실에서 나와 휴게실로 향했다.

음료수를 하나 뽑아 놓고 의자에 앉아 친구들과의 단톡방에서 수다를 떠는데 휴게실 문이 열리는 소리가 들렸다.

딱히 누가 들어오는지 신경을 쓰지 않고 계속 톡을 하는 동안,

들어온 사람은 자판기에서 음료수를 뽑더니 나림의 바로 옆에 앉았다.

그제야 나림은 휴대폰에서 시선을 떼고 옆에 앉은 인물을 확인했다.

명호였다.

"뭘 그렇게 재미있게 해?"

명호가 물었다.

"친구들이랑 얘기 중이었어."

"아아, 고등학교 때 친구들?"

"응."

"그 친구들은 잘 지내나?"

"잘 지내든 말든, 이제는 그쪽이 신경 쓸 일이 아니죠, 윤 부장님."

"차갑긴."

"응, 차갑지. 서리 같은 여자잖아."

"그 말을, 아직도 마음에 담고 있는 거야?"

"담고 있는 건 없어. 흘려보낸 지 오래 됐지만, 오빠를 마주하면 때때로 기억이 나는 것뿐이지. 치매에 걸린 것도 아닌데 그렇게 깨끗이 잊을 리는 없잖아."

나림은 의자에서 일어났다.

명호와 단둘이 시간을 보내고 싶지 않았다.

나가려는 나림의 손목을, 명호가 붙잡았다. 나림은 놔 달라는 말 대신 시선을 내려 잡힌 손목을 응시했다.

"미안. 그런데 안 봐 줄 거야."

명호가 고집스럽게 말했다.

나림은 인상을 찌푸리고 명호를 노려봤다.

"누가 봐."

"봐도 상관없어."

"난 있어. 날 난처하게 만들지 마."

"그 친구랑은 정말로 연애하는 거야?"

"누구? 민혁이?"

"응."

"응, 연애하는 중이야. 딱 봐도 그렇게 보이지 않아?"

"그래. 그렇게 보이더라. 나랑 연애할 때랑은 달리."

"……."

"나랑 연애할 때는 회사에서 개인적으로 대화도 안 했었지. 그
친구랑은 비상계단에서 만날 정도면서."

그러고 보니 그랬었다.

명호와 사귈 때는 두 사람이 사이가 안 좋은 거냐는 말을 들
을 정도로 대화를 하지 않았다.

그건 명호에 대한 마음이 깊지 않아서가 아니라, 사내 연애가
처음이었기에 적당한 선을 긋지…….

'아니, 그런 게 아냐.'

그런 게 아니었다.

명호와 사귈 땐 회사에서까지 사담을 나누고 친한 척할 필요가 없다고 생각했었다. 손을 잡는 것도, 키스를 하는 것도, 대화를 하는 것도, 데이트 때 하는 걸로 충분했다.

그렇게 칼같이 그을 수 있었던 선을, 민혁에게는 긋지 않고 있다는걸, 지금에 와서야 깨달았다.

"오빠한테 그런 지적을 받고 싶진 않은데. 지난 일 따위 아무래도 좋잖아. 이 손 좀 놔줄래?"

명호는 손에서 힘을 뺐다.

나림은 손목을 빼낸 후 돌아섰다.

"오빠, 아직 인정하지 못하는 것 같은데, 우리는 끝난 사이야. 다시 시작될 일도 없는 사이. 이런 행동, 정말 곤란해. 앞으로는 안 그랬으면 좋겠어."

대답은 들려오지 않았다.

*　　*　　*

홍보부 회의는 명호를 중심으로 진행되었다.

"여러 가지로 부족한 점이 많을 텐데, 잘 부탁드립니다."

라는 말로, 명호는 브리핑을 했다.

온라인과 브라운관에서 동시에 선보일 광고를 위한 회의였다.

보통은 온라인용 광고와 TV, 영화관용 광고가 다르게 만들어지기 때문에 팀을 나눠서 업무를 진행한다. 하지만 이번에 온라인팀 팀장이 명호로 바뀌면서, 새로운 분위기로 광고를 바꿔 보자는 이야기가 진행된 것이다.

앞에서 자료를 화면에 띄우고 브리핑을 하는 명호는 누가 봐도 '나 대단한 남자야.'라는 분위기를 풍겼다. 실없는 농담을 하는 것도 아닌데, 그의 설명은 듣기 편하고 재미있기까지 했다.

평소에는 딱딱하기만 한 회의인데, 오늘은 여기저기서 간간이 웃음소리가 터져 나왔다.

민혁은 회의실 안에 있는 여직원들의 눈에 하트가 떠올라 있는 것이 보이는 것만 같았다.

여직원들은 미혼이고 기혼이고 할 것 없이 명호에게서 눈을 떼지 못하고 있었다.

나림은 어떤 표정을 짓고 있을지 궁금했다.

나림은 가장 왼쪽에 앉아 있었기 때문에, 민혁은 그녀의 얼굴을 확인할 수가 없었다.

'차라리 잘 된 건지도 몰라.'

만약 그녀의 눈에도 하트가 떠올라 있다면 상처를 받았을 것이다.

'아, 싫다.'

사랑하는 여자의 전 애인이 한 회사인 것, 게다가 인정하기 싫을 만큼 멋진 남자라는 것은 유쾌한 일이 아니었다.

이윽고 명호의 발표가 끝나고 김자영 대리가 브리핑을 하기 위해 앞으로 나갔을 때에야, 민혁은 긴장을 늦출 수 있었다.

민혁이 명호의 멋짐 때문에 한참 전전긍긍하고 있을 때, 나림은 멍하니 생각에 잠겨 있었다.

'토요일에 친구들이 만나자고 했는데 어쩔까? 민혁이랑은 일요일에 만나야겠네. 애들 만나면 애인 생겼다고 말할까? 분명 또 결혼 얘기 꺼내서 사람 속 뒤집어놓을 텐데.'

그런 생각을 하는 동안 김자영 대리의 발표도 끝났고, 의견을 나누기 시작했다.

평소에는 앞장서서 회의를 이끄는 나림이지만, 이번에는 김자영 대리에게 모든 것을 맡겼기에 회의에서 한 발 물러나 있을 수 있었다.

3시간이 넘는 회의가 끝나 갈 때, 각자 해야 할 일들을 정하는데 명호가 말했다.

"영상팀 쪽 책임자는 최나림 과장님이시지요?"

자신의 이름이 들려왔을 때에야, 나림은 정신을 차렸다.

"아, 제가 아닌데요."

"저예요."

자영이 한 손을 살짝 들어 올리며 말했다.

명호는 자영을 돌아봤다가 옅은 미소를 지었다.

"아, 김자영 대리님이시군요. 아까 브리핑은 잘 들었습니다. 자료 정리가 잘 되어 있어서 편하더군요."

그 자료 정리를 나림이 했다는 걸, 명호는 알고 있었다.

"김자영 대리님과 함께 일할 수 있어서 영광입니다만, 제가 한국에 돌아온 지 얼마 되지 않아서 아직 회사 시스템이 익숙하지가 않아요. 그동안 많이 바뀌었더라고요."

나림은 명호가 무슨 말을 하려고 하는지 짐작할 수 있었다. 그의 입을 틀어막고 싶었다.

"그래서 말인데, 이번만 최 과장님과 함께 일할 수 있을까요? 아무래도 입사 동기이다 보니 여러 가지로 도움을 받기 편할 것 같아서요."

그렇게까지 말하는데 자영이 본인이 하겠다며 고집을 부릴 수도 없는 상황이었다.

"그래, 아무래도 첫 프로젝트니 입사 동기랑 같이 하는 게 편하고 효율도 좋긴 하겠네."

김 팀장이 속도 모르고 그렇게 결론을 내렸다.

나림은 속으로 한숨을 삼키며 자영의 표정을 살폈다.

자영은 굳은 표정으로 회의 자료를 정리하고 있었다.

'이런······.'

상황이 난처해졌다.

직원들이 회의실을 나간 후에도 나림과 명호는 회의실에 남아 있었다.

마지막으로 나간 자영이 나림을 한 번 노려보고 문을 닫은 후, 나림은 명호에게로 시선을 돌렸다.

명호는 나림의 맞은편에 앉아, 테이블 위에 두 손을 깍지 끼고 있었다.

한때는 그의 가늘고 긴 손가락이 깍지 낀 저 모습을 좋아하기도 했었다. 그 예쁜 손이 나를 어루만진다는 것이 무척이나 설레고 좋았었다.

하지만 지금은 그 손을 봐도 아무런 감흥이 없다.

'아, 이제야 마음의 정리가 된 거구나.'

새삼 깨달았다.

명호를 다시 만나게 된 후, 이 가슴의 아픔과 설렘이 사라졌다는 것을. 때때로 번지던 그리움도, 이제는 느끼지 않게 되었다는 것을.

못 만났을 때는 오히려 정리하지 못했다.

첫사랑의 잔상이 지워지지 않고, 그 위에 더 아름다운 색이 덧칠되었다. 벌어진 상처는 오므라들지 않고 때때로 이별의 그 순간으로 돌아간 듯 피를 토해 냈다.

그러나 명호를 재회하는 순간, 그와의 추억이 터무니없이 아름답게 덧칠되어 있었음을, 아물려는 상처를 저 스스로 벌리고 있었음을 깨닫게 되었다.

'그리고 민혁이가 있지. 나한테는.'

늦은 시간 걸려오는 전화가, 아침에 일어나면 와 있는 메시지가, 회사에서 간혹 눈이 마주칠 때마다 지어 주는 미소가, 머리를 쓰다듬는 손길이. 전부 위로가 되었다.

그래서 지난 사랑을 추억하고 되새길 겨를이 없었다. 현재의 사랑을 느끼기에도 부족하니까.

"지금 뭐 하자는 거야?"

나림이 입을 열었다.

"프로젝트를 진행 중인데. 내가 뭐 실수한 거라도 있나?"

"실수한 게 있느냐고? 이번 프로젝트에서 영상팀은 김자영 대리를 밀어주기로 했었어. 오빠도 눈치채고 있었을 텐데."

"승진 때문에?"

"그래."

"승진은 본인의 실력을 인정받는 거지, 주위에서 밀어준다고 되는 게 아니야. 게다가 오늘 회의 자료, 전부 네가 준비한 거 아냐?"

"……누가 준비했든……."

"자기가 브리핑할 자료조차 스스로 준비하지 못하는 사람이랑 일하고 싶지 않아. 그런 사람은 방해만 될 뿐이야."

"김 대리는 그렇게까지 일을 못 하진 않아. 이번 프로젝트가 급하게 결정된 거라, 팀원들이 다 같이 회의 자료를 준비한 거고. 내가 준비한 자료가 깔끔하다 보니, 그걸 브리핑에 사용한 것뿐이야."

"그래. 난 누구라도 인정할 만한 자료를 준비하는 사람이랑 일하고 싶어. 그게 편하고 능률이 좋으니까."

명호의 말은 정론이었다. 반박할 말을 찾을 수가 없었다.

"나는."

하지만 나림은 어떻게든 명호와 단둘이 일하게 되는 상황만큼은 만들고 싶지 않았다.

아무리 마음이 정리되었다고 해도 옛 연인이다. 부딪치는 일이 잦아지는 것이 좋을 리 없다.

"김 대리랑 관계가 어색해지는 게 싫어."

거짓말은 아니었다.

나림은 여직원들이 자신을 어떻게 생각하고 있는지 알고 있었다. 아무리 처세를 잘 하고 있다고 해도, 여직원들은 때때로 나림을 향한 질투심을 내비쳤다.

김자영 대리는 여직원들 사이에서 '대장' 노릇을 하고 있었기 때문에, 자영과의 사이가 틀어지면 여러 가지로 상황이 복잡해질 것이 뻔했다.

"관계가 어색해지다니?"

"김 대리는 친한 여직원들이 많아. 사이가 어색해지면 여러 가지로 뒷말이 나올 거야."

"왜 그래, 최나림. 너, 그런 거에 휘둘리는 여자 아니잖아."

"……."

"내가 아는 최나림은 남들의 시선을 신경 쓰는 여자가 아닌데."

나림은 입을 꽉 다물었다.

아, 숨 막힌다.

이래서였다.

명호와 헤어진 이유.

때때로 명호가 규정짓는 '최나림'이라는 여자에 대한 평가가 나림을 숨 막히게 만들었다.

인정을 받는다기보다는, 명호가 원하는 여성상에 자신이 맞춰야만 할 것 같은 기분이 들었다.

나는 휘둘려.

나는 누가 내 욕 하면 신경이 쓰여.

나는 여직원들에게 미움을 받고 싶지 않아.

나는. 나는. 나는.

'나는'으로 시작되는 내 입장을 밝히는 것이 어려웠다. 명호의 얼굴이 실망감으로 물들까 봐 걱정하곤 했었다.

사귀는 내내 그랬다.

"나는."

나림은 명호를 똑바로 응시했다.

"오빠가 이렇게 자기 마음 밀어붙이면서 사람 곤란하게 만드는 사람인 줄 몰랐어. 실망스럽네."

"나림아."

"이번 건은 일이니까 넘어갈게. 하지만 두 번은 없어. 오빠의 고집대로 행동하는 거, 이번이 마지막이야. 나를 더 실망시키지 마."

명호의 눈동자가 흔들렸다. 하지만 나림의 마음은 흔들리지 않았다.

나림은 휙 돌아서서 회의실을 나왔고, 명호는 주먹을 꽉 움켜쥐었다.

* * *

"정말 너무하시네요."

라고, 자영이 말했다.

휴게실에 앉아 커피를 마시던 나림은 천천히 고개를 들었다.

자영의 옆에는 다른 여직원 한 명이 같이 있었다. 아마도 나림이 나가는 걸 보며 따라온 모양이다.

"뭐가?"

"이번 일 저한테 주신다고 하셨잖아요."

"아아, 그랬지."

"과장님은 실적 좋으시잖아요. 하나쯤은 저한테 양보해 주실 수 있는 거 아니에요?"

날선 목소리로 말하는 자영을, 나림은 빤히 응시했다.

"진짜 욕심도 많으시네요. 그렇게까지 안 하셔도 승승장구하실 텐데."

"김 대리."

"그래요, 전 과장님만큼 학벌이 좋은 것도 아니고 일을 잘하는 것도 아니니까요. 아, 혹시 제가 이런 말을 해서 인사고과에 반영되는 건가요?"

그렇지 않다는 건, 자영도 알고 있을 터였다.

비아냥거리는 자영을 물끄러미 응시하다가 한숨을 내쉬었다.

"김 대리."

"아무튼 알겠습니다. 앞으로는 과장님 하시는 일 방해 안 되게 열심히 서브해 드릴게요."

자영은 나림의 대답도 듣지 않고 휙 돌아서서 휴게실을 나갔다.

관자놀이가 지끈지끈 아파 왔다.

우려했던 일이 터졌다.

자영은 이번 일을 맡게 된다는 사실에 들떠 있었으니, 그게 무산된 만큼 속이 상할 것이다. 상사인 나림을 비난하는 그녀의 마음을 이해했다. 나림도 가끔 그러고 싶을 때가 있으니까.

하지만 그것을 상상만 하는 것과 실행에 옮기는 것은 또 다른 일이었다.

이건 나림의 책임이 아니다. 나림을 비난하는 것이 뒤탈 없기에, 나림을 희생양으로 삼은 것이리라.

때려치우고 싶다고, 나림은 생각했다.

이런 생각이 드는 건 처음이었다.

다 관두고 은둔하고 싶다. 아무와도 만나지 않고 내가 하고 싶은 일을 하며 지내고 싶다.

'그런데 난 뭘 하고 싶은 걸까?'

딱히 생각나는 일이 없었다.

항상 가족을 위해 살아온 인생이었다. 빚을 갚느라, 생활비를 버느라, 숨을 돌릴 틈도, 취미를 가질 시간도 없이 살아왔다.

일을 그만두고 집에 틀어박힌들, 할 만한 것이 없었다.

두 손에 얼굴을 파묻고 앉아 있는데, 주머니에 넣어 둔 휴대폰이 울렸다.

민혁에게 온 전화였다.

액정에 뜬 그의 이름을 확인하자마자 기분이 나아졌다. 그를 사랑하는 건지는 아직 잘 모르겠지만, 그가 내게 위로가 되는 존재라는 것만큼은 확신할 수 있었다.

"응."

―어디야?

"휴게실. 넌?"

―나는 회사 밖. 그러니까 지금은 사적인 관계.

그가 장난스럽게 말했고, 그런 그의 음성을 듣는 것이 좋았다.

명호와 함께 있을 때는 할 수 없었던 호흡을, 이제야 할 수 있게 된 것 같다.

―회사 끝나고 우리 집에 갈까?

"응, 그래."

―야근할 것 같아?

"아니, 오늘은 아마 안 할 거야."

―응, 그럼 집 앞 마트에서 기다릴게.

용건이 끝난 후에도 민혁은 전화를 끊지 않았다.

이런저런 대화를 나누며 휴게실을 나와 비상계단으로 향했다. 테라스가 있는 층으로 올라가 난간으로 밖을 내다봤다.

회사 화단 앞 벤치에 다리를 꼬고 앉아 있는 민혁의 모습이 보였다.

위에서 내려다보는 거라 정수리만 보였지만, 그라는 것을 알 수 있었다.

'내가 보고 있는 걸 모르겠지.'

그렇게 그를 내려다보며 한참 대화를 하다가 끊은 후에야, 통화를 하는 내내 자신이 미소 짓고 있었음을 깨달았다.

그리고 별 내용 없는 대화에도 이렇게 미소 지을 수 있는 이유는, 그가 나의 위로일 뿐 아니라 나의 사랑이기도 하기 때문이라는 것 역시 깨달았다.

'아아, 그렇구나. 나, 저 애를 사랑하는구나.'

여자가 많은 남자는 질색이야. 연하는 안 돼. 같은 회사 동료라서 위험해.

여러 가지 이유를 붙여 밀어내려고 했지만, 아무리 노력해도 밀어낼 수 없는 감정이 있었다.

한 번의 실패가 두려워 두 번은 하고 싶지 않았지만, 그래도 찾아와 심장을 사로잡는 감정이 있었다.

나림은 민혁을 사랑하고 있었다.

*   *   *

대형 마트에는 사람이 많았다.

할인 기간인가 보다.

나림이 민혁을 찾아 주위를 둘러보는데, 누군가 뒤에서 나림의 허리를 끌어안았다. 돌아보지 않고도 민혁이라는 것을 알 수 있었다.

"아가씨, 예쁜데? 혼자 왔어?"

"누가 그런 말로 여자를 꼬셔?"

나림이 키득거리며 뒤를 돌아봤다.

민혁이 나림의 이마에 가볍게 입을 맞췄다.

"요새는 이런 거 안 통하나?"

"10년 전에도 안 통했을걸."

"에이, 회심의 멘트였는데."

민혁이 투덜거리며 카트를 하나 꺼냈다. 그가 카트를 밀고, 나림은 카트 손잡이에 살짝 손만 얹은 채 마트 안으로 걸어들었다.

"뭐 사려고 온 거야?"

"저녁거리. 내가 맛있는 거 해 줄게."

"요리도 할 줄 알아?"

"자취를 오래 했으니까. 매운 거 좋아해?"

"응, 좋아해. 넌?"

"난 매운 거 잘 못 먹어."

"그리고 보니, 넌 항상 달달한 것만 시켰었지."

"응. 그래서 오늘은 맵지 않은 찜닭을 해 볼까?"

"우와, 찜닭이라니. 집에서 요리한 찜닭을 먹어 본 적은 없는데."

"사실 나도 없어. 실패해도 맛있게 먹어 줄 거지?"

"글쎄. 하는 거 봐서."

민혁은 해 본 적 없는 것치고는 재료를 잘 골랐다.

넓은 당면과 감자, 당근, 버섯, 마늘 등을 쓱쓱 집어넣고, 음료수도 한 병 넣었다.

"이러고 있으니까 우리 부부 같다."

민혁은 즐거운 듯 보였고, 나림도 즐거웠다.

"그러게."

"우리 결혼하면 매일 이렇게 장보겠지?"

그 말에는 대답하지 않았다.

민혁을 사랑한다는 것을 깨달았지만, 결혼까지는 생각해 보지 않았다.

영원한 미래에 대한 소망이 부서지는 순간의 아픔을, 나림은 똑똑히 기억하고 있었다. 멋대로 꿈을 꾸었다가 그러한 아픔을 경험하기는 싫었다.

지금은 사랑을 하지만, 이 사랑도 언젠가는 끝이 날 것이다.

나림은 민혁의 단점을, 민혁은 나림의 단점을 발견하게 될 것이고, 사랑으로 모른 체하던 단점들이 점점 커지는 순간이 오게 될 것이다. 누가 먼저일지는 모르겠지만, 어느 한쪽은 지치게 될 것이고, 그만두고 싶어질 것이고, 그렇게 이별을 하게 되리라.

딱히 나림의 대답을 기대한 것은 아니었는지, 민혁은 곧 다른 주제로 말을 돌렸다.

이런저런 대화를 하며 장을 다 보고 집으로 향했다.

"내가 뭐 도와줄 건 없어?"

재료를 손질하는 민혁에게 물었다.

"음. 뽀뽀?"

그래서 그의 볼에 쪽 소리가 나게 입을 맞췄다.

"아, 좋다."

"다른 건?"

"또 뽀뽀."

쪽―

"한 번 더."

쪽―

"좋아. 힘이 충전됐어."

"바보 같긴. 그런 거 말고는 없어?"

"있지."

"뭐할까?"

"식탁에 앉아서 내가 요리하는 모습을 지켜봐줘."

"뭐야, 그게?"

"그거면 돼."

아무리 물어도 일거리를 주지 않을 기세이기에, 나림은 식탁에 가서 앉았다.

팔을 걷어붙이고 슥삭슥삭 재료를 손질하는 그의 뒷모습에서 눈을 뗄 수가 없었다.

'요리도 잘 하는구나. 정말 여자한테 인기 많을 건 다 갖췄어.'

남자가 요리를 하는 모습을 눈앞에서 보는 건 처음이었다.

남자가 매력적으로 보일 때가 팔을 걷어붙이고 주차하기 위해 후진을 할 때라고 하는데, 그 순위를 바꿔야 할 것 같다.

요리하는 남자의 뒷모습은 가슴이 새삼스럽게 설렐 만큼 멋지다.

그리 오랜 시간이 지나지 않아 요리가 완성되었다.

달콤 짭짤한 양념에 익힌 찜닭은 보기만 해도 맛있을 것 같았다.

"맛있게 드세요, 고객님."

"네, 맛있게 먹을게요."

찜닭은 성공적이었다.

"어때? 입맛에 맞아?"

민혁이 강아지처럼 나림을 응시하며 물었다.

"응, 맛있어."

"아, 다행이다. 남한테 요리를 해 주는 건 처음이라서."

"그래?"

의외였다.

자주 여자를 불러들여서 이런 멋진 모습으로 어필했을 줄 알았는데.

"의외네."

속마음을 내뱉고 말았다.

"뭐가?"

"남한테 요리해 주는 게 처음이라는 거. 자주 불러서 해 줬을 줄 알았는데."

"친구들이랑 술 마실 땐 보통 밖에서 만나니까."

"아니, 친구 말고. 여자."

민혁의 젓가락이 멈칫했다.

"누나. 뭔가 오해하는 모양인데. 전에도 말하지 않았나? 나, 내가 사는 집에 여자를 들인 거 누나가 처음이야."

"에이, 그럴 리가."

"정말이야. 나는 내 생활 공간에 여자가 들어오는 거 별로 안 좋아해."

"그럼 밖에서 섹스 하는 걸 좋아해?"

아, 이런 말을 하려던 게 아닌데.

나림은 곧바로 후회했다.

아니나 다를까. 민혁의 표정이 굳었다.

"과거에 내가 좀…… 그랬을지 모르겠는데. 지금은 아니야. 누나를 만나면서 사람 사랑하는 게 어떤 건지 알게 됐고, 그 전에 있던 여자들도 다 정리했어."

"흐응."

"날 못 믿겠어?"

"아무래도…… 완전히 믿기는 좀 힘들지."

"왜? 누나가 내가 전에 만난 여자들을 본 것도 아니잖아."

"그러게. 그건 그렇지만……."

"누나, 나는…… 누나가 그런 것 때문에 신경 쓰게 되는 거 싫어. 누나가 내 여자 문제로 힘들어하는 일은 절대 없을 거야."

"정말 그럴까? 너는 그냥…… 멋지잖아. 가만히 있어도 여자들이 들러붙을 텐데, 성격까지 다정다감한 편이고."

"뭐야, 누나. 질투해?"

민혁이 빙그레 웃으며 물었다.

"어, 질투해. 나, 지금 질투하나 봐."

"우와, 되게 좋다. 누나가 질투를 다 해 주다니."

"이런 게 뭐가 좋니?"

"좋아. 그만큼 날 좋아한다는 거잖아."

"물론 좋아하지. 좋아하지만……."

"걱정 마, 누나. 누나가 뭘 상상하는지 모르겠지만, 그런 일 절대로 안 벌어져. 살면서 처음으로 만난 사랑이고, 누나 같은 여자 두 번 다시 못 만날 거라는 것도 알고 있어. 그러니까 누나를 잃을 만한 행동, 절대로 안 할 거야. 나한테는 누나가 제일 소중해."

나림을 똑바로 응시하는 민혁의 눈동자는 조금도 흔들리지 않았다.

"그래, 알겠어."

뒷정리는 같이 했다.

설거지를 끝낸 후, 민혁이 나림을 침실로 이끌었다.

나림을 침대에 눕힌 민혁이 천천히 나림의 옷을 벗겼다.

"뭐야, 이렇게 느닷없이 시작하는 거야?"

나림이 키득거리며 묻자, 민혁이 검지를 들어 양옆으로 흔들었다.

"아니, 오늘은 남친 서비스."

"남친 서비스?"

"일에 지친 여친을 위한 남친의 마사지 서비스야."

"마사지? 그런 것도 할 줄 알아?"

"그럼요, 애인님. 할 줄 알지요."

"그런데 그 마사지라는 게 이렇게 홀딱 벗고 해야 하는 거야?"

"그럼요, 애인님. 마사지하느라 힘들 때 애인님 알몸 보면서 기를 충전해야 하니까요."

"아하하하하."

민혁은 나체가 된 나림을 엎드리게 했다.

"그럼 편히 기다리세요, 애인님."

민혁이 서랍장에서 무언가를 꺼내는 소리가 들렸다. 민혁이 다시 침대로 돌아왔고, 무언가 미지근한 것이 나림의 등에 뿌려졌다.

"오일이야?"

"응. 누나 마사지 해 주고 싶어서 하나 샀어. 향 어때?"

"좋다."

"눈 감고 있어. 매일 컴퓨터 봐서 눈 시리잖아."

"응."

나림은 눈을 감고 그의 손길을 느꼈다.

미끄러운 오일이 발라져서인지, 등을 문지르는 손길이 유독 강렬하게 느껴졌다.

등에 오일을 펴 바르고 한동안 문지르던 그의 손이 나림의 어깨와 목을 주물렀다.

"아, 진짜 시원해."

"다행이네요, 애인님. 어디 딴 데 원하는 데는 없으세요?"

"응. 목이랑 어깨가 제일 아팠거든."

"그럼 그 부위를 집중적으로 해 드릴게요."

민혁이 나림의 어깨와 목을 주물렀다. 그의 마사지에 온몸이 노곤노곤하게 풀어졌다.

한동안 목과 어깨를 주무르던 그의 손이 등으로, 엉덩이로 향했다.

"아저씨, 거기는 안 아픈데요."

"아니, 아프실 거예요."

"아뇨, 전혀 안 아픈데요."

"원래 엉덩이가 몸의 중심이라서 여기를 잘 풀어 줘야 돼요. 뭘 모르시네."

민혁이 넉살 좋게 이야기하며 엉덩이를 주무르며, 오일을 더

뿌렸다. 오일이 엉덩이 골을 타고 안으로 미끄러져 흘러내렸다.

그의 손도 함께 안쪽으로 들어왔다.

"읏!"

그의 손길에 반쯤 달궈진 몸은, 은밀한 부위를 자극하는 손가락에 강하게 반응했다.

그는 허벅지 안쪽 살과 음부 부근을 부드럽게 문질렀고, 평소와는 다른 느낌에 몸이 빠르게 뜨거워졌다.

손가락이 미끄러져 들어와 언뜻언뜻 클리토리스를 자극할 때마다 나림의 몸이 바르르 떨렸다.

"손님, 몸이 예민하시네요."

"그건 아저씨가…… 아, 읏."

나림이 대답하는 중간에, 그의 손가락이 나림의 몸 깊은 곳으로 쑥 밀려 들어왔다. 나림은 엉덩이를 움찔거리며 베개를 꽉 움켜쥐었다.

그는 손가락 두 개를 나림의 몸 안에 넣고 몇 번 움직이다가 다시 빼냈다. 아쉬워할 새도 없이, 그의 손가락이 항문 안으로 들어왔다.

오일이 잔뜩 묻어 있어서 쑥 들어온 그의 손가락에, 나림은 작게 비명을 질렀다.

"으아, 민혁아."

"가만히 계세요, 손님. 기분 좋게 해드릴게요."

"자, 잠깐만. 거긴……."

"쉿."

엉덩이를 빼내려고 했지만, 민혁이 다른 손으로 나림의 허리를 꽉 눌러 움직이지 못하게 만들었다.

강한 이물감에 나림은 어찌해야 좋을지 알 수 없었다. 아랫입술을 꽉 깨물고 있는데, 그가 나림의 아랫쪽으로 손을 내밀었다.

민혁은 양손으로 나림의 클리토리스와 항문을 동시에 애무했다. 좁은 구멍에 들어온 그의 손가락이 움직일 때마다 나림은 신음을 삼켜야 했다.

이런 자극은 처음이었다.

참고 있던 신음이 나림도 모르는 새에 입술 사이로 흘러나왔다.

민혁은 나림의 속살이 충분히 젖었다는 것을 확인한 후, 자신의 바지를 벗었다. 마사지를 해 주기 전부터 단단하게 부풀어 있던 그의 페니스가 드러났다.

나림은 여전히 엎드려서 헐떡거리고 있었는데, 그 모습이 무척이나 사랑스러웠다.

민혁은 그녀의 좁은 구멍 안에 손가락을 넣어 둔 채로, 또 다른 동굴 입구에 자신의 페니스를 가져갔다.

그의 물건이 그녀의 안으로 순식간에 모습을 감췄다.

"아!"

나림이 비명 같은 탄성을 지르며 엉덩이를 들려고 했다. 하지만 안에 들어와 있는 민혁의 손가락 때문에 멈칫하더니, 고개를 돌려 민혁을 응시했다.

"민혁아……."

애원하는 듯한 그녀의 얼굴을 보는 것이 좋았다.

회사에서는 냉정하고 단정한 그녀가 민혁의 침대 위에서 사정 없이 흐트러진 모습을 보면 우쭐해졌다.

"손가락……."

"오늘은 이렇게 할 거야."

민혁이 나림의 말을 끊었다.

"하지만……."

"기분 좋잖아. 안 그래?"

"으윽……."

"가만히 엎드려서 즐겨. 내가 알아서 해 줄 테니까."

민혁은 명령조로 말한 후, 허리를 움직이기 시작했다.

허리를 움직이며 손가락을 움직이는 것도 멈추지 않았다. 양쪽을 다 자극받은 나림은 전에 없이 신음을 내뱉었다.

그녀의 신음 소리가 귀를 울릴 때마다, 그녀를 향한 애정이 깊어졌다. 그녀를 사랑하는 마음을 감당하기가 힘들었다.

이 여자는 왜 이토록 사랑스러운 걸까?

그런 생각을 하자마자 사정을 할 뻔했다.

간신히 참았다.

엎드린 그녀의 허리가 움찔, 움찔 떨렸다.

"아, 아아. 미…… 민혁아…… 앗!"

사귀게 된 후로 달라진 것이 있다면, 그녀가 절정을 느낄 때 민혁의 이름을 부르게 되었다는 점이었다.

오르가즘을 느끼는 순간 그녀가 불러 주는 자신의 이름이 무척이나 섹시했다. 그래서 민혁은 자신의 이름을 전보다 더 좋아하게 되었다.

그녀의 몸 안이 움찔거리며 수축하는 것이 느껴졌다. 손가락을 넣은 구멍도 콱 조여 왔다.

민혁은 사정하고 싶었지만 이번에도 참았다.

그녀가 절정을 느낀 후 계속 움직이면, 그녀는 눈가가 촉촉하게 젖어서 애원을 한다.

"아, 민혁아. 잠깐만. 그만…… 아, 제발……."

바로 지금처럼.

그 모습을 보는 것이 좋았다.

"난 아직 안 끝났어."

민혁은 무뚝뚝하게 말하며 계속 몸을 움직였다.

그의 것이 깊이 찌르고 들어갈 때마다, 베개를 움켜쥔 나림의 손에도 힘이 들어갔다.

이윽고 민혁이 더는 참지 못할 지경이 되어, 자신의 물건을 확 빼냈다. 흰 액체가 흘러나와 그녀의 엉덩이를 적셨다.

민혁은 그대로 몸을 기울여, 나림의 등 위에서 그녀를 보듬어 안았다.

민혁이 내뱉는 거친 숨결이 나림의 귓가를 간질였다.

"무거워……."

나림이 칭얼거렸다.

민혁이 웃으며 나림의 목 뒤에 입을 맞추고 몸을 옆으로 굴려 침대로 내려왔다. 그리고 나림을 향해 팔을 뻗어 팔베개를 해 줬다.

팔에 닿는 그녀의 머리카락이 간지러웠다.

"아, 오늘은 정말……."

"좋았지?"

"응, 좋았어. 그런데 거기는 좀…… 더럽지 않아?"

"뭐가 더러워. 내 애인님 몸인데."

"그래도……."

"누나가 좋으면 됐어."

"나도 널 좋게 해 주고 싶은데."

"그럼 이리 와서 내 품에 좀 안겨 봐."

민혁이 팔을 들어 올리자, 천장을 보고 누워 있던 나림이 몸을 돌려 민혁의 품으로 들어왔다. 그녀가 한품에 쏙 들어오는 느낌이 좋았다.

민혁은 나림의 머리를 쓰다듬으며 물었다.

"기분은 좀 나아졌어?"

"기분…… 나쁜 적도 없었는데."

"김 대리님 분위기가 안 좋더라고. 아까 누나를 따라 나가는 것 같던데."

"아아."

그런 걸 신경 쓰고 있었구나.

나림은 어째서인지 눈물이 날 것 같았다.

울 만한 일은 아니었다. 사회생활을 하다 보면 종종 겪는 일이니까.

그런데 왜 민혁의 걱정스러운 말 한 마디에 이토록 가슴이 벅차며 눈물이 나려고 하는 걸까?

나림은 우는 대신 그의 가슴에 얼굴을 묻었다.

"괜찮아. 그냥 일 때문에 진지하게 얘기 좀 나눴을 뿐이야."

"흐응."

"일하다 보면 이런 일도, 저런 일도 생기는 거지, 뭐. 그런 데에 일일이 기분 나빠하면 일하기 힘들어."

"내 여자 친구는 정말 대단하다."

민혁이 나림의 등을 쓸어내리며 말했다.

"일도 잘 하고, 그런 일을 겪어도 멋지게 웃어넘길 수 있고. 진짜 대단해. 멋있어, 역시. 난 못 따라가겠어. 그런데 아쉽네."

"뭐가?"

"내 여자 친구가 내 앞에서는 응석 좀 부렸으면 좋겠는데."

"……."

"사실은 힘들다고, 사실은 화가 난다고, 사실은 지치고 기분 나쁘다고 칭얼거려주면 좋겠는데."

"그러면 질릴걸."

"왜 질러?"

"원래 칭얼거리고 징징거리는 여자는 매력이 없잖아."

"나는 누나가 칭얼거리지 않고 징징거리지 않아서 사랑하는
게 아니야."

민혁이 나림에게서 조금 떨어지더니, 나림과 시선을 맞췄다.

"누나가 일을 잘 하고, 누나가 능력이 있고. 그래서 사랑하게
된 게 아냐. 그냥…… 뭘 해도 예뻐서 사랑하게 된 거야."

"……."

"그러니까 누나가 칭얼거려도, 징징거려도, 투덜거려도 다 예
쁘게만 보일걸. 뭘 해도 예뻐, 누나는. 그러니까 내 앞에선……."

"사랑해."

"어?"

"사랑해, 민혁아."

그 말이 저절로 튀어나왔다.

민혁의 눈이 휘둥그레 커졌다.

"아, 민혁아. 정말 사랑해."

그렇게 속삭이며, 나림은 그의 몸을 끌어안았다.

이 관계가 어떻게 흘러가든, 그를 사랑한다.

벅찬 감정을 감출 수가 없어 제멋대로 입술을 움직이게 만든
그를, 사랑하고 있다.

"우와, 누나. 나 지금 엄청 감동이야."

이렇게나 솔직하게 마음을 표현하는 민혁이, 나림은 사랑스

러웠다.

"사랑한다는 말, 못 들을 줄 알았는데."

민혁이 나림의 머리카락에 얼굴을 묻으며 말했다.

"왜 못 들어?"

"그거야…… 내가 너무 못난 놈이니까."

"뭐가 못나. 내 남친 욕하지 마."

"하지만…… 나는 뭔가 부족한 게 많잖아."

"안 부족해. 딱 알맞아."

"정말?"

"응. 이 품도 좋고, 손길도 좋고, 섹스도 좋아. 다 좋아. 무엇보다……."

나림은 고개를 들어 올렸다.

민혁의 강아지 같은 눈이 나림을 내려다보고 있었다.

"너랑 같이 있으면 숨통이 트여."

"정말?"

"응. 그래서 나는 요새 행복해."

"다행이다."

민혁이 웃으며 나림의 이마에 입을 맞췄다.

"나만 혼자 행복한 줄 알았네."

＊　　　＊　　　＊

민혁이 집 근처까지 데려다주었다.

그의 차에서 내려 걸어가다가 문득 돌아보니, 여전히 그 자리에 차가 멈춰 있었다. 나림이 가는 걸 지켜보는 모양이다.

손을 한 번 흔들어 주고 다시 걸었다.

그래도 눈에 밟혀 또 돌아봤더니 차는 여전히 그 자리에 있었다.

내가 걸어가는 길을 지켜봐 주는 사람이 있다는 사실에 가슴이 따뜻해졌다.

손에 쥐고 있던 휴대폰이 울렸다. 민혁에게 걸려온 전화였다.

—집 앞까지 데려다주고 싶었는데.

"다음에."

—집 들어갈 때까지 통화하자. 밤길 혼자 보내는 거 마음이 안 좋아.

"응, 그래."

그와 통화를 하며 걸었다.

이 거리를 그와 함께 걷고 싶기는 했다.

하지만 엄마는 동네 아주머니들이랑 친했고, 동네 아주머니들은 입이 가벼웠다.

나림이 남자와 손을 잡고 걷는 모습을 보면 이러쿵저러쿵 말이 많을 것이다. 나림에게 애인이 있다는 걸 아는 순간, 가족들은 결혼 얘기를 꺼낼 것이고, 만나 보자고 할 것이고, 나림은 그런 가족들을 말리기 힘들어지리라.

명호 때에도 그런 식으로 일이 진행됐었다.

"이제 다 왔어."

저 멀리 대문이 보였다.

―응, 조심해서 들어가. 잘 자.

"응, 너도."

전화를 끊고 더 걸어가다가 어깨를 톡 치는 누군가 때문에 소스라치게 놀랐다.

"꺅!"

작게 비명을 내뱉으며 돌아봤더니, 태민이 서 있었다.

"야, 깜짝 놀랐잖아."

"오오, 성공."

"으이그, 진짜. 담배 피우러 나왔어?"

"어. 너도 피울래?"

"아니, 됐어."

"그럼 한잔할래?"

"그럴까?"

어디로 가자는 말은 없었지만 자연스럽게 편의점으로 향했다.

"거기서 기다려."

나림을 파라솔에 앉힌 태민이 편의점에 들어가서 소주와 새우깡을 사왔다.

태민은 늘 그렇듯 곧장 본론으로 들어갔다.

"저번에 명호 형 만났어."

"아, 그래."

그렇지 않을까 싶었다.

"어, 이번엔 안 놀라네."

"너랑 명호 오빠, 친했잖아."

"그래도 난 네 친구니까."

"됐어. 헤어졌다고 해서 그 오빠랑 네 관계를 끊어 버릴 생각은 없어."

"그렇다면 다행이지만. 하여간 명호 형이……."

"관계를 끊을 생각은 없지만, 그 사람 얘기를 듣고 싶은 건 아니야. 그 오빠랑 만날 때마다 나한테 얘기할 거 없고, 그 오빠가 무슨 말을 했든 나한테 전해 줄 것도 없어."

"그래, 그럼. 넌 요새 뭐 재미있는 일 없냐?"

"애인이 생겼어."

"뭐? 진짜?"

"어."

"대형견?"

"응."

"오오, 예상보다 빠른데? 대박. 봐 봐, 말했지? 1년 내에 그 강아지랑 사귀게 될 거라고."

태민이 웃으며 손을 내밀었다.

"손은 왜 내밀어?"

"내가 이겼잖아. 돈 내놔."

"우리 내기한 거 아니거든?"

나림이 태민의 손바닥을 탁 치며 말했다.

태민이 킬킬 웃으며 나림의 잔에 소주를 따랐다.

"야, 축하한다. 오랜 솔로 생활을 벗어나 연애를 하게 되다니. 짠하자, 짠."

자기 일처럼 기뻐해 주는 태민을 보니, 이제야 나 진짜로 연애를 시작했구나, 하고 실감이 됐다.

민혁과 함께 있을 때는 현실 감각이 무뎌져, 꿈을 꾸는 기분이었기 때문이다.

"사귄 지 얼마나 됐냐?"

"아직 한 달도 안 됐어."

"딱 좋을 때네. 자주 만나고?"

"그렇지, 뭐. 회사에서 매일 보니까."

"애는 어때? 잘해 줘?"

"응. 잘해 줘. 사귀기 전보다 훨씬 더."

"이야, 궁금하다. 사진 좀 보자."

태민이 손을 내밀었다.

그러고 보니 민혁과 같이 찍은 사진이 없었다.

"사진 없어."

"뭐야, 둘이 셀카 같이 안 찍어?"

"그러게. 그럴 틈이 없었네."

"다음에 좀 찍어. 아니, 그럴 게 아니라 소개 좀 시켜 줘."

"에이, 사귄 지 얼마나 됐다고."

"기간이 문제야?"

물론 기간은 문제가 되지 않았다.

5년을 사귀어도 거리감이 느껴지는 사람이 있는가 하면, 한 번 만났어도 편안한 사람이 있는 거니까.

민혁은 후자였다.

오래 사귀었던 명호보다 사귄 지 얼마 안 된 민혁이 더 편안했다. 명호와 사귈 때는 항상 긴장했었던 기억이 났다.

"다음에 보여 줄게. 걔가 부담스러워할 수도 있으니까."

"왜 이러셔. 나는 남녀노소 모두에게 인기 있는 타입인데. 걔는 분명 날 좋아하게 될 거다."

"내 남친이 내 친구를 좋아하게 되는 것도 유쾌한 상황은 아닌데."

나림의 말에 태민이 눈을 크게 뜨더니, 푸하하 웃으며 나림의 볼을 꼬집었다.

"뭐야, 최나림. 그런 말도 할 줄 알아?"

"못할 말을 한 것도 아니잖아."

"아니, 그냥. 우와, 그렇구나. 사랑에 빠진 최나림은 이렇구나."

"야, 야. 사랑이라니."

무슨 얘기를 해도 창피할 거 없는 오랜 친구이기는 하지만, 사랑 이야기가 나오니 괜히 부끄러웠다.

얼굴을 붉히는 나림을 지그시 응시하던 태민이 눈을 가늘게 떴다.

"너, 그 친구 진짜 좋아하나 보다."

"그래 보여?"

"응. 명호 형이랑 사귈 때와는 다른데."

"그 오빠 얘기는 꺼내지 마. 비교하고 싶지 않아."

"아니, 그래도. 아무튼 달라. 좋네."

"그래?"

"응. 좋아. 아주 좋아."

"난 그렇게 좋지 않은데."

"왜?"

"너무 빠른 느낌이야."

"흐음."

"너무 빨리 그 애가 좋아지고 사랑스러워지고, 그러고 있어. 어느 순간 정신을 차렸더니, 걔가 내 삶의 위로가 됐고, 너무 큰 부분을 차지하고 있어. 이래도 되는 걸까?"

"안 될 건 없잖아."

"이러다가 걔가 마음이 변하면?"

"흠."

태민이 담배를 꺼내 입에 물었다.

"신기하네, 최나림이 이런 고민을 한다는 거."

"나도 이런 고민쯤은 해."

"그래, 고민이 될 수 있지. 그런데…… 아직 오지도 않은 미래를 두려워할 건 없잖아. 걔가 네 전부가 되었는데 걔 마음이 변할 확률은 반반이야. 그렇다면 부정적인 반은 무시하고 긍정적인 반에 걸어보는 게 낫지 않아?"

"그런가?"

"그렇지. 그리고 부정적인 반이 현실로 이루어지면, 그 땐 내가 같이 술 마셔 줄게."

"어이구야, 그거 참 감동이네요."

"감동이겠지. 아무한테나 베푸는 배려가 아니니까."

태민은 장난스럽게 말했지만 대화를 하다 보니 마음에 진 그늘이 사라졌다.

태민의 말대로 확률은 반반이었다.

그 반의 확률 때문에 두려워하는 건 성격상 안 맞았다.

그렇다면 할 수 있을 때 있는 힘껏 사랑하는 게 좋을 것이다.

그런 말도 있잖은가.

사랑하라, 한 번도 상처받지 않은 것처럼.

〈다음 권에 계속〉